风雨花路

青岛市文学艺术界联合会 编
名誉主编 耿林莽 主编 王泽群
副主编 韩嘉川 栾承舟
本册主编 栾纪曾

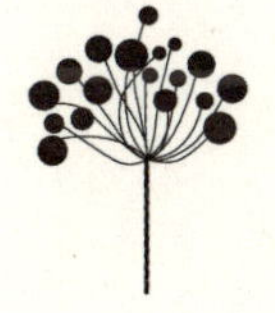

青岛出版社
QINGDAO PUBLISHING HOUSE

本书编委会

总　序

回望百年　美不胜收

耿林莽

第一位将域外散文诗译介到中国来的作家，是刘半农。早在1915年，他便在《中华小说界》第2卷第7号上发表了以《杜谨纳夫之名著》为题的四篇散文诗，“杜谨纳夫”即屠格涅夫。中国第一位创作散文诗的，也是刘半农。他的第一篇散文诗《晓》，发表在1918年《新青年》杂志第5卷第2期上。当时，他也许不是有意写的，但这个《晓》对于黎明初降时的诗意描绘，却恰恰成为中国散文诗诞生的一个极具蓬勃生命力的美好象征。虽属巧合，但也算是百年散文诗史上的一段佳话。

这篇《晓》仿佛是一声雄鸡的报晓，迅即唤起文学界散文诗创作的热潮。“五四”时期，文学界先锋人物对新生事物是很敏感的，当时几乎所有一流作家都投入到这一新兴文体的创作，鲁迅、郭沫若、茅盾、巴金、冰心、朱自清、沈尹默、郑振铎、周作人、王统照、徐志摩、许地山、焦菊隐、徐玉诺，等等，皆有散文诗佳作，真的是热闹非常。可以说，中国散文诗这一新文体，拥有一个极富尊严、充满朝气的草创期。当然由于作家们初涉这种文体，对其了解难免粗浅，有些作品质量不高，也是正常现象。直到鲁迅的《野草》问世，局面才有所改观。

早在1919年，鲁迅就以神飞为笔名，在《国民公报》副刊《新文艺》上发表了一组散文诗《自言自语》，形式上与流行散文诗相近。由此可见，他也是中国最早投入到散文诗创作的作家之一，对这一新兴文体，早已心怀敬意充满热情。《野草》的问世则是其散文诗形成自身独特风格，和中国散文诗由幼稚走向成熟的一个标志。它不仅是中国散文诗的一座高峰，在世界散文诗史上，也是一座丰碑。说它是高峰，是丰碑，除其展现了作者深厚的文学素养与不同凡响的语言造诣等艺术上的因素外，更重要的是它展示了散文诗这一文体的美学特质，扭转了人们对它的误解。误解包含：认为它不过是一些华丽词语的堆砌，小资情调的抒发，个人心境与身边琐事的笔现。其实并非如此，孙玉石先生在他的《〈野草〉与中国现代散文诗》一文中告诉我们：《野草》启示人们要把人的诗情与时代的斗争紧密联系起来；内心矛盾的严峻解剖和象征方法的完美运用，形成了《野草》这部散文诗集充满诗意而又富于哲理，幽远奇峻而又凝练深警的抒情色彩。譬如，在《过客》这篇寓言式的以戏剧形式展开的诗境中，渗透了生命意识无比辉煌的力量，和一种崇高悲剧美的苍凉与悲壮。无论前面是野地，是坟，是黄昏，是黑夜，“我只得走，我还是走好吧……”他“即刻昂起了头，愤然向死走去”，这便是“过客”的形象，鲁迅为我们塑造了一个不朽的“知其不可为而为之”的战士和诗人的典型形象。

《野草》发表之后的20世纪30年代，有学者认为散文诗创作进入了低谷，我觉得并非如此，相反，与草创期相比，她呈现出渐趋成熟的态势。草创期虽然大家云集，气氛热烈，不少人不过是偶尔为之，浅尝辄止，对散文诗文体的认识也不够深刻，这是很自然的现象。30 年代出现了专业性散文诗作家，如何其芳、丽尼、陆蠡、马国亮等，他们的作品已经相当成熟地显示了散文诗的美学优势，特别是何其芳的《画梦录》。这部作品原本是以散文集名义出版，且获得《大公报》文学奖的殊荣，然而人们因其浓郁的抒情性魅力和突出的诗美意境，普遍地将其视为优秀的散文诗样本，它在当时产生了很大影响。

20 世纪 30 年代末期到 40 年代，抗日战争和解放战争期间，文艺作品服务于斗争需要成为必然。作为散文诗自身的文体发展，基本上稳定地延续了前期风格，没有出现太大变化。郭风和刘北汜编选的一套《曙前散文诗丛书》，收入田一文、莫洛、羊翚、彭燕郊、刘北汜、叶金、陈敬容等人的作品，大体可以呈现这一时期散文诗的面貌。新中国成立以后，形势大变，散文诗以郭风的《叶笛》和柯蓝的《早霞短笛》为代表，吹响了时代的最强音。笛声中洋溢着明朗、欢快和昂扬的朝气，体现了当时人们的喜悦与乐观情绪。不过，1957 年流沙河因《草木篇》，徐成淼因《劝告》而遭受的打击和苦难，却也在散文诗史上留下了一抹记忆的暗影。再以后便是“文革”横扫一切的风暴，散文诗沦入长达十多年的“空白期”。其间，许多人因散文诗而惨遭批判和迫害，即使柯蓝的《早霞短笛》那样洋溢着歌颂与赞美的作品，也未能逃脱姚文元棍棒的打击。

苍天有眼，否极泰来。改革开放以后，散文诗迅即复苏，随后便是空前的繁荣。在 20 世纪 80 年代文学进入复苏的大背景下，柯蓝、郭风等人为散文诗四处奔走游说,推动了散文诗的振兴,这固然是重要的因素,但更关键的是整个文化环境趋向宽松。经过30多年的蓬勃发展,中国散文诗已经进入了成熟和丰收的繁荣期。一大批老中青散文诗作家不断涌现,优秀作品层出不穷,美不胜收,以及发表阵地不断扩大,诗集、选集、年选、丛书大量出版,理论研讨、评奖活动十分活跃,如此等等,真的是史无前例。种种情况,难以赘述,读者从这部《中国散文诗一百年大系》中,自会有直接的感受。

且让我们来一睹这部《中国散文诗一百年大系》的风采。

王泽群是一位散文诗作家,虽然他并非以散文诗为创作主项,但对散文诗事业却十分热心。为了纪念中国散文诗的百年诞辰,他倡议、策划、组织了《中国散文诗一百年大系》这部大型丛书的出版,邀请了韩嘉川、何敬君、栾承舟、栾纪曾、王亚平、雨倾城、高伟和霜扣儿八位诗人参与编选,第一本拟选入百年中有代表性的经典作品,这是一个规模宏大的工程。策划中决定的丛书任务,一是为百年散文诗的经历提供一份可资参考的作品史料;二是为读者推荐百年来的优秀散文诗作品。后者应是主要目标,因为绝大多数读者的兴趣,毕竟是在优秀散文诗的阅读欣赏方面。

悠悠百年,作品浩繁,大海捞针,百里挑一,编选工作的难度可想而知。早期作品的挑选难度在于资料匮乏,即作品少;当代作品的挑选难度在于作品多。面对这一实际情况,在选入作品的分量上,自然是今多昔少,这其实亦属必然。后来者居上,散文诗百年的发展,质量的逐步提升是必然的趋势,选入的当代优秀作品,包括一些年轻作家的作品,其美学高度已远超前人,这一点读者从大系中将会获得印证。

面对百年，尤其是当代散文诗，编选过程中的体验与思考颇多。择其要者，略述一二，向读者做一汇报。

1. 散文诗的文体属性问题，在国外，是很明确的。散文诗的开创者之一波德莱尔在谈及《巴黎的忧郁》时说："总之，这还是《恶之花》，但更自由、细腻、辛辣。"《恶之花》是诗集，那么《巴黎的忧郁》也是诗，是明确无误的了。国外的许多诗人，都把散文诗与分行诗一齐收入诗集出版，也是一个明证。但是在中国，多年流行的一种观点则是，散文诗是诗与散文的杂交品种，或边缘文体，也就是说，散文诗既可以是诗，也可以是散文，或诗或文，亦诗亦文。这就在很长时期中，对作者和读者造成了属性模糊不清的印象，许多人将短小的抒情散文误认成散文诗，导致一些散文诗严重散文化的倾向，对散文诗的发展十分不利。当代散文诗的后期，散文诗本质是诗的观念才得以确定。散文诗是自由诗的发展，为了强化诗的表现力，引入复杂情节而将散文的因素融入其中；散文是以"移民"的身份被吸入并加以改造而为其服务的。我提出"化散文"而不是"散文化"的观念，得到人们的共识。现在，散文诗已被公认为是归属于大诗歌谱系，与自由诗、古体诗并立的三大诗体之一。中国作协鲁迅文学奖的诗歌项目，也是这样安排的，这说明散文诗的文体归属问题，终于尘埃落定了。这是当代散文诗顺利发展的一个重要因素。大系编选过程中，也是按此认识处理的。

2. 对于散文诗的产生，人们多从其艺术形式上考虑，很少关注到它的时代背景，其实这一点至关重要。《巴黎的忧郁》是在资本主义发达社会，商品化对人性扭曲与异化的背景下产生的，五十篇作品几乎全是“他者”忧郁的陈述，而非作者个人的哀愁或闲愁，更不是供人赏玩的“小摆设”之类。揭示疮疤，治疗疼痛，拯救灵魂，呼唤人性，这才是散文诗这一文体在内容上的本质属性。散文诗传入中国后，却一度出现了大量内容空虚，专门抒发个人情感的小资情调，甚至是无病呻吟的作品。矫揉造作，扭捏作态的不良诗风随之流行，这极大地损害了散文诗的声誉，引起一些人对这一文体的冷漠和非议。鲁迅的《野草》之所以可贵，正在于他以其关注时代、关注现实，以及凝重而深厚的社会内容，还散文诗应有的本质属性。经过多年努力，当代散文诗的主流走向，已逐渐归于正常。对于这一问题，我曾提出过“要沉甸甸，不要轻飘飘”的主张，是有针对性的，现在看来，或亦有其片面性。“沉甸甸”固然需要，“轻飘飘的”，即那些清浅之作，也自有其审美价值。对于这个问题，谢冕的《散文诗说》中有段话说得很好。他说：“这是青春的文体，优美、轻盈、灵动、隽永，还有始终如一的高雅，以及始终拒绝粗鄙化的坚守。从主要的表现形态来说，散文诗似一幅幅水墨山水画，淡淡的、浅浅的，如山间的云霞。”在这个问题上，时刻都不要忘记多样化的要求，大系的编选中，处理是恰当的。

3. 人们为什么爱读散文诗？是为了满足审美的需求。有人说“散文诗是美的尤物”，美文性是它的一大优势。因此，我们将美视为散文诗的依归。选编过程中，以美的追求为首要目标。较难处理的是美与意义的关系问题，在“文以载道”的观念深入人心的中国，人们对文学作品的教育意义，即思想性十分重视，散文诗亦然。在创作过程中，如果从意义出发，即所谓“主题先行”，容易使作品形成说教；如果以形象阐释思想，会削弱诗美吸引力。

要正确解决这个问题，还需从认识上入手。什么是美？美是真善美的统一，意义、思想不应该是对美的强加，而是其内在生命不可分割的组成部分。也就是说，美隐含着意义，严格地讲，没有意义的美是不存在的。我们常讲的“德智体美”，美本身便是一“育”。散文诗正是通过美的形体，给予读者以优美情操、健康思想和精神文化修养上潜移默化的影响而实现其“教育意义”的。理直气壮地将审美作为散文诗价值的核心来处理，是大系编选过程中所遵循的一条原则。

愿《中国散文诗一百年大系》搭起的这座桥梁，能帮助您抵达中国百年散文诗的彼岸，获得一次审美的满足。

序

回首与展望

栾纪曾

当我们站在今天，回望中国散文诗一个世纪的行程，并走入它在动荡不安的历史中孕育出来的那些精短、自由、追寻未来的文字，一个时而雄浑、时而柔美、时而沉郁、时而清新、时而如风呼雷奔、时而如空谷足音的文学世界，便以自己独特的语境和神韵展开在我们面前。百年风光，目不暇接。阅读间，仿佛有一代代诗人从四面八方和时间深处走来，同我们做着跨越时空的对话。

作为一种新生的独立文体，中国散文诗是在自己的国家开始向现代社会发生根本性变革的关键时刻登上文学舞台的。一些新文学乃至新文化运动的风云人物，都进行过可贵的尝试和探索。短短十几年时间，不但留下了思想深邃、意象新奇的创世篇章，更有《野草》这样的经典，竖立起至今向我们投射光芒的里程碑。然而，与其他新文学门类相比，散文诗前行的路径更为坎坷和艰难。由于许多文学与非文学因素的作用，走进20世纪30年代后，便陷入几十年的萧条甚至沉寂，散文诗作家寥若晨星，作品更是难得一见。这或许是一种宿命。它唯一能做的，就是顽强地、一往如初地坚守自己,寻找自己,创造自己。历史进程自然有许多恒定的法则,但有时却会出人意料。当中国社会开始新一轮大变革的时候,所有的人都没有想到,看似柔弱无奈、几乎寂寞于文学之外的散文诗,却在20世纪80年代初,突然跃上文学与历史潮头,以清新、灵动的语境,冲破中国新诗铟囿的僵硬与刻板,用其他文学样式所不具有的迷人的触角,摇动着噩梦初醒、在新的历史面前不置可否、对未来尚在瞻前顾后的中国。短短三十多年时间,就从以柔美、洗练、短小为基本形态的写作,演进出情感更具历史感、视野更宏阔、想象更多彩的气象,文思所至,精神海拔也更高,哲学与美学底蕴更厚重。到世纪之交,全国各地已是散文诗人辈出,作品如雨后春笋,写作品质的锤炼和提升,更使几代诗人的笔墨呈现出全方位的多样性态势。他们问天,问生活,问世界,问自己,以锋利的或婉约的、沉重的或飘逸的、疏野的或隐喻的文字,淋漓尽致地抒写深藏在内心的对于过去、现实及未来的眺望与透视。尤为可喜的是,各地报刊陆续增加了刊登散文诗的版面,散文诗刊、散文诗平台相继出现,个人散文诗集、各种合集与选本、各种散文诗研究专著层出不穷。这实在是中国散文诗献给自己诞生百年的最好礼物了。

散文诗是中国新诗在创生中分蘖出来的一个更自由的诗歌形态。虽被称为散文诗,却有着与散文截然不同的语言方式。虽同新诗一样坚守着中国传统诗学的精髓,即以意象为灵魂的意境升华,一同向中国诗歌的现代品格演进,但节奏比新诗更舒缓,讲述更生动细微,词语的跳跃与连接更是自成一格。今天,无论选择哪个视角审视,中国散文诗已走到一个极重要的时间点。这不仅因为作为一种文学门类,经历过几十年近乎消亡的状态后,出现了堪称爆发性的繁荣,而且正面临着自身的多维向突破与建构。从内容到形式,从认知到写作实践,从审美观念到诗人精神的解放。对于中国的散文诗人,这是一个不容回避的艰巨且艰难的使命。

一百年,短暂如同一脚落下、一脚抬起。但在历经时间雨水浇淋又落满诗人们人生风尘的散文诗世界,编一个既有历史感又富有诗学品质的选本,却不是一件容易事。对散文诗,我写作体验甚少,因写过几个散文诗评论及作品集序跋,更因年长几岁的缘故,青岛几位散文诗人邀我参与编选。辞之难果,只能感谢他们的信赖,也感谢他们和许多散文诗人在编选过程中提供的多方面支持。编选期间,仿佛同众多的文朋诗友一起,在令人着迷的散文诗星空里,追寻着诗人们的身影和足迹,辨认着他们留在文学画廊中那些多姿多彩的心灵图谱,有时还会在时间的岸边停下来,静静地面对他们用生命点燃的照耀今天的篝火,从中采集诗神赐予的火种及其在燃烧中发出的光芒。冥冥中还感到,整个编选过程一直被无数诗人和读者注视着,也被散文诗注视着。本卷并非经典选集。由于诗人多,优秀作品多,又有文本规模所限,许多作品只能割爱,请诗人与读者见谅。选本中的不足,更请直言批评。写到这里不禁想到,中国方块文字的立体形态美及其包容天地万物多维动态信息的奥妙与神奇,使它成为世界上最适合写诗的文字,也使许多古典诗词达到炉火纯青的境界,为我们竖立起世代相传的诗歌语言标杆。当然也是散文诗语言的标杆。无论散文诗思维有怎样的独特性,今天的写作面临着怎样的现代嬗变,最终要以语言文字抵达读者的心灵。我们要做的,就是踏着方块字的阶梯,义无反顾,不断攀上更高的精神海拔,把一个个散文诗星座,排列在广阔的文学时空。

目 录

鲁　迅

鲁迅(1881—1936),原名周樟寿,周树人,浙江绍兴人。有二十卷本、十六卷本、十八卷本的《鲁迅全集》行世。1927 年出版散文诗集《野草》。

秋　夜

在我的后园,可以看见墙外有两株树,一株是枣树,还有一株也是枣树。

这上面的夜的天空,奇怪而高,我生平没有见过这样的奇怪而高的天空。他仿佛要离开人间而去,使人们仰面不再看见。然而现在却非常之蓝,闪闪地䀹着几十个星星的眼,冷眼。他的口角上现出微笑,似乎自以为大有深意,而将繁霜洒在我的园里的野花草上。

我不知道那些花草真叫什么名字,人们叫他们什么名字。我记得有一种开过极细小的粉红花,现在还开着,但是更极细小了,她在冷的夜气中,瑟缩地做梦,梦见春的到来,梦见秋的到来,梦见瘦的诗人将眼泪擦在她最末的花瓣上,告诉她秋虽然来,冬虽然来,而此后接着还是春,蝴蝶乱飞,蜜蜂都唱起春词来了。她于是一笑,虽然颜色冻得红惨惨地,仍然瑟缩着。

枣树,他们简直落尽了叶子。先前,还有一两个孩子来打他们别人打剩的枣子，现在是一个也不剩了，连叶子也落尽了。他知道小粉红花的梦，秋后要有春；他也知道落叶的梦，春后还是秋。他简直落尽叶子，单剩干子，然而脱了当初满树是果实和叶子时候的弧形，欠伸得很舒服。但是，有几枝还低亚着，护定他从打枣的竿梢所得的皮伤，而最直最长的几枝，却已默默地铁似的直刺着奇怪而高的天空，使天空闪闪地鬼䀹眼；直刺着天空中圆满的月亮，使月亮窘得发白。

鬼䀹眼的天空越加非常之蓝，不安了，仿佛想离去人间，避开枣树，只将月亮剩下。然而月亮也暗暗地躲到东边去了。而一无所有的干子，却仍然默默地铁似的直刺着奇怪而高的天空，一意要制他的死命，不管他各式各样地䀹着许多蛊惑的眼睛。

哇的一声，夜游的恶鸟飞过了。

我忽而听到夜半的笑声，吃吃地，似乎不愿意惊动睡着的人，然而四围的空气都应和着笑。夜半，没有别的人，我即刻听出这声音就在我嘴里，我也即刻被这笑声所驱逐，回进自己的房。灯火的带子也即刻被我旋高了。

后窗的玻璃上丁丁地响，还有许多小飞虫乱撞。不多久，几个进来了，许是从窗纸的破孔进来的。他们一进来，又在玻璃的灯罩上撞得丁丁地响。一个从上面撞进去了，他于是遇到火，而且我以为这火是真的。两三个却休息在灯的纸罩上喘气。那罩是昨晚新换的罩，雪白的纸，折出波浪纹的迭痕，一角还画出一枝猩红色的栀子。

猩红的栀子开花时，枣树又要做小粉红花的梦，青葱地弯成弧形了。……我又听到夜半的笑声；我赶紧砍断我的心绪，看那老在白纸罩上的小青虫，头大尾小，向日葵子似的，只有半粒小麦那么大，遍身的颜色苍翠得可爱，可怜。

我打一个呵欠，点起一支纸烟，喷出烟来，对着灯默默地敬奠这些苍翠精致的英雄们。

1924 年 9 月 15 日

（选自《语丝》1924 年第 3 期）

影的告别

人睡到不知道时候的时候，就会有影来告别，说出那些话——

有我所不乐意的在天堂里，我不愿去；有我所不乐意的在地狱里，我不愿去；有我所不乐意的在你们将来的黄金世界里，我不愿去。

然而你就是我所不乐意的。

朋友，我不想跟随你了，我不愿往。

我不愿意！

呜乎呜乎，我不愿意，我不如彷徨于无地。

我不过一个影，要别你而沉没在黑暗里了。然而黑暗又会吞并我，然而光明又会使我消失。

然而我不愿彷徨于明暗之间，我不如在黑暗里沉没。

然而我终于彷徨于明暗之间，我不知道是黄昏还是黎明。我姑且举灰黑的手装作喝干一杯酒，我将在不知道时候的时候独自远行。

呜乎呜乎，倘若黄昏，黑夜自然会来沉没我，否则我要被白天消失，如果现是黎明。

朋友，时候近了。

我将向黑暗里彷徨于无地。

你还想我的赠品。我能献你甚么呢？无已，则仍是黑暗和虚空而已。但是，我愿意只是黑暗，或者会消失于你的白天；我愿意只是虚空，决不占你的心地。

我愿意这样，朋友——

我独自远行，不但没有你，并且再没有别的影在黑暗里。只有我被黑暗沉没，那世界全属于我自己。

1924 年 9 月 24 日

（选自《语丝》1924 年第 4 期）

这样的战士

要有这样的一种战士——

已不是蒙昧如非洲土人而背着雪亮的毛瑟枪的；也并不疲惫如中国绿营兵而却配着盒子炮。他毫无乞灵于牛皮和废铁的甲胄；他只有自己，但拿着蛮人所用的，脱手一掷的投枪。

他走进无物之阵，所遇见的都对他一式点头。他知道这点头就是敌人的武器，是杀人不见血的武器，许多战士都在此灭亡，正如炮弹一般，使猛士无所用其力。

那些头上有各种旗帜，绣出各样好名称：慈善家，学者，文士，长者，青年，雅人，君子……。头下有各样外套，绣出各式好花样：学问，道德，国粹，民意，逻辑，公义，东方文明……。

但他举起了投枪。

他们都同声立了誓来讲说，他们的心都在胸膛的中央，和别的偏心的人类两样。他们都在胸前放着护心镜，就为自己也深信心在胸膛中央的事作证。

但他举起了投枪。

他微笑，偏侧一掷，却正中他们的心窝。

一切都颓然倒地；——然而只有一件外套，其中无物。无物之物已经脱走，得了胜利，因为他这时成了戕害慈善家等类的罪人。

但他举起了投枪。

他在无物之阵中大踏步走，再见一式的点头，各种的旗帜，各样的外套……。

但他举起了投枪。

他终于在无物之阵中老衰，寿终。他终于不是战士，但无物之物则是胜者。

在这样的境地里，谁也不闻战叫：太平。

太平……。

但他举起了投枪！

1925 年 12 月 14 日

（选自鲁迅《野草》，人民文学出版社，1973 年）

淡淡的血痕中

——记念几个死者和生者和未生者

目前的造物主，还是一个怯弱者。

他暗暗地使天变地异，却不敢毁灭一个这地球；暗暗地使生物衰亡，却不敢长存一切尸体；暗暗地使人类流血，却不敢使血色永远鲜秾；暗暗地使人类受苦，却不敢使人类永远记得。

他专为他的同类——人类中的怯弱者——设想，用废墟荒坟来衬托华屋，用时光来冲淡苦痛和血痕；日日斟出一杯微甘的苦酒，不太少，不太多，以能微醉为度，递给人间，使饮者可以哭，可以歌，也如醒，也如醉，若有知，若无知，也欲死，也欲生。他必须使一切也欲生；他还没有灭尽人类的勇气。

几片废墟和几个荒坟散在地上，映以淡淡的血痕，人们都在其间咀嚼着人我的渺茫的悲苦。但是不肯吐弃，以为究竟胜于空虚，各各自称为“天之僇民”，以作咀嚼着人我的渺茫的悲苦的辩解，而且悚息着静待新的悲苦的到来。新的，这就使他们恐惧，而又渴欲相遇。

这都是造物主的良民。他就需要这样。

叛逆的猛士出于人间；他屹立着，洞见一切已改和现有的废墟和荒坟，记得一切深广和久远的苦痛，正视一切重迭淤积的凝血，深知一切已死，方生，将生和未生。他看透了造化的把戏；他将要起来使人类苏生，或者使人类灭尽，这些造物主的良民们。

造物主，怯弱者，羞惭了，于是伏藏。天地在猛士的眼中于是变色。

1926 年 4 月 8 日

（选自《语丝》1926 年 4 月 19 日第 75 期）

沈尹默

沈尹默(1883—1971),祖籍浙江吴兴,生于陕西西安。著有诗集《秋明集》等。

月　夜

霜风呼呼地吹着,月光明明地照着。

我和一株顶高的树并排立着,却没有靠着。

(选自《新青年》1918 年第 4 卷第 1 号)

人力车夫

日光淡淡,白云悠悠,风吹薄冰,河水不流。

出门去,雇人力车。街上行人,往来很多;车马纷纷,不知干些什么?

人力车上人,个个穿棉衣,个个袖手望,还觉风吹来,身上冷不过。

车夫单衣已破,他却汗珠儿颗颗往下堕。

(选自《新青年》1918 年第 4 卷第 1 号)

三　弦

中午时候，火一样的太阳，没法去遮拦，让他直晒着长街上。静悄悄少人行路，只有悠悠风来，吹动路旁杨树。

谁家破大门里，半院子绿茸茸细草，都浮着闪闪的金光。旁边有一段低低土墙，挡住了个弹三弦的人，却不能隔断那三弦鼓荡的声浪。

门外坐着一个穿破衣裳的老年人，双手抱着头，他不声不响。

（选自《新青年》1918 年第 5 卷第 2 号）

生　机

枯树上的残雪，渐渐都消化了；那风雪凛冽的余威，似乎敌不住微和的春气。

园里一树山桃花，他含着十分生意，密密地开了满枝。

不但这里桃花好看，到处园里，都是这般。

刮了两日风，又下了几阵雪。

山桃虽是开着，却冻坏了夹竹桃的叶。地上的嫩红芽，更僵了发不出。

人人说天气这般冷，草木的生机恐怕都被挫折；谁知道那路旁的细柳条，他们暗地里却一齐换了颜色！

（选自《新青年》1918 年第 6 卷第 4 号）

白杨树

白杨树！白杨树！你的感觉好灵敏呵！微风吹过，还没摇动地上的草，先摇动了你枝上的叶。

没有人迹的小院落里，树上歇着几个小雀儿，“啾啁啾啁”不住地叫。他是快乐吗？这样寂寞的快乐！

除了“啾啁啾啁”的小雀儿，不听见别的声响。地下睡着的一般人，他们沉沉地睡着，永远没有睡醒时。难道他们也快乐吗？这样寂寞的快乐！

白杨树！白杨树！现在你的感觉是怎么样的，你能告诉我吗？

（选自《新青年》1919 年第 7 卷第 2 号）

刘半农

刘半农(1891—1934),原名寿彭,后名复,初字半侬,后改半农,晚号曲庵,江苏江阴人。著有诗集《扬鞭集》《瓦釜集》和《半农杂文》等。

晓

火车——永远是这么快——向前飞进。

天色渐渐地亮了;不觉得长夜已过,只觉车中的灯,一点点的暗下来。

车窗外面:

起初是昏沉沉一片黑,慢慢露出微光,露出鱼肚白的天,露出紫色、红色、金色的霞彩。

是天上疏疏密密的云?是地上的池沼?丘陵?草木?是流霞?辨别不出。

太阳的光线,一丝丝透出来,照见一片平原,罩着层白蒙蒙的薄雾。雾中隐隐约约,有几墩绿油油的矮树。雾顶上,托着些淡淡的远山。几处炊烟,在山坳里徐徐动荡。

这样的景色,是我生平第一次见到。

晓风轻轻吹来,很凉快,很清洁,叫我不甘心睡。

回看车中,大家东横西倒,鼾声呼呼,现出那干——枯——黄

——白——很可怜的脸色！

只有一个三岁的女孩，躺在我手臂上，笑眯眯的，两颊像苹果，映着朝阳。

1918 年 7 月 10 日，沪宁车中

（选自《新青年》1918 年第 5 卷第 2 号）

老 牛

秧田岸上，有一只老牛戽水，一连戽了多天。酷热的太阳，直射在它背上。淋淋的汗，把它满身的毛，浸成毡也似的一片。它虽然极疲乏，却还不肯休息。树荫里坐着一只小狗，很凉快，很清闲，摇着它的小耳朵，用清脆的声音向牛说："笨牛！你天天绕着圈子乱走，何尝向前一步？不要说你走得吃力，我看也看厌了！"牛说："我管不得我自己能不能向前，也管不得你看厌不看厌，只要我车下的水，平稳流动，浸润着我一片可爱的秧田。"狗说："到秧田成熟了，你早就跑死！"牛说："这件事，我从来没有功夫想到……"

1918 年

（选自《扬鞭集》，北新书局，1926 年）

雨[①]

妈！我今天要睡了——要靠着我的妈早些睡了。听！后面

①这里是小惠的话，我不过替他做个速记，替她连串一下罢了。

草地上，更没有半点声音；是我的小朋友们，都靠着他们的妈早些去睡了。

听！后面草地上，更没有半点声音；只是墨也似的黑！只是墨也似的黑！怕啊！野狗野猫在远远地叫，可不要来啊！只是那叮叮咚咚的雨，为什么还在那里叮叮咚咚地响？

妈！我要睡了！那不怕野狗野猫的雨，还在墨黑的草地上，叮叮咚咚地响。它为什么不回去呢？它为什么不靠着它的妈，早些睡呢？

妈！你为什么笑？你说它没有家么？昨天不下雨的时候，草地上全是月光，它到哪里去了呢？你说它没有妈么？不是你前天说，天上的黑云，便是它的妈么？

妈！我要睡了！你就关上了窗，不要让雨来打湿我们的床。你就把我的小雨衣借给雨，不要让雨打湿了雨的衣裳。

1920年8月16日，伦敦

（选自《扬鞭集》，北新书局，1926年）

在墨蓝的海洋深处

在墨蓝的海洋深处，暗礁的底里，起了一些些的微波，我们永世也看不见。但若推算它的来因与去果，它可直远到世界的边际啊！

在星光死尽的夜，荒村破屋之中，有什么个人呜呜地哭着，我们也永世听不见。但若推算它的来因与去果，一颗颗的泪珠，都可挥洒到人间的边际啊！

他，或她，只偶然做了个悲哀的中点。这悲哀的来去聚散，都经过了，穿透了我的，你的，一切幸运者的，不幸运者的心，可是我们竟全然不知道！这若不是人间的耻辱么？可免不了是人间最大的伤心啊！

1923 年 7 月 4 日，巴黎

（选自《刘半农诗选》，人民文学出版社，1958 年）

郭沫若

郭沫若(1892—1978),原名郭开贞,四川乐山人。曾主编《中国史稿》《甲骨文合集》,全部作品编成《郭沫若全集》38卷。

冬

偌大个青翠的松原,也都凋到了这么个田地!

我就好像站在个瀚海当中,有一群无数的痿乞丐,披着了破烂的蓑衣,戴着编成了蒲团一样的头发,伸着些贪婪的空手,在向我乞怜一样。

这儿却有两株枇杷,一株柚树,这要算是个Gasis了!它们生在不同调的这些异族当中,虽觉得有些寂寥,但是被这落寞的环境,倒形容得更十分地鲜嫩可爱。枇杷叶中的少年们,像一片片的碧玉,异常葱秀。柚树枝头的柚子已经带着嫩金色了。

一个穿件黑色披风的人在这枯林中窜走。他时时抬起头来望望上面的天空,他带着个尸首一样的面孔。

他提着个绝大的网篮,沿路收拾起尸骸在走,走向个绝大绝大的墓地里去。

我站在墓碑面前,只听着"冬"的一声——午炮。

(选自《时事新报·学灯》1920年12月20日)

山茶花

昨晚从山上回来，采了几串茨实、几簇秋楂、几枝蓓蕾着的山茶。

我把它们投插在一个铁壶里面，挂在壁间。

鲜红的楂子和嫩黄的茨实衬着浓碧的山茶叶——这是怎么也不能描画出的一种风味。

黑色的铁壶更和苔衣深厚的岩骨一样了。

今早刚从熟睡里醒来时，小小的一室中漾着一种清香的不知名的花气。

这是从什么地方吹来的呀？

原来铁壶中投插着的山茶，竟开了四朵白色的鲜花！

啊，清秋活在我壶里了！

（选自《晨报副刊》1924 年 12 月 31 日）

银　杏

银杏，我思念你，我不知道你为什么又叫公孙树。但一般人叫你是白果，那是容易理解的。

我知道，你的特征并不专在乎你有这和杏相仿佛的果实，核皮是纯白如银，核仁是富于营养——这不用说已经就足以为你的特征了。

但一般人并不知道你是有花植物中最古的先进，你的花粉和胚珠具有着动物般的性态，你是完全由人力保存下来的奇珍。

自然界中已经是不能有你的存在了，但你依然挺立着，在太空中高唱着人间胜利的凯歌。

你这东方的圣者，你这中国人文的有生命的纪念塔，你是只有中国才有呀，一般人似乎也并不知道。

我到过日本，日本也有你，但你分明是日本的华侨，你侨居在日本大约已有中国的文化侨居在日本的那样久远了吧。

你是真应该称为中国的国树的呀，我是喜欢你，我特别喜欢你。

但也并不是因为你是中国的特产，我才特别喜欢，是因为你美，你真，你善。

你的株干是多么的端直，你的枝条是多么的蓬勃，你那折扇形的叶片是多么青翠，多么莹洁，多么的精巧呀！

在暑天你为多少的庙宇戴上了巍峨的云冠，你也为多少的劳苦人撑出了清凉的华盖。

梧桐虽有你的端直而没有你的坚牢；

白杨虽有你的葱茏而没有你的庄重。

熏风会媚抚你，群鸟时来为你欢歌；上帝百神——假如是有上帝百神，我相信每当皓月流空，他们会在你脚下来聚会。

秋天到来，蝴蝶已经死了的时候，你的碧叶要翻成金黄，而且又会飞出满园的蝴蝶。

你不是一位巧妙的魔术师吗？但你丝毫也没有令人掩鼻的那种的江湖气息。

当你那解脱了一切，你那槎枒的枝干挺撑在太空中的时候，你对于寒风霜雪毫不避易。

那是多么的嶙峋而洒脱呀,恐怕自有佛法以来再也不曾产生过像你这样的高僧。

你没有丝毫依阿取容的姿态,但你也并不荒伧;你的美德像音乐一样洋溢八荒,但你也并不骄傲;你的名讳似乎就是"超然",你超在乎一切的草木之上,你超在乎一切之上,但你并不隐遁。

你的果实不是可以滋养人,你的木质不是坚实的器材,就是你的落叶不也是绝好的引火的燃料吗?

可是我真有点奇怪了,奇怪的是中国人似乎大家都忘记了你,而且忘记得很久远,似乎是从古以来。

我在中国的经典中找不出你的名字,我很少看到中国的诗人咏赞你的诗,也很少看到中国的画家描绘你的画。

这究竟是怎么一回事呀,你是随中国文化以俱来的亘古的证人,你不也是以为奇怪吗?

银杏,中国人是忘记了你呀,大家虽然都在吃你的白果,都喜欢吃你的白果,但的确是忘记了你呀。

世间上也尽有不辨菽麦的人,但把你忘记得这样普遍,这样久远的例子,从来也不曾有过。

真的啦,陪都不是首善之区吗?但我就很少看见你的影子;为什么遍街都是洋槐,满园都是幽加里树呢?

我是怎样的思念你呀,银杏!我可希望你不要把中国忘记吧。

这事情是有点危险的,我怕你一不高兴,会从中国的地面上隐遁下去。

在中国的领空中会永远听不着你赞美生命的欢歌。

银杏，我真希望呀，希望中国人单为能更多吃你的白果，总有能更加爱慕你的一天。

1942 年 5 月 23 日

（选自重庆《新华日报》1942 年 5 月 29 日）

许地山

许地山(1893—1941),名赞堃,字地山,笔名落花生,广东揭阳人。著有《空山灵雨》《达衷集》《印度文学》,译著有《二十夜问》《孟加拉民间故事》等。

春底林野

春光在万山环抱里,更是泄露得迟。那里底桃花还是开着;漫游底薄云从这峰飞过那峰,有时稍停一会,为底是挡住太阳,教地面底花草在它的荫下避避光底威吓。

岩下底荫处和山溪底旁边长满了薇蕨和其他凤尾草。红、黄、蓝、紫的小草花点缀在绿茵上头。

天中底云雀,林中底金莺,都鼓起它们底舌簧。轻风把它们底声音挤成一片,分送给山中各样有耳无耳的生物。桃花听得入神,禁不住落了几点粉泪,一片一片凝在地上。小草花听得大醉,也和着声音底节拍一会倒,一会起,没有镇定的时候。

林下一班孩子正在那里捡桃花底落瓣哪。他们捡着,清儿忽嚷起来,道:“嘎,邕邕来了!”众孩子住了手,都向桃林底尽头盼望。果然邕邕也在那里摘草花。

清儿道:“我们今天可要试试阿桐底本领了。若是他能办得到,我们都把花瓣穿成一串瓔珞围在他身上,封他为大哥如何?”

众人都答应了。

阿桐走到邕邕面前，道："我们正等着你来呢。"

阿桐的左手盘在邕邕底脖上，一面走一面说："今天他们要替你办嫁妆，教你做我底妻子。你能做我底妻子么?"

邕邕狠视了阿桐一下，回头用手推开他，不许他底手再搭在自己脖上。孩子们都笑得支持不住了。

众孩子嚷道："我们见过邕邕用手推人了！阿桐赢了!"

邕邕从来不会拒绝人，阿桐怎能知道一说那话，就能使她动手呢？是春光底荡漾，把她这种心思泛出来呢？或者，天地之心就是这样呢?

你且看：漫游的薄云还是从这峰飞过那峰。

你且听：云雀和金莺底歌声还布满了空中和林中。在这万山环抱的桃林中，除那班爱闹底孩子以外，万物把春光领略得心眼都迷蒙了。

(选自《小说月报》1922 年 5 月第 13 卷 5 号)

面　具

人面原不如那纸制底面具哟！你看那红的，黑的，白的，青的，喜笑的，悲哀的，目眦怒得欲裂的面容，无论你怎样褒奖，怎样弃嫌，他们一点也不改变。红的还是红，白的还是白，目眦欲裂的还是目眦欲裂。

人面呢？颜色比那纸制的小玩意儿好而且活动，带着生气。可是你褒奖他底时候，他虽是很高兴，脸上却装出很不愿意底样子;你指摘他底时候,他虽是懊恼,脸上偏要显出勇于纳言底颜色。

人面到底是靠不住呀!我们要学面具,但不要戴它,因为面具后头应当让它空着才好。

(选自《空山灵雨》,商务印书馆,1925 年)

徐玉诺

徐玉诺(1894—1958),又名言信,笔名红蠖。河南鲁山人。著有诗集《将来之花园》和《雪朝》第四集等,以及短篇小说集《朱家坟夜话》(1958 年)。

燃烧的眼泪

不晓得我多少年没有回到故乡了;

一天我偶然找到我的故乡,呀!

什么都没有了。没有一个人,或是他种生物还活在世上;在那荒凉的旷野里,只剩些垒垒的坟墓,和碎瓦片了。

呵,我的亲人!这些就是你们吗?

在这些东西上,可以证明你们曾生活过;

为什么……为什么只是如此了……

我四方怅惘着哭,我的眼泪就像小河一般流到地上。

我哭到沉醉没知觉的时候,忽然大地从我脚下裂开;我随时也坠落在里边。

一位白发的母亲正在张着两臂迎接我。

可怜的孩子,你也来了!她说着,我仿佛沉在温泉里。

那些眼泪即时在秋后草根一般的枯骨上燃烧起来了。渐渐烧起墓上枯草。

快放的花苞

啊，你们老人！快快展开你们的眉宇；你们果然因为死神立你们的前面而发抖了！

喂，我是时代的游客；我从上帝把生命的种子放在世界上那一刹那一直走到现在。

我曾踏过在有势力的人，富人的骨灰——极恶劣的东西；只有你们这样老劳动家，老母亲的花正开着。永远地放着芳香。

贺你们的喜，喂，你们老人！

你们不是把许多事情放在你们的肩上而工作过吗？

你们不是把种子下在田中，并且看它开花结果过吗？

你们不是彼此互相恋爱过吗？就是这个缘故：

芬芳都含满你们的身上了。

将来之花园

我坐在轻松松的草原里，慢慢地把破布一般折叠着的梦开展；

这就是我的工作呵！我细细心心地把我心中更美丽，更新鲜，更适合于我们的花纹织在上边；预备着……后来……

这就是小孩子们的花园！

（选自《将来之花园》，商务印书馆，1922 年）

茅　盾

茅盾(1896—1981),原名沈德鸿,字雁冰,浙江桐乡人。著有长篇小说《子夜》《蚀》三部曲、中篇小说《三人行》、短篇小说《林家铺子》《春蚕》,文学评论《夜读偶记》等。

黄　昏

海是深绿色的,说不上光滑;排了队的小浪开正步走,数不清有多少,喊着口令“一,二—— 一”似的,朝喇叭口的海塘来了。挤到沙滩边,啵澌!队伍解散,喷着愤怒的白沫。然而后一排又赶着扑上来了。

三只五只的白鸥轻轻地掠过,翅膀拍着波浪—— 一点一点躁怒起来的波浪。

风在掌号。冲锋号!小波浪跳跃着,每一个像个大眼睛,闪射着金光。满海全是金眼睛,全在跳跃。海塘下空隆空隆地腾起了喊杀。

而这些海的跳跃着的金眼睛重重叠叠一排接一排,一排怒似一排,一排比一排浓溢着血色的赤,连到天边,成为绀金色的一抹。这上头,半轮火红的夕阳!

半边天烧红了，沉甸甸地压在夕阳的光头上。

愤怒地挣扎的夕阳似乎在说：

——哦，哦！我已经尽了今天的历史的使命。我已经走完了今天的路程了！现在，现在，是我的休息时间到了，是我的死期到了！哦，哦！却也是我的新生期快开始了！明天，从海的那一头，我将威武地升起来，给你们光明，给你们温暖，给你们快乐！

呼——呼——

风带着永远不会死的太阳的宣言到全世界。高的喜马拉雅山的最高峰，汪洋的太平洋，阴郁的古老的小村落，银的白光冻凝了的都市—— 一切，一切，夕阳都喷上了一口血焰！

两点三点白鸥划破了渐变为赭色的天空。

风带着夕阳的宣言走了。

像忽然熔化了似的，海的无数跳跃着的金眼睛摊平为暗绿的大面孔。

远处有悲壮的笳声。

夜的黑幕沉重地将落未落。

不知到什么地方去过一次的风，忽然又回来了；这回是打着鼓似的：勃仑仑，勃仑仑！不，不单是风，有雷！风挟着雷声！

海又动荡，波浪跳起来，轰！轰！

在夜的海上，大风雨来了！

（选自《太白》1934 年第 1 卷第 5 期）

沙滩上的脚迹

他，独自一个，在这黄昏的沙滩上彳亍。

什么都看不分明了，仅可辨认，那白茫茫的知道是沙滩，那黑漆漆的是酝酿着暴风雨的海。

远处有一点光明，知道是灯塔。

他，用心火来照亮了路，可也不能远，只这么三二尺地面，他小心地走着，走着。

猛地，天空瞥过了锯齿形的闪电。他看见不远的前面是黑簇簇的一团，呵呵，这是"夜的国"么，还是妖魔的堡寨？

他又看见离身丈把路的沙上，是满满的纵横重叠的脚迹。

哈哈，有了！赶快！他狂喜地跳着，想踏上那些该是过去人的脚迹。

他浑身一使劲，迸出个更大些的心火来。

他伛着腰，辨认那纵横重叠的脚迹，用他的微弱的心火的光焰。

咄！但是他吃惊地叫了起来。

这纵横重叠的，分明是禽兽的脚迹。大的，小的，新的，旧的，延展着，延展着，不知有几多远。而他，孤零零站在这兽迹的大海中间。

他惘然站着，失却了本来的勇气；心头的火光更加微弱，黄苍苍地像一个毛月亮，更不能照他一步两步远。

于是抱着头，他坐在沙上。

他坐着，他想等到天亮；他相信：这纵横重叠的鸟兽的脚迹中，一定也有一些是人的脚迹，可以引上康庄大道，达到有光明温暖的人的处所的脚迹，只要耐守到天明，就可以辨认出来。

他耐心地等着，抱着头，连远处的灯塔也不望它一眼。他相信，在恐怖的黑夜中，耐心等候是不错的。然而，然而——

隆隆隆地，他听到了叫他汗毛直竖的怪响了。这不是雷鸣，也不是海啸，他猛一抬头，看见无数青面獠牙的夜叉从海边的黑浪里涌出来，夜叉们一手是钢刀，一手是人的黑心炼成的金元宝，慌慌张张在找觅牺牲品。

他又看见跟在夜叉背后的，是妖媚的人鱼披散了长发，高耸着一对浑圆的乳峰，坐在海滩的鹅卵石上，唱迷人的歌曲。

他闭了眼，心里这才想到等候也不是办法；他跳了起来，用最后的一分力，把心火再旺起来，打算找路走。可是——那边黑簇簇的一团这时闪闪烁烁飞出几点光来。飞出的更多了！光点儿结成球了，结成线条了，终于青闪闪地排成了四个大字：光明之路！

呵！哦！他得救地喊了一声。

这当儿，天空又撒下了锯齿形的闪电。是锯齿形！直要把这昏黑的天锯成两半。在电光下，他看得明明白白，那边是一些七分像人的鬼怪，手里都有一根长家伙，怕就是人身上的什么骨头，尖端吐出青绿的鬼火，是这鬼火排成了好看的字。

在电光下，他又分明看到地下重重叠叠的脚迹中确也有些人样的脚迹，有的已经被踏乱，有的却还清楚，像是新的。

他的心一跳，心好像放大了一倍，从心里射出来的光也明亮得多了；他看见地下的脚迹中间还有些虽则外形颇像人类但确是什么只穿着人的靴子的妖魔的足印，而且他又看见旁边有小小的孩子们的脚印。有些天真的孩子上过当！

然而他也在重重叠叠的兽迹和冒充人类的什么妖怪的足印下，发见了被埋藏的真的人的足迹。而这些脚迹向着同一的方向，愈去愈密。

他觉得愈加有把握了，等天亮再走的念头打消得精光，靠着心火的照明，在纵横杂乱的脚迹中他小心地辨认着真的人的足印，坚定地前进！

（选自《太白》1934 年第 1 卷第 5 期）

徐志摩

徐志摩(1896—1931),浙江海宁人。著有诗集《志摩的诗》《翡冷翠的一夜》,散文集《落叶》《自剖》《巴黎的鳞爪》等。

婴　儿

我们要盼望一个伟大的事实出现,我们要守候一个馨香的婴儿出世:——你看他那母亲在她生产的床上受罪!

她那少妇的安详,柔和,端丽,现在在剧烈的阵痛里变形成不可信的丑恶:你看她那遍体的筋络都在她薄嫩的皮肤底里暴涨着,可怕的青色与紫色,像受惊的水青蛇在田沟里急泅似的,汗珠站在她的前额上像一颗弹的黄豆,她的四肢与身体猛烈地抽搐着,畸屈着,奋挺着,纠旋着,仿佛她垫着的席子是用针尖编成的,仿佛她的帐围是用火焰织成的;

一个安详的,镇定的,端庄的,美丽的少妇,现在在绞痛的惨酷里变形成魔鬼似的可怖:她的眼,一时紧紧地阖着,一时巨大地睁着,她那眼,原来像冬夜池潭里反映着的明星,现在吐露着青黄色的凶焰,眼珠像是烧红的炭火,映射出她灵魂最后的奋斗,她的原来朱红色的口唇,现在像是炉底的冷灰,她的口颤着,噘着,扭着,死神的热烈的亲吻不容许她一息的平安,她的发是散披着,横在口边，漫在胸前，像揪乱的麻丝，她的手指间紧抓着几穗拧下来的乱发；

这母亲在她生产的床上受罪——

但她还不曾绝望，她的生命挣扎着血与肉与骨与肢体的纤微，在危崖的边沿上，抵抗着，搏斗着，死神的逼迫；

她还不曾放手，因为她知道（她的灵魂知道！）

这苦痛不是无因的，因为她知道她的胎宫里孕育着一点比她自己更伟大的生命的种子，包涵着一个比一切更永久的婴儿；

因为她知道这苦痛是婴儿要求出世的征候，是种子在泥土里爆裂成美丽的生命的消息，是她完成她自己生命的使命的时机；

因为她知道这忍耐是有结果的，在她剧痛的昏瞀中她仿佛听着上帝准许人间祈祷的声音，她仿佛听着天使们赞美未来的光明的声音；

因此她忍耐着，抵抗着，奋斗着……她抵拼绷断她统体的纤微，她要赎出在她那胎宫里动荡着的生命，在她一个完全，美丽的婴儿出世的盼望中，最锐利，最沉酣的痛感逼成了最锐利最沉酣的快感……

（选自《志摩的诗》，上海新月书店，1928 年）

毒　药

今天不是我歌唱的日子，我口边涎着狞恶的微笑，不是我说笑的日子，我胸怀间插着发冷光的利刃；

相信我，我的思想是恶毒的因为这世界是恶毒的，我的灵魂是黑暗的因为太阳已经灭绝了光彩，我的声调是像坟堆里的夜鸮因为人间已经杀尽了一切的和谐，我的口音像是怨鬼责问他的仇人因为一切的恩已经让路给一切的怨；

但是相信我，真理是在我的话里虽则我的话像是毒药，真理是我永远不含糊的虽则我的话里仿佛有两头蛇的舌，蝎子的尾尖，蜈蚣的触须；只因为我的心里充满着比毒药更强烈，比咒诅更狠毒，比火焰更猖狂，比死更深奥的不忍心与怜悯心与爱心，所以我说的话是毒性的，咒诅的，燎灼的，虚无的；

相信我，我们一切的准绳已经埋没在珊瑚土打紧的墓宫里，最劲冽的祭肴的香味也穿不透这严封的地层：一切的准则是死了的；

我们一切的信息像是顶烂在树枝上的风筝，我们手里擎着这迸断了的鹞线；一切的信心是烂了的；

相信我，猜疑的巨大的黑影，像一块乌云似的，已经笼盖着人间一切的关系：人子不再悲哭他新死的亲娘，兄弟不再来携着他姊妹的手，朋友变成了寇仇，看家的狗回头来咬他主人的腿：是的，猜疑淹没了一切；在路旁坐着啼哭的，在街心里站着的，在你窗前探望的，都是被奸污的处女：池潭里只见些烂破的鲜艳的荷花；

在人道恶浊的涧水里流着，浮荇似的，五具残缺的尸体，它们是仁义礼智信，向着时间无尽的海澜里流去；

这海是一个不安静的海，波涛猖獗地翻着，在每个浪头的小白帽上分明地写着人欲与兽性；

到处都是奸淫的现象：贪心搂抱着正义，猜忌逼迫着同情，懦怯狎亵着勇敢，肉欲侮弄着恋爱，暴力侵凌着人道，黑暗践踏着光明：

听呀，这一片淫猥的声响，听呀，这一片残暴的声响；

虎狼在热闹的市街里，强盗在你们妻子的床上，罪恶在你们深奥的灵魂里……

（选自《志摩的诗》，上海新月书店，1928 年）

王统照

王统照（1897—1957），山东诸城人，字剑三，笔名息庐、容庐。著有长篇小说、短篇小说集及《王统照文集》（六卷）等，散文诗有《听潮梦语》《繁辞集》《去来今》《散文诗十章》等。

烈风雷雨

突喊，哭跃，悲哀极度的舞蹈，“血脉愤兴”的狂歌，挥动着，旋转着那些表现热情灿烂的千万个旗帜；震吼着，嘶哑着那为苦闷窒破了的喉咙；鼓荡起，冲发起，吹嘘起平地的狂飙横澜。……呵！呵！这不是在那万头攒动中的精诚！呵！呵！这不是在那幽暗地狱中的火光明耀！这如醉如狂的举动与声音，正像在刀斧手下脱逃出来的无数囚徒，赤手光膊与狰狞的“伍伯”作最后的争斗，激发的，热化的火焰已烧透了我们的心腑，我们不能再正襟叉手在良时中闲磕牙，我们也不能安安静静地在陇上辍耕唱着“月儿光光”的歌曲。

太空中射来了一支毒箭，使得人们都中了“狂疾”。朋友们！人们的活剧便是在“狂疾”中的挥发与挣扎！只是优游而不去呼唤；只是逍遥而不能愤怒；只闲挥涕泪而不去一试刀剑的锐锋，这是多么卑屈柔荏的生活……但因此便发生了这不可平息的“狂疾”，然后可以创造出开辟出足容得我们盘桓的快乐的花园，然后可以有雍容安暇的时光够我们去消遣。而“狂疾”一日不好，你便须一日与狂魔相激斗……这才是人生活剧的真趣味，真表现，真精神！

黯阴的空中只有层叠与驰逐的灰云；那深墨的，那如铅笔画幅上烘染的，如打输了交手战的武士的面色的，如晶亮的薄刃上着了一层血锈的部分，如美人失眠后的眼角的青晕，低沉下多少惨恻的哀意，都由那灰色层云中弥漫了我们的心头！

卷地的狂飙，爽利的冰雹，倾落的骤雨，震惊的疾雷，呵呵！千万铁甲中的金鼓的鸣声，无量数的健儿呐喊，看呵！葱绿的树木也不再慢舞纤腰了；坦平的道路也不能任人家自由踏践了，只有淋漓下的悲壮的高调曲音，从地狱的中心随了飞来的霹雳喝磕，喊动——喊动这已死的地球上安睡着的婴孩！

不要安静的！不需安静的！我们要实现吐火的梦境，我们要撞碎血铸的洪钟，我们要用这金蛇般的电光遍射出红色的光亮，要用震破大地的雷霆来击散阴霾。这样情热的当中，岂容得踌躇，恐怖！这疾风暴雨的日子里，正是狂歌起舞的时间！为要求精如日星的生活，为要求灿如朝花的将来，我们便情愿狂醉，情愿在水火中相搏战，情愿将此混沌的世界来重行踏翻，重行熔化，重行陶铸。

好剧烈的一场烈风雷雨！

好快活的人生的活剧！

好一曲悲壮的歌声，那余音哀厉是永远长存在人人的心中！

（选自《晨报副刊》1925 年 6 月 17 日）

一朵云

一朵云在崔巍峰峦上，在原野上，在密林上，在疏星淡月的夜中，它在你的心头点上了什么颜色？一朵云，正当孤舟远去，绿波照影时它飞来了；当花影披拂，良朋对酌时它飞来了；当风沙漠漠，独上残破的故垒时它飞来了；当哀笳夜动，战士不眠，草根里的秋虫凄叫，梦痕随着月影飞渡关山时它飞来了。无论你是有如何的主观，认识，对于它能作一例的看待？它的动，它的形态与它的颜色，随时，随地，随了“我”在时间空间中感受的不同而异其观念。

从一朵云的变化中，它已把艺术理解的消息透露出来。

（选自《文学》1937 年第 9 卷第 1 期）

玫瑰色中的黎明

深夜的暴风雨，正可锻炼你的胆力，警觉你的酣眠。金铁皆鸣，狂涛震撼，你不必为不得恬适的稳梦担忧，也不必作徒然的恐怖。

暴风雨后方有令人欢喜的晴明，有温抚慰悦你的和风朗日。

灯光昏暗中，正视你自己的身影，努力你的灵魂的翱翔，坚定你的清澈的信念！

这样，你更感到暴风雨的雄壮节奏的启示。

你所等待黎明前的玫瑰色已经从风片雨丝中透过来了。

（选自《繁辞集》，上海世界书局，1939 年）

郑振铎

郑振铎（1898—1958），又名落雪，笔名西谛，原籍福建长乐，生于浙江永嘉。以诗歌、散文和小说创作为主。1922 年初，发表我国最早的散文诗论文《论散文诗》。

痛　苦

痛苦是永久的。

它像蔓草，蔓延遍播于人的心上，虽被野火烧尽了，只要春风微微地一吹，它又复活了。

它又像埃及的金字塔，小孩子看见它站在那里，成年人同样地看见它，白发的老人仍旧看见它站着。

所以孤独人的悲哀与丧了儿子的母亲的眼泪是永永不死，永永不干枯的。

快乐不过是一瞥。

它像阴雨之夜的天空的电光，失路的人等待了许久，但是它飞来一瞬，只是一瞬，便又飞去了。

它又像溪流遇见大石时所溅出的白色水花，水流一平静，它便不见了。

它只不过在想望，寻求，与回忆中存在着。

（选自《雪潮》第 8 集，商务印书馆，1922 年）

向光明走去

谁都喜爱光明的。虽然也许有些人和动物常要躲在黑暗之中，以便实行他们的阴险计划的，但那是贼，是恶人，是鸱，是蝙蝠，是狐。凡是人，是正直的人或物，总是喜爱光明，总是要向光明走去的。

黑漆漆的夜，独自走在路上，一点的星光，月光，灯光都没有，我们心里真有些怕。夏天的暴雨之前，天都乌黑了，无论孩子大人，心里也总多少有些凛凛然的，好像天空要有什么异样的变动。山寺的幽斋中，接连地落了几天的雨，天空是那样的灰暗，谁都要感到些凄楚之意。

但是太阳终于来了。接着夜而来的是白昼，接着暴雨而来的是晴光，接着灰暗之天空的是蔚蓝色的天空。那时，不知不觉地会有一阵慰安快乐的感觉，渗入每个人的心里，会有一种勇往活泼的精神，笼罩在每个人的脸上。

在黑暗中走着的人，在夏雨中的人，在灰暗的天空之下的人，总要相信光明的必定到来。因为继于夜之后的一定是白昼。夜来了，白昼必定不远的。继于阴雨之后的，一定是阳光之天。雨来了，太阳必定是已躲在雨云之后的。

那些只相信有阴雨之天，只相信有夜的人，且让他们去。我们是相信着白昼，相信着阳光之必定到来的。

现在，我们是什么样的时代呢？我猜一定不会错，每个人一听到这句问话，都必定要皱着眉头，在心里叹着气答道："黑暗时代！"

是的，是的，现在是黑暗时代。

政治上，社会上，国际上，家庭上，有多少浓厚的阴影罩着！且不必多说，这许多，许多黑暗的事实，一时也诉说不尽。

但是“光明”已躲在这些“黑暗”之后了！我们要相信光明一定会到来。我们不仅相信，我们还要迎着光明走去！譬如黑夜独行，坐在路旁等天亮，那是很可羞；如果惧怕黑夜而躲进小岩洞或小屋之内，那更是可耻。

我们相信光明必定会到来，我们迎上去，我们向着他走去！

在黑夜里，踽踽地走着，到了天亮时，我们走到目的地了，那是多么快慰的事呀！

那些见黑暗而惧怕，而失望的，让他们永躲在黑暗中吧；那些只相信有黑暗而不相信有光明的，也让他们生活于黑暗之洞里吧。我们如果是相信“光明”的，我们便要鼓足了勇气，不怖不懈，向着光明走去。

我们不彷徨，我们不回顾。人类是永续不断地一条线，人间社会是永续不断的努力的结果。我们虽住在黑暗之中，我们应努力在黑暗中进行，但也许我们自身，是见不到光明的。人类全体永续不断地向着光明走去，光明是终于会到来的。

走去，走去，向着光明走去。

光明终于是要到来的！

1926 年 5 月 22 日

（选自《文学周报》1926 年第 227 期）

高长虹

高长虹(1898—1954),本名高仰愈,笔名长虹,山西盂县人。有著作17本。散文诗大都收入《心的探险》《光与热》两书。

从地狱到天堂

我惶惑地飞行着,在自由的天堂中。

可怕的冲突在这里发生了,所有日常在我周围貌似亲近的人们,这时都变成强硬的仇敌,鼓起苍蝇一般讨厌的勇气,一齐向我发出猛烈的攻击,在长久的孤独的奋斗之后,我终于失败了,我只有逃走,向没有人迹的地方逃走。

出乎我的意料之外,我驾起一双赤条了的胳膊,便像一只燕子似的,轻飘飘地飞了起去,横过了屋顶,墙壁,最高的树木,我斜斜地,冉冉地,毫无计划地向前飞去,浓密的,强韧的空气在下面推涌着我,如海上的波涛推涌着它胸脯上的小船。

衔着毒针的怒骂,放着冷箭的嘲笑,迸着暴雷的惊喊,在我后面沸腾着,渐远渐低——低到我所不能听闻的地方。

我省却防御猎人的枪弹的射击,顽童的石子的抛掷等不需要的机警,我安心地,自由地游泳,在黑色的夜的天海中。

明媚的,灼灼的眼睛,不可计数的星儿,在我上面闪耀着,指示给我前进的道路。

最后，目的地达到了——也许可以这样说，其实，我是并没有什么目的地的。一片广漠的荒野，没有一只鸟儿，而且没有一亩小草，巉岩壁立的悬崖，横在我的面前。

我便在那悬崖的巅上停止了我的飞行，乘着疲倦的朦胧，倒在一块略微平滑的岩石上睡了，甜美地睡着—— 一直到我醒来的时候。

（选自《心的探险》，未名社，1926 年）

赞美和攻击

愿你时常需要攻击，而不需要赞美。

赞美是生命力停顿的诱惑，是死的说教者，是一个诅咒。它说："你是好的了，你可以死了。"

世间没有至好，而只有较好。较好便是较坏，因为还有比它较好的。

愿你时常觉着较坏：这样你可以时常成为一个较好者。

攻击便是这样：它常遗弃了你的较好的，而说出你的较坏的，它常给你指出一条更远的路。

怯懦的人，因为自己没有勇敢，所以喜欢人们赞美他们是勇敢，他可以从人们的赞美中而伪装成一个勇敢的人。

能够时常追求着勇敢，而时常自以为懦怯，他的追求宣示他是一个真的勇敢的人。

时常感到不足的人，他可以从自己得到他的满足，因为一切似乎可以满足他的，都不能使他满足过。

愿你时常攻击你自己，愿你时常接受别人对你的攻击。

可惜世间能够攻击人的太少了。世间的攻击，几乎都是排挤，诚意的或恶意的。

然而，岂能因为假的攻击而忽视了真的攻击呢？有能够接受真的攻击，而反为假的攻击所屈服的人吗？

喜欢赞美，是小姐的脾气，可惜非笑小姐而自己去做小姐的人太多了！

世间，真需要攻击的人，有吗？

（选自《莽原》1925 年第 2 期）

庐　隐

庐隐（1898—1934），本名黄淑仪，又名黄英，福建闽侯人。著有《海滨故人》《灵海潮汐》和《曼丽》多种。

最后的命运

突如其来的怅惘，不知何时潜踪，来到她的心房。她默默无语，她凄凄似悲，那时正是微雨晴后，斜阳正艳，葡萄叶上滚着圆珠，荼蘼花儿含着余泪，凉飚呜咽正苦，好似和她表深刻的同情！

碧草舒齐地铺着，松荫沉沉地覆着；她含羞凝眸，望着他低声说："这就是最后的命运吗？"他看看她微笑道："这命运不好吗？"她沉默不答。

松涛慷慨激烈地唱着，似祝她和他婚事的成功。

这深刻的印象，永远留在她和他的脑里，有时变成温柔的安琪儿，安慰她干枯的生命，有时变成幽闷的微菌，满布在她的血管里，使她怅惘！使她烦闷！

她想：人们驾着一叶扁舟，来到世上，东边漂泊，西边流荡，没有着落固然是苦，但有了结束，也何尝不感到平庸的无聊呢？

爱情如幻灯，远望时光华灿烂，使人沉醉，使人迷恋。一旦着迷，便觉味同嚼蜡，但是她不解，当他求婚时，为什么不由得就答应了他呢？

她深憾自己的情弱，易动！回想到独立苍溟的晨光里，东望滔滔江流，觉得此心赤裸裸毫无牵扯。呵！这是如何壮美呵！

现在呢！柔韧的密网缠着，如饮醇醪，沉醉着，迷惘着！上帝呵！这便是人们最后的命运吗？

她凄楚着，沉思着，不觉得把雨后的美景轻轻放过，黄昏的灰色幕，罩住世界的万有，一切都消沉在寂寞里，她不久就被睡魔引入胜境了！

（选自《文学旬刊》1923 年 6 月 1 日）

夜的奇迹

宇宙僵卧在夜的暗影之下，我悄悄地逃到这黑黑的林丛——群星无言，孤月沉默，只有山隙中的流泉潺潺溅溅的悲鸣，仿佛孤独的夜莺在哀泣。

山巅古寺危立在白云间，刺心的钟磬，断续地穿过寒林，我如受弹伤的猛虎，奋力地跃起，由山麓窜到山巅，我追寻完整的生命，我追寻自由的灵魂，但是夜的暗影，如厚幔般围裹住，一切都显示着不可挽救的悲哀。吁！我何爱惜这被苦难剥蚀将尽的尸骸，我发狂似的奔回林丛，脱去身上血迹斑斓的征衣，我向群星忏悔，我向悲涛哭诉！

这时流云停止了前进，群星忘记了闪烁，山泉也住了鸣咽，一切一切都沉入死寂！

我绕过丛林，不期来到碧海之滨，呵！神秘的宇宙，在这里我发现了夜的奇迹！

黑黑的夜幔轻轻地拉开，群星吐着清幽的亮光，孤月也踯躅于云间，白色的海浪吻着翡翠的岛屿，五彩缤纷的花丛中隐约见美丽的仙女在歌舞，她们显示着生命的活跃与神妙！

我惊奇，我迷惘，夜的暗影下，何来如此的奇迹！

我怔立海滨，注视那岛屿上的美景，忽然从海里涌起一股凶浪，将岛屿全部淹没，一切一切又都沉入在死寂！

我依然回到黝黑的林丛——群星无言，孤月沉默，只有山隙中的流泉潺潺溅溅的悲鸣，仿佛孤独的夜莺在哀泣。

吁！宇宙布满了罗网，任我百般挣扎，努力地追寻，而完整的生命只如昙花一现，最后依然消逝于恶浪，埋葬于尘海之心，自由的灵魂，永远是夜的奇迹——在色相的人间，只有污秽与残酷，吁！我何爱惜这被苦难剥蚀将尽的尸骸——总有一天，我将焚毁于自己忧怒的灵焰，抛这不值一钱的脓血之躯，因此而释放我可怜的灵魂！

这时我将摘下北斗，抛向阴霾满布的尘海。

我将永远歌颂这夜的奇迹！

（原载《华严》月刊1929年第1卷第1期）

冰　心

冰心(1900—1999),女,本名谢婉莹,福建长乐人。著有《繁星》《春水》和散文《寄小读者》等,出版小说集多种。

笑

雨声渐渐地住了,窗帘后隐隐地透进清光来。推开窗户一看,呀!凉云散了,树叶上的残滴,映着月儿,好似萤光千点,闪闪烁烁地动着。真没想到苦雨孤灯之后,会有这么一幅清美的图画!

凭窗站了一会儿,微微地觉得凉意侵人。转过身来,忽然眼花缭乱,屋子里的别的东西,都隐在光云里;一片幽辉,只浸着墙上画中的安琪儿。这白衣的安琪儿,抱着花儿,扬着翅儿,向着我微微地笑。

"这笑容仿佛在哪儿看见过似的,什么时候,我曾……"我不知不觉地便坐在窗口下想,默默地想。

严闭的心幕,慢慢地拉开了,涌出五年前的一个印象。一条很长的古道。驴脚下的泥,兀自滑滑的。田沟里的水,潺潺地流着。近村的绿树,都笼在湿烟里。弓儿似的新月,挂在树梢。一边走着,似乎道旁有一个孩子,抱着一堆灿白的东西。驴儿过去了，无意中回头一看。他抱着花儿，赤着脚儿，向着我微微地笑。

“这笑容又仿佛是哪儿看见过似的！”我仍是想——默默地想。

又现出一重心幕来，也慢慢地拉开了，涌出十年前的一个印象。茅檐下的雨水，一滴一滴地落到衣上来。土阶边的水泡儿，泛来泛去地乱转。门前的麦垄和葡萄架子，都濯得新黄嫩绿，非常鲜丽。一会儿好容易雨晴了，连忙走下坡儿去。迎头看见月儿从海面上来了，猛然记得有件东西忘下了，站住了，回过头来。这茅屋里的老妇人——她倚着门儿，抱着花儿，向着我微微地笑。

这同样微妙的神情，好似游丝一般，飘飘漾漾地合了拢来，绾在一起。

这时心下光明澄静，如登仙界，如归故乡。眼前浮现的三个笑容，一时融化在爱的调和里看不分明了。

（选自《小说月报》1921 年第 12 卷第 1 期）

山中杂感

溶溶的水月，螭头上只有她和我。树影里对面水边，隐隐地听见水声和笑语。我们微微地谈着，恐怕惊醒了这浓睡的世界。万籁无声，月光下只有深碧的池水，玲珑雪白的衣裳。这也只是无限之生中的一刹那顷！然而无限之生中，哪里容易得这样的一刹那顷！

夕照里，牛羊下山了，小蚁般缘走在青岩上。绿树丛巅的嫩黄叶子,也衬在红墙边。这时节,万有都笼盖在寂寞里,可曾想到北京城里的新闻纸上,花花绿绿的都载的是什么事?

只有早晨的深谷中,可以和自然对语。计划定了,岩石点头,草花欢笑。造物者呵!我们星驰的前途,路站上,请你再遥遥地安置下几个早晨的深谷!

陡绝的岩上,树根盘结里,只有我俯视一切。无限的宇宙里,人和物质的山,水,远村,云树,又如何比得起?然而人的思想可以超越到太空里去,它们却永远只在地面上。

1921 年 6 月 20 日在西山

(选自《晨报》1921 年 6 月 25 日)

回　忆

雨后,天青青的,草青青的。土道上添了软泥,削岩下却留着一片澄清的水,更开着一枝雪白的花。也只是小小的自然,何至便低回不能去?

风狂雨骤,黑暗里站在楼阑边。要拿书却怎的不推开门,只凝立在新凉里?我要数着这涛声里、岛塔上、灯光明灭的数儿,一——二——三——四——五。

沉郁的天气。浪儿侵到裙儿边。紫花儿掉下去了,直漾到浪圈外,沉思的界线里。低头看时,原来水上的花,是手里的花。

水里只荡漾着堂前的灯光人影。一会儿,灯也灭了,人也散了。一时沉黑。是我的寂寞?是山中的寂寞?是宇宙的寂寞?

这池旁本自无人，只剩得夜凉如水，树声如啸。

这些事是遽隔数年，这些地也相离千里，却怎的今朝都想起？料想是其中贯穿着同一的我，潭呵，池呵，江呵，海呵，和今朝的雨儿，也贯穿着同一的水。

1921 年 7 月 18 日

（选自《晨报》1921 年 7 月 22 日）

朱大枏

朱大枏（1903—1932），重庆巴县人。作品见于《爝火》《晨报副刊》《莽原》和《新月》等。

血的嘴唇的歌

在阴暗沉霾的屋角，我看见一个枯涩的嘴唇在颤，赭灰的血在上面凝结了。空气也要冻凝成晶体，我看不分明对面的物象隔绝在冋冋的细雾和凛凛的晶棱间。我听见一声最后的蝉鸣，我的心正随着那摇曳无尽的蝉鸣在悠回着的时候，那鸣声陡忽戛然地中断，空气已经结成晶体了。

蔚蓝的天海里荡浮着白云的冰块，我仅听到天边澌澌的流响渐渐细微而至于绝灭。望过气围的晶罩，恍惚有一块铅灰色的天板压着，唉，冰冻到天的海底了。

我的心开始凝缩着，终于结成一块硬冷的冰。我将要忘掉一切，从此，我可能免掉回荡激流的苦痛。

忽然一线灿金的阳光射上那颤着的嘴唇。鲜明的红血在上面微漾着，天上的死白的云的块也在嗤嗤地碎裂，同时又听见澌澌的流响了，晶体的气味也渐渐在融解，大地上渐至朗澈，我又见着鲜明的蔚蓝的云天。

我的心也就融化了，现在的物象和过去的梦影又映射在上面。鸣蝉接续着唱它未完的歌曲，我的心也接续着随蝉歌而悠荡。那嘴唇不住发狂地鼓动着，鲜红的血直喷，喷出来一朵朵鲜艳的玫瑰，一朵朵美丽的火焰。在心里溅跳着颗颗的明润的浪珠，泛漾着汹汹的深碧的波涛，从我的眼眶里掉下一滴泪来。

（选自《莽原周刊》第32期）

巴人

巴人(1901—1972),原名王任叔,浙江奉化人。著有长篇小说《阿贵流浪记》,小说集《监狱》及理论集多种。

酥碎之岩

我见了酥碎之岩,我把一切的美忘了。星星们的光,花卉们的色,柔草们的香,虫儿们的音乐,小鸟们的歌唱,尽置之脑后了。因为我想:“在这座岩石未酥碎之前,他们是整个的,依然保存他们苍老之色,俨然可以骄傲世界的一切。但是,现在一经风雨的催剥,便沙沙地崩了下来,分成无限的小块。而每一小块又表现无限的惨淡的黄色。这是多么可怜的一桩事情。我又怎忍去赏星星们的光,花卉们的色,柔草们的香,虫儿们的音乐,小鸟们的歌唱呢!我又怎忍不把它们一一记载下来给世人看看呢?”

“世人呵!你们不要去骄傲一切,切碎你们的一片看看,你们是多么可怜呵。”

(选自《小说月报》1923 年第 14 卷第 1 号)

不　幸

我仿佛感到了绝世的悲哀,在大地上,我找不出可以讴歌的东西。

然而，我将讴歌“不幸”。

黑夜孕育着光明，“不幸”将胚胎“幸运”。我将以诅咒的调子，讴歌黑夜与“不幸”。

道路从崎岖引到康庄。我们古昔的先民，不是活在广漠的沙漠之上，而是生长在榛芒丛生的山林之间。

涉足于康庄的大道上，每使我有身处沙漠之感。

我爱黑夜，为它有小星的微芒。生命不是大海，生命于闪烁中见它精力。

黑夜夸张着自己的权力，以为统治了大地的一切，然而微芒却透漏了它将逝的消息。

巨星的陨落不足悲，而四野的秋虫的低鸣为可哀。

严冬张着杀伐之声，连秋虫也咽下了最后的残息了，于是六合静寂，四大皆空；展在我面前的，是一块白地。连不幸之感也消失了。我其彷徨于无何有之乡乎？

（选自《中国文学大系（1927—1937）·散文一集》）

于赓虞

于赓虞(1902—1963),名舜卿,字赓虞,河南西平人。著有诗集《晨曦之前》,散文诗集《魔鬼的舞蹈》《孤灵》等。

孤　灵

经过了暗惨长途之摸索,

眼泪变成宝剑,刺破了生之美梦!

在严肃的神坛之下,一切沦于寂寞的黑暗之中,我,一个命魔掌心的囚犯,在挣扎的烦倦中,沉于伤心的回忆。

往日的美丽缥缈之梦,在残春时节变成了蛇口的毒舌;神经倘不麻木如一木偶,生命将于毒水之中流血,腐溃。

于孤独中,含泪在黑暗的荆途摸索,有时坠入骷髅的墓穴,有时走入魔鬼的舞场,有时徘徊于天堂的门口。而今,在伤痕遍体的惨败之后,来听司命之神的最后之裁判。

这是古老庄严的庙堂,无光明,无温情,这里,充满了灾难的消息,幸福者不来。我因欲早知命定的结局,求一个卑微的死灭——在众人的欢歌、狂笑之声中寂寞地死去,故来虔诚地祈求。

天知道,我同别的人类一样,曾将热心,豪梦,勇毅注射于灵魂;但,终于因此得了不堪救药的病症,使肉与灵同时疲麻。沉于孤老之境,如一行尸。

天知道，我失败后，并不骂无情义之神祇，只如一虔敬的教徒，孤宿于自己的动乱污秽之幕帐，作忏悔的暗泣！我不曾渲染上自己花瓣之颜色。在人间有着艳丽的炫耀，就枯萎了！

天乎，我的冒险之孤灵，终于在苦风秋雨的景色中病了：宫殿将变成荒冢，荣冠将变成枯草，人类将再变成群猿！在此苍夜烦倦里，大自然的病态的喘息中，我又受了幻梦的惨毒：

于温柔的情爱之中，蜜吻，偕舞，抱头痛哭时，忽然，我见了一口血淋淋的利剑，在痛惨沉醉的不知之一瞬，刺入了我的怯弱之心，着了不可遏止的战栗！

于夜梦的惊恐之中，我手抱着被敌人杀掉之头，仓皇地逃往芦苇之丛；在月光中，我自恨怯弱之羞耻，将命运委之于敌人之血刃，于是低泣亡命之灾难！

……来人间，复逃出人间，如一空苍游行之孤星；

……心中燃烧着悲悯之火，将生之喜悦投弃于江流！

任孤独静寂占据黑暗之世界，从电闪倏忽之光耀里，我含泪忍苦走着泥泞的路。在生命之国中，我不是为爱情，名誉，荣贵，而是为魔鬼之微笑；是，我将不再为冷讥与羞辱掉下悲哀的眼泪——

有一日，我将站立于夕阳岸边的余晖，向沧海长歌，与松风谐和；看远天之苍波里海鸟偕舞，并送白昼深眠于夜色。俟人世消灭于无涯的黑寂里，于是——

我写着生命的不解之谜，在宇宙死狱之中；唱起沦落之葬曲，在荒凉孤冢之上；倒于月光的怀中，做着无迹的苦笑之大梦——

让寂寞的孤灵在月光上作最后之狂舞，

眼泪变成宝剑，刺破了生之美梦！

（选自《孤灵》，北新书局，1930年）

送英雄赴战场

在日月的光辉下，我捧着浓烈的美酒，英雄，英雄呵，请你把它吞下，如同从你爱人的玫唇饮取的甘露。

我这创伤的寒战的手，虽然宛似冬日的枯枝，但如今都有了春的消息，它将从你的凯旋里会慢慢地生长，有力，拿起宝剑。

往日，我将希望植于墓地；如今，我把它移归人间。

在剧烈的痛创以后，我有了泪，有了爱，因为：我看见了罪恶的血流，而我就以他们的血来洗涤我的病足；我看见了骷髅之山，而我就欣然地把它们燃起取暖！

我并不是怀着惨痛的恶魔之心来到人间，我有着广漠渊深如海洋一般的爱。就在这爱之光辉里，我被人遗弃，践踏，容忍，但我终于从剑之光辉里，揭破了往日奴隶的命运！

英雄呵，在夕阳陨坠、残月高升之时，你撑着火把穿行于饥馑的旷野，那里是人吃人的地带；穿过黑暗的林丛，那里是虎狼恶兽的世界；穿过古老的废墟，那里是无知者拜祷的圣地。

我就以我这哀泪（如同你爱人惜别时的香液），奉献在你的面前。

在酷寒的战壕里，或农民的茅屋里，或阴湿的酒馆里，请以你幻想的双睛，窥测这血泊中的字迹，然后再仰天惨笑，重赴战场。

为了这受难的人类，为了你所爱的幸福，请鞭策那疲惫的骏马，踏碎那毒暴者之骨骸，以他的血渲染了你的宝剑！

那时候，我仍然捧着浓烈的美酒，送到你的唇边，英雄，英雄呵，请你把它吞下，如用从爱人的瑰唇饮取的甘露！

（选自《孤灵》，北新书局，1930 年）

石　民

石民（1901—1941），字影清，湖南邵阳人。翻译过波德莱尔散文诗集《巴黎之烦恼》（今通译《巴黎的忧郁》），著有诗与散文诗合集《良夜与噩梦》。

怪　物

在我的灵魂的洞窟里，伏着一个怪物。

他出来作祟了：捉住了我的心，簸弄着，揶揄着，而且甚至于污蔑着……

“什么鬼！”如果我警醒地抬起头来，睁眼一喝——不见了，他躲避得这样地急速。

几多次，几多次他那样地扰害了我，而且几多次，几多次我那样地威吓了他——但是枉然！我并不能将他镇住。

有时他突然地跳了出来，猴一般地鲁莽；有时他偷偷地爬了出来，狐一般地狡狯——教我何从防备起？

于是我只好向他哀诉，恳求他离开——永远地离开了我，“可怜，可怜罢，我的心给你糟蹋了！”

显然地，他并不曾理会。

我愤恨极了，决定严厉地对付他。一瞥见，便尽力向他一击——嗳！这痛苦却落在我自己的灵魂上。

“奈我何!”隐隐地听到他的嘲笑。

（选自《莽原周刊》第9期）

好梦都变成了死灰

我曾经收藏着一些好梦在我的锦囊里——是的，一些好梦，朝霞似的灿烂，白云似的轻妙，蔷薇似的鲜艳，微笑似的温柔……

这是我的宝藏，我想。

我将这宝藏收在我的床头，秘密保存着，唯恐散失了。

当我就寝的时候，我将它枕在我的脑后，或抱在我的胸前——柔软极了！因为这都是一些好梦。

有谁知道我的秘密呢?

喔，这是我的宝藏，我想。

不知从什么时候起，我患了一种失眠症。

这其间，我觉得我的好梦渐渐地呆重了。

唉，徒然也！我镇夜里抚抱着你，我的锦囊呵——你，如同一个孤儿在寡母的怀里。

“嘻嘻!”我听到一种怪声，似嘲弄，似侮蔑，又似恐吓，在深夜中，在昏黑的静寂里，当我辗转着，被苦恼的思想蹂躏了我的睡眠的时候。我听着，而且睁着昏瞀的眼睛——睁着，睁着，竟使瞳子里迸出了怪异的磷光，而这时便瞥见了一个冷酷的可怕的面影在暗中对我狞笑。

“呵！原来……”我并没有叫出，却愤然地跳了起来，而且，忘其所以，将我所怀抱着的东西当作武器，掷向那——魔鬼！

大概是使劲过度之故吧，我昏倒了。在昏迷中，我还听到那尖锐的使人战栗的声音：“嘻！……嘻嘻！……”

我醒了——晨光唤醒了我。我惘然地爬了起来。但是令我出惊了，在离床一丈多远的地方我发现我一向秘密地保存着的那锦囊颠倒在那里，而且破了。所有的好梦都狼藉在地上！

我慌忙地上前去——将它们重新收拾起来吧。伸下手去……轻轻地……轻轻地——呵！天哪！怎么这都已变成了死灰呢？

罢了！罢了！

悲哀产生了恼怒。我便毫不顾惜地将这些废物扫去了，倾弃于街头的垃圾堆里，而且，咬着牙关，将那空袋儿撕作无数块。

吁！……

（选自《良夜与噩梦》，北新书局，1928 年）

巴　金

巴金(1904—2005),四川成都人,祖籍浙江嘉兴。原名李尧棠,另有笔名佩竿、极乐、黑浪、春风等,字芾甘。著有《激流三部曲》(《家》《春》《秋》);《爱情三部曲》(《雾》《雨》《电》);《抗战三部曲》(《火》《冯文淑》《田惠世》),又名《火》,以及《随想录》等。

日

为着追求光和热,将身子扑向灯火,终于死在灯下,或者浸在油中;飞蛾是值得赞美的,在最后一瞬间它得到光,也得到热了。

我怀念上古的夸父,他追赶日影,渴死在旸谷。

为着追求光和热,人宁愿舍弃自己的生命。生命是可爱的。但寒冷的、寂寞的生,却不如轰轰烈烈的死。

没有了光和热,这人间不是会成为黑暗的寒冷世界么?

倘使有一双翅膀,我甘愿做人间的飞蛾。我要飞向火热的日球,让我在眼前一阵光、身内一阵热的当儿,失去知觉,而化作一阵烟,一撮灰。

月

每次对着长空的一轮皓月,我会想:在这时候某某人也在凭栏望月么?

圆月有如一面明镜,高悬在蓝空。我们的面影都该留在镜里罢,这镜里一定有某某人的影子。

寒夜对镜,只觉冷光扑面。面对凉月,我也有这感觉。

在海上,山间,园内,街中,有时在静夜里一个人立在都市的高高露台上,我望着明月,总感到寒光冷气侵入我的身子。冬季的深夜,立在小小的庭院中望见落了霜的地上的月色,觉得自已衣服上也积了很厚的霜似的。

的确,目光冷得很。我知道死了的星球是不会发出热力的。月的光是死的光。

但是为什么还有嫦娥奔月的传说呢?难道那个服了不死之药的美女便可以使这已死的星球再生么?或者她在那一面明镜中看见了什么人的面影罢。

(选自《龙·虎·狗》,文化生活出版社,1947 年)

戴望舒

戴望舒(1905—1950),原名戴朝安,又名戴梦鸥,笔名艾昂甫、江恩等,浙江余杭人。著有诗集《我的记忆》《望舒草》《望舒诗稿》《灾难的岁月》等。

山　风

窗外,隔着夜的帡幪,迷茫的山岚大概已把整个峰峦笼罩住了吧。冷冷的风从山上吹下来,带着潮湿,带着太阳的气味,或是带着几点从山涧中飞溅出来的水,来叩我的玻璃窗了。

敬礼啊,山风!我敞开门窗欢迎你,我敞开衣襟欢迎你。

抚过云的边缘,抚过崖边的小花,抚过有野兽躺过的岩石,抚过缄默的泥土,抚过歌唱的泉流,你现在来轻轻地抚我了。说啊,山风,你是否从我胸头感到了云的飘忽,花的寂寥,岩石的坚实,泥土的沉郁,泉流的活泼?你会不会说,这是一个奇异的生物!

雨

雨停止了,檐溜还是叮叮地响着,给梦拍着柔和的拍子,好像在江南的一只乌篷船中一样。"春水碧如天,画船听雨眠",韦庄的词句又浮到脑中来了。奇迹也许突然发生了吧，也许我已被魔法移到苕溪或是西湖的小船中了吧……

然而突然，香港的倾盆大雨又降下来了。

（选自《戴望舒文录》，三联书店香港分店，1987 年）

焦菊隐

焦菊隐（1905—1975），原名焦承志，生于天津，祖籍浙江绍兴。著有散文诗集《夜哭》《他乡》。

夜 哭

夜正凄凉，春雨一样的寒战的幽静的小风，正吹着妇人哭子的哀调，送过河来，又带过河去。

黑色孵着一流徐缓的小溪，和水里影映着的惨淡的晚云，与两三微弱的灯光。星月都沉醉在雪后。

我毫不经意地踱过了震动欲折的板桥，黑，寒，与哀怨，包围着我如外衣一样。

夜正凄凉，春雨一样的寒战的幽静的小风，正吹着妇人哭子的哀调，送过河来，又带过河去。

我只能感觉这远处吹来的夜哭声，有多么悲惋，多么凄清。她内心思念牛乳样甜而可爱的儿子有多么急切焦虑呢？这我可不能感觉了。我不能感觉，因为黑，寒，与哀怨，包围着我如外衣一样。

夜正凄凉，夜里的哭声颤动了流水，潺潺地在低语，又好似痛泣。

1924 年 3 月 12 日夜，津

夜的舞蹈

夜姑娘左手提起了黑蓝色的裙角，右手张举着黑扇，便翩翩地跳舞了。

她薄衫的四周用沉重的明珠镶嵌着；半圆的发环上戴着一颗大珍珠。

当她在不息地舞跃，那些明珠一闪一闪地闪出光耀，头上的大珠，有时被扇儿遮住，露出时，便益发亮得刺目了；当她在左顾右盼时，一丝丝的柳条轻轻地落入池中了，一朵朵的花儿偷偷地穿过了竹篱了，但在她未看的地方仍是黑暗得沉寂；当她在抖弄衣裳，一阵阵的轻风送出她袖中裙里的香气，到百合身上，荷花身上，和夜香花的腋里，更布满了园里林间；当她在斟酌脚步，夜莺奏着美丽的歌声，能言的鸟在旁喃喃地讲说她跳得怎样和谐的符节——呵，一切都催人入梦呵！

夜姑娘于是微微地笑了，笑声荡漾到林边，林里的叶儿也哈哈笑了；在睡眠的鸟儿惊醒来，也互相问了一两声是什么消息。

这在跳舞的夜姑娘实在倦了，便和衣卧在银灰色闪着青光的帐里，于是，呵，于是世界上的一切都开始讲夜的美丽，一如剧场里一幕闭后的嘈杂声。

（选自《夜哭》，北新书局，1926 年）

他　乡

他乡的云烟，似故乡的黄沙蔽天；他乡的雨珠，像故乡的北风冰寒。

含了怨抑，忧郁，苦闷，疲乏与被压迫的悲痛，我伏在这行将落尽了的树林之下，遥望着远山在黑茫茫的空幻里；惦念着和平的家乡，在炮火的颤声里。

我正做着一个噩梦：在狂风似的旅途，我舍了恩爱，从疾驰的青春车上，跳到那凶浪拍上沙滩的海边，是否我可以化成苦涩的海水，兴起高高的波浪，卷入人间，将一切都吞下我这恶恨的腹中，行一次残忍呢？我正在迟疑。忽地连续的炮声，把我从梦中唤醒。我急起来向暗中瞭望那里，那里正死着千万英雄的远处，闪着火光。

哎，把热血撒在自己身上，把一切牺牲在沙场，还可以亲手歼灭这世界的一部分！谁更比含了怨抑，忧郁，疲乏与被压迫的灵魂，无处伸气去呢？

夜风紧了，战云在绘画出惨败的家乡，冷风吹来了湖水的颤动于茫茫之中。山丘都掩了脸伏跪在草野，哭泣着永不能哭诉的曲衷。那和平的音韵，在我战索的心情中，已被军笳的凄声所掩。全宇宙啊，都在悲泣——悲泣这些诚勇的男儿，惨死在惨恻之中。

然而那更惨于惨死的呢，只合孤零地在山之深处，夜已颓唐的时节，在行将凋零的楼间低泣。

我于是又在入梦：我站在吐火的山顶，高出于灰色遮尽的青天，拿着那斩过多少的青春，忠诚，热诚的宝剑，指挥着多少乌托的士卒。我把这全世界用炮轰毁，我把人间消除，我把那伏着杀机的笑脸，那酸刻的甜声，一并和怨恨，嫉妒，和被压的郁气扫尽。然后我一口气把士卒们吹飞天外，把宝剑砍掉了青山，哈哈地痛笑一场，滚声入凶浪拍上沙滩的海边，化成了苦苦的海水，兴起高高的波浪，卷入了人间，把一切都吞下我这恨恶的腹里，行一次残忍，把一切消除……

那以后，一片阳光，橙红色照满了洁白的大地，灵芝草和紫罗兰长满了全世界——那世界再不是人寰！再不见他乡的云烟，再不有故乡的黄沙与惦念，也再没有凌侮的残酷……

似人间狂笑的炮声，轰轰地传来，把和平与怒怨的好梦，击得粉碎。我重现于尘世间——重返于地狱的人间。

1927 年 10 月下旬

（选自《他乡》，北新书局，1929 年）

李广田

李广田(1906—1968),号洗岑,笔名黎地、曦晨等,山东邹平人。著有《圈外》《回声》《日边随笔》《西行记》《李广田文集》《李广田代表作》等。

马　蹄

我不知道为什么骑上了一匹黑马,更不知要骑到什么地方。只知道我要登山,我正登山,而山是一直高耸,耸入云际,仿佛永不能达到绝顶。而我的意思又仿佛是要越过绝顶,再达到山的背面,山背面该是有人在那里等待我,我也不知道那人是谁,更不知道那人是什么样子。

我策马,我屏息,我知道我的背上插一面大旗。也知道旗上有几个大字,却永不曾明白那几个字是什么意义。我听得我的旗子随着马蹄声霍霍作响。我的马也屏息着,好像深知它负载的重量。

夜已深了,我看不见山路,只见迎面都是高山,山与天连。仰面看头上的星星,乃如镶嵌在山头,并作了山的夜眼。啊,奇迹!我终于发现我意料之外的奇迹了:我的马飞快地在山上升腾,马蹄铁霍霍地击着黑色岩石,随着霍霍的蹄声,乃有无数的金星飞迸。

于是我乃恍然大悟，我知道我这次夜骑的目的了，我是为了发现这奇迹而来的，我看见马蹄的火花，我有无上的快乐。我的眼睛里也迸出火花，我的心血急剧地沸腾。然而我却非常镇静，因为夜是暗黑而死寂的，我必须防着惊醒每一棵草上的露珠和每一棵树枝上的叶尖；我也不愿让任何精灵来窥探我的发现。这时，天上的星星都变得暗淡了，我简直把它们忘记了，我的呼吸只能跟着马蹄的节拍——这也是夜急行的节拍。而我的眼睛中就只看见马蹄铁与黑色岩石所击出的星光——天上的星星都陨落了，我脚下的星星却飞散着。我别无所求，我只在黑暗中策马登山，而我的快乐，就只在看马蹄下的金火。

我乃有意识地祝夜的永恒，并诅咒平原的坦荡，因为我的奇迹只在黑暗的深山中才会发现，而我的马呢，它会为平原的道路所困死，我的旗帜也将为平原的和风所摧折。

（选自《雀蓑记》，文化生活出版社，1939 年）

雾　中

走吧，到外边去，到雾中去，到雾中去看雾吧。在山上看雾这是第一次，我们从来还不曾看过这样重的雾呢。

不要怕，递给我你的手，我领你走向雾中。

但是，奇怪呀，暗雾笼罩了一切，却罩不住我们两个。我们的周身都是“光”，我们行近的地方雾便消了。你看你看，我们向前迈一步，雾便向后退一步，我们驻足，雾便为我们退出了一个“光”的圈子。

你快乐吗，孩子，我们的周身都是“光”。

雾里的山花可还开？你这样问我。是的，我将领你去看雾里的山花。你可以猜想那些山花是睡眠在雾中的，就如同贪睡的婴儿为夜色所催眠，但只要我们行近，当山花听到了我们的脚步声时，山花便为我们而开放了，因为我们为它带来了“光”。慢慢走，慢慢走，我们已经来到我们所熟知的地方了。你看你看，那不是红色的石竹花吗？因了雾的滋润，因了我们的“光”的照耀，红石竹花开得更鲜艳了。唉，唉，我说它们开得这么好看，简直叫我感到悲哀了。雾还是这样重，看起来就如充塞在天地间的一种固体，我们一点也认不出那些峻拔的山峰的影子。然而我们向前走，慢慢地向前走，我们的“光”就随着来了，我们的面前出现了苍翠的树木，我们的脚下出现了碧绿的杂草。虽然你也可以猜想它们是睡在雾中的，然而只要我们刚刚走近，它们便醒来了，他们都戴了最澄莹的露珠，展开了叶心，在我们的“光”中含笑舞蹈着。

孩子，你觉得快乐吗？我们行近的地方雾便退开，因为我们有“光”，草木为我们而惊醒，山花为我们而开放。

而且还有流泉在雾中唱着，也许你猜想那是被雾封锁了的。

而且，远远的，还有人语声，还有鸡唱声。这些声音也许并不遥远，但为重雾所隔，便觉得那是遥远的了，而且觉得是另一种境界了。孩子，你听到了那些声音，你应当觉得平安，应当觉得熨帖吧。我呢，我无论在什么时候，什么地方，只要听到了人语，鸡唱声，我便觉得喜悦，仿佛那就是幸福之所在，而这远远地由雾中传来的人语、鸡唱，不但使我觉得平安，而且有着远古隔世之感了。

我们不必再往前走，我们就在这里停住吧，我们站在我们的

"光"之内,谛听我们的世界之外的声音吧。而且,孩子,你还应当想象:在这重雾所充塞的天地之间,凡有我们同类所在的地方,每双眼睛的前面都有一个"光"的圈子,他们都在私心里说道:"我们是幸福的,我们在暗雾中得有光明。"而且就连那引吭高歌的雄鸡,就连那在雾中穿行的山鸟吧,它们都各欢喜它们所独有的"光"啊。这充塞于天地间的是暗雾吗?也许并没有雾,因为就连那苍翠的松柏,那碧绿的杂草,那开得鲜艳的红石竹花,它们也各有它们的"光"呢。

孩子,怎么地,你又在做梦吗?你看你看,雾为我们的发丝上串满了细碎的珍珠。

1936 年 10 月 9 日　忆山居作

(选自《雀蓑记》,文化生活出版社,1939 年)

阿　垅

阿垅(1907—1967),曾用笔名S. M,原名陈守梅,又名陈亦门,浙江杭州人。著有《南京血祭》《无弦琴》《人和诗》《作家的性格和人物的创造》等。

总方向

黄河从大风沙的黄土高原,长江从桃花村落、柳絮堤岸的江南,珠江从南方太阳的亚热带,各有各的源,各有各的走法,却一样流注太平洋,因为有一个总方向。

奔流向北方,又折向南方,最后才曲折地向东方的。所以没有终于向北方或者向南方,而有法则一样向东方,因为有一个总方向。

洪流奔流着:从洪流的古代到电气化开始的今天,从鱼类繁殖的春潮到岸泥冰结的严冬,从日的活跃到夜的休息,没有停滞,没有改变,因为有一个总方向。

洪流奔流着:不管鱼、虾的意志,不管泥沙的污染,不管沉滓的浮泛,因为有一个总方向。

洪流奔流着:撞在石崖上散成水珠,冲到沙滩上干成泡沫,由于有一个总方向,并没有从挫折到失败,并没有了部分牵涉了全体。

洪流奔流着:在洪流的边缘,有洄流航行的老人操纵它走逆转的路，但是由于有一个总方向，这反动终于是无力的，避开在大声势的边缘，缩在一角。

洪流奔流着：在洪流中，有漩涡，这是对于前进的彷徨，对于背后的依恋，由于有一个总方向，洪流却带走了它。

由于有一个总方向，泥沙和渣滓也成为力量，一样突破堤岸，一样冲击岩石，甚至一样带走同类的泥沙和渣滓。

由于有一个总方向，虽然整个洪流由泥沙变成污色，甚至海水全变黄，但是这泥沙都增大了灌溉的肥沃度，沉淀为新的岛屿和新的大陆。

把握总方向！

（选自《救亡方向》1942年第5卷第3期）

土

黄土的原，黄土的车辙，黄土的风，黄土的断岸。

黄土缓慢地犁掘着，尾巴拌摆不定，赭黑的新土波浪一样跟着它底足印翻涌而起，散发着浓烈、湿润的香味。这土，每年要耕作几次，种麦，种玉蜀黍、种马铃薯。现在小米已经成长，赭赤的或者绿的穗子差不多有一尺长，像家养的狗底尾巴那样在日光里温良地垂沉着，把一亩饱满的土地聚集了一千只吵闹的麻雀，同时，旁边的雨后的菜地里，薄弱的菜叶突然清脆如滴地强大，茁壮，有纹理细密复杂如绣如织的皱褶。勤劳的土，丰收的土，良善的土啊！

农民最爱土地。

因为他们的生活，和他们的作物接近，他们的生命，是植物倾向的么？

因为他们工作，工作于完全和朴拙的沉默，他们也被践踏于脚，被践踏于污秽甚至卑贱，有同一的，相依的命运么？

因为它给，无所不给，他们刈收，使生活满足，生命繁衍么……

他们爱它，只是因为他们懂它。生命由土地所给的，那是原始的、保守的。通过劳动创造，土地和劳动全部结合，它才发酵，开花。所以人间有碧苗，金谷，也有赤花，红果，有世界性的大电气事业，有绝对真理在上，有万人同醉的诗章，有永远在前的理想，有至善而全能的集团。

所以，兵士也最爱土地。他们和农民达到同等的恳切，并且更为热情。农民是以艰辛的汗渗透大地的，而他们以圣洁的血保证解放，农民始终不倦于播种和收获，而他们顽强于战斗，慷慨于牺牲。

从土，从农民，从兵士，产生了我们今天的新爱国主义，向侵略的落日旗奋举了我们的铁拳。

因为，土本属农民和兵士自己所有，将为农民和兵士自己所有，并且必须为农民和兵士自己所有的。

（选自《现代文艺》1942 年第 5 卷第 3 期）

夜

那么，夜呢？

假使白昼献给人以工作，那夜就献给人以酣睡，昼是活跃的，夜是慈爱的，而工作和睡眠是生活的两个面。

树林酣睡了，枝上挂满成熟的果子像小母亲抱着孩子，河水酣睡了，鱼住在水草里，苹花偎傍着树枝赤露的浅岸。街道酣睡了，一切的声音，一切的光彩转为深沉的平静和整齐的和谐。花酣睡了，不红了，也不黄了。诗人酣睡了，把他的世界让给夜莺和微风。战士酣睡了，散发的大头枕着爱惜的刀；刀也酣睡了，到明天的清早里可以有更新锐的锋芒。农民酣睡了，他的锄头、犁、镰刀都酣睡了，为了第二季的播种。工人酣睡了，因为革命的行列要他高举胜利的旗。

夜不是黑暗的，也不是死灭的，只是为睡眠的。

有珠光宝气的星，有浑圆的明月，有飘荡不已的流萤，从树枝影上可以摘取，从流泉光中可以掬饮，从水边草间闪烁飞来。夜不是黑暗的。

蟋蟀在绿苔的墙角弹琴，树叶和微风彼此细语，流萤飞游河上和影子相互追逐，晚香玉盛开，窗前香气浓郁不散。而人，假使伸过轻柔的手去抚摩，他可以触到他的鼻息，那样平静，那样匀整，那样柔和，那样温暖，那样酣畅淋漓，在睡眠中生命并没有中止，心脏并没有停滞；或许，第二天清早问他，他会告诉你美丽的新梦，他肩上生出洁白如鹤的翼子，左手提着一柄银剑，右手握一束红花，高高地飞上蓝绿的天。夜不是死灭。

并且，当夜愈深的时候，晨也就愈近。

而酣畅的睡眠，给明天的工作养蓄精力。

（选自《现代文艺》1942 年第 5 卷第 4 期）

陆蠡

陆蠡(1908—1942),浙江天台人。著有散文诗集《海星》、散文集《竹刀》等。

桥

月下,这白玉般的石桥。

描画在空中的,直的线,匀净的弧,平行的瓦棱,对称的庑廊走柱,这古典的和谐。

清池里,鱼儿跳了起来,它也热得出汗吗?

远处,管弦的声音。但当随着夜晚的凉飔飘落到这广大的庭院中来时,已是落地无声了。

是谁。托着颐在想呢?

(选自《海星》,文化生活出版社,1936 年)

海星

孩子手中捧着一个贝壳,一心要摘取满贝的星星,一半给他亲爱的哥哥,一半给他慈蔼的母亲。

他看见星星在对面的小丘上,便兴高采烈地跑到小丘的高顶。

原来星星不在这儿，还要跑路一程。

于是孩子又跑到另一山岭，星星又好像近在海边。

孩子爱他的哥哥，爱他的母亲，他一心要摘取满贝的星星，献给他的哥哥，献给他的母亲。

海边的风有点峭冷。海的外面无路可以追寻。孩子捧着空的贝壳，眼泪点点滴入海中。

第二天，人们发现了手中捧着贝壳的孩子的冰冷的身体。

第二夜，人们看见了海中无数的星星。

1933 年 8 月

（选自《海星》，文化生活出版社，1936 年）

松　明

没有人伴我，我乃不得不踽踽踯躅在这寂寞的山中。

没有月的夜，没有星；没有光，也没有影。

没有人家的灯火，没有犬吠的声音。这里是这样地幽僻，我也暗暗吃惊了。怎样的我游山玩水竟会忘了日暮，我来时是坦荡的平途，怎样会来到这崎岖的山路？

耳边好像听见有人在轻语：“哈哈！你迷了路了。你迷失在黑暗中了。”

“不，我没有迷路，只是不知不觉间路走得远了。去路是在我的前面，归路是在我的后面，我是在去路和归路的中间，我没有迷路。”

耳边是调侃的揶揄。

我着恼了。我厉声叱逐这不可见的精灵，他们高笑着去远了。

萤火在我的面前飞舞，但我折了松枝把它们驱散。小虫，谁信你们会作引路的明灯？

我于是倾听淙淙的涧泉的声音。水应该从高处来，流向低处去。这便是说应该从山上来，流向山下去。于是我便知道了我是出山还是入山。

但是这山间好像没有流泉。即便有，也流得不响。因为我耳朵听不到泉涧的声音。

于是我又去抚摸树枝的表皮。粗而干燥的应是向阳，细软而潮润的应是背阴，这样我便可以辨出这边是南，那边是北。又一边是西，另一边是东方。

但是我已经走入了蓊密的森林里。这里终年不见阳光，我便更也无法区辨木的向阳与否。

我真也迷惑了。我难道要在山间过夜，而备受这刁顽的精灵的揶揄。也许有野兽来跑近我，将它冰冷的鼻放在我的身上，而我感到恶心与腥腻？

我终于起来，分开野草，拿我手里的铁仗敲打一块坚硬的石。一个火星迸发出来。我于是大喜，继续用杖敲打这坚石，让星火落在揉细的干枯的树叶上。于是发出一缕的烟，于是延烧到小撮的树叶，发出暗红的光。我又从松枝上折得松明，把它燃点起来，于是便有照着整个森林的红光。

我凯旋似的执着松明大踏步归来。我自己取得了引路的灯火。这光照着山谷，照着森林，照着自己。

脑后，我隐隐听见山中精灵的低低的啜泣声。

（选自《海星》，文化生活出版社，1936 年）

马国亮

马国亮(1908—2001),广东顺德人。著有中篇小说《露露》,电影文学剧本《绮罗春梦》《南来雁》,散文集《昨夜之歌》《给女人们》等。

昨夜之歌

晓风吹起了我的乱发,吹醒了我迷乱的心胸,我茫然发觉我立在这荒寂之山巅,我如梦初醒般不知我从何处来,何故来。

晓雾迷盖了山外的群山,迷盖了枫林,也迷盖了我的道路。希望在浓雾中消失了。何处天涯?方向已乱。我彷徨、踯躅于山头,似破烂的小舟漂浮于渺无涯际的大海,啊!我这迷途的小羊!绝望,悲哀笼罩了我,我颓然倒伏在那冰冷的石头。眼泪从失了神的眼中迸出,湿透了衣襟。

沮丧中,我检定了我的神魂极力寻找那消逝了的回忆,无有了,无有了,只余那刺激了我的灵魂,还在耳边缭绕的歌声,呵,歌声!那唱出了无限情意的歌声!

这是绝望中的希望,这是无边的黑暗中的星星的光明,我蓦然为这歌声的回忆所警醒,苦笑浮上我苍白的面颜,去——

去寻到那从天使的口中所唱出的歌声,那能苏醒你疲惫的灵魂的歌声,那歌声的美丽有如落花片片洒向你的心头,医治了它的伤痕，弥补了它的空虚。

去！趁那太阳还未起来，那毒烈的阳光将会消灭了那仅存的记忆，消灭了那微弱的歌声。

去！去在这心血还未流涸之前，趁那心的跳动还未停息，趁那心头的温暖仍存；那歌声的寻获使一切希望实现在你的目前，幸福回到你的身边。

于是，我勉力支撑起我委顿的残躯，撩起我的乱发，拭干我的眼泪；疲弱的手抚着我的在汩汩流血的心，移动我无力的双脚。

我捉住那歌声的记忆有如那瞽者握住了他相依为命的竹竿，从霜雾弥漫中找寻我失去了的道路……

（选自《昨夜之歌》，良友图书印刷公司，1929 年）

丽　尼

丽尼(1909—1968),原名郭安仁,湖北孝感人。著有《黄昏之献》《鹰之歌》《白夜》等。

黎　明

是在黄昏,我携着我的孩子逃了出来。孩子非常慌张,他还没有他的力量;至于我,我却太老了。我们一路奔逃着,留神着前面,听着后面的喧嚷。

渐渐地听不见人声了,只有风在吹。我同孩子都拭去了我们脸上的汗水,我们仍然不住地在喘息。

没有月亮上来,这是个黑暗的夜。孩子渐渐地忍不住要哭了起来。

在地上,只有沙漠,只有深没膝盖的沙漠。

“这儿太黑暗,太黑暗了,爸爸!”孩子说。

“是的,我们是在黑暗之中。是有人们追杀着我们,他们有的是刀和枪,他们要来追杀我们。”我的声音是断续的——这声音使我和孩子听了都觉得凄凉。

孩子鼓起了他幼儿的勇气,放声哭了。

风在吹啸,沙漠在咒诅。

怎么忍得住不哭出来呢? 可怜的孩子,我们是在这样的黑暗之中了呀！我拭去了我的眼泪，在荒凉的风声之中抖动我的身体。

我们倒身在沙漠之中睡着。沙漠是冰冷的，孩子时时紧握他的手，他是在学习反抗了。

仍然是没有月亮，我们仍然是在黑暗的、荒凉的沙漠之中。

孩子站立了起来，紧握了他的手，昂起了头，向着天上呼啸。

我意识着，沙漠在震动。我也站了起来，抬起了我的头，望着天上。

“我们要咒诅这个黑暗，我们要咒诅这个沙漠！”孩子说着。

我也说着。

“要停留在这儿，只有死亡，这里没有生命。沙漠之中没有生命。我们要回去，要回去，爸爸，回到我们厮杀的地方去。我们的生命在血中，我们的生命便是我们的血的流动。”

我和孩子都回转了头，我们的心在跃动。

风停止了吹啸，沙漠也停止了咒诅。

我们是在向前进。

是在黎明以前的时候，我们的拳头又在血液之中挥举了。

1929 年 4 月

（选自《黄昏之献》，1935 年）

漂流的心

夜是有一些寒冷。

不是除夕么？

在我们的火炉上头，还存留了一星儿小小的火焰；一枝梅花横卧在案上，现出了残年的疲倦与哀情。

没有春天呢，我的心。

我有一些沉思与回忆。

啊，这连年底漂流。

季节与年岁之转换么？只给了我一些怅惘，而且这过去又犹如一个黑坑，掩盖了青春的心情。

唉，这如梦的生命！

唉，行踪如浮萍！

唉，我感觉了一些寒冷！

命运，你将把我带到什么地方？

无论哪里，都没有我的家。

我曾被人揶揄说，啊，你可怜，你是无家的人；然而，自己更是茫然于生命为我画上的曲线。

如今，寒夜是这般凄清。

走吧，一个飘行！

走吧，一个飘零！

我给你说，我有一些儿胆怯，有一些儿恐惧，我宁愿倒睡在此，等待着命运之牵引。

唉，你的面影！

唉，我的恋情！

唉，漂流的心！

到明年会有一个春天，你说。

我说，到明年我已经前行。

想罢，从这里，我的眼睛远望着前程，越过了大海，山巅，和黑暗的森林，在寒冷的深夜。你岂不知道我是一个疲倦的漂流的人？无论是今年，明年，寒冷或者春天，都不能改变我的心情。

啊，你天际的星星，当黎明与曙光到来，你会无踪无影。

明年，他们会有欢乐，为了这未来的春天。

1932 年 1 月

（选自《黄昏之献》，文化生活出版社，1935 年）

艾　青

艾青（1910—1996），原名蒋正涵，号海澄，曾用笔名莪加、克阿、林壁等，浙江金华人。著有诗集《向太阳》等10余种、《艾青全集》（五卷）及诗论集等。

海员烟斗

如其我画 Whitman 或 Maiakowski 的像，我一定要在他们的宽大的唇边加上一个海员烟斗——不管他生前曾否有一个海员烟斗。

那样一定是显得酷肖的：在事务所临街的大窗口，或是群众的会集里，或是演讲坛口，或是咖啡店当中……

也或者是航轮的舱板上，喜悦于远旅的巨姿屹立着，两臂叉在胸前，衬衫该是解开的……而海上有强烈的风。

厚发像平野遇上暴风雨前的麦浪般起伏着，眼望着那遥阔的彼方……

天穹之下是静寂的……

烟斗里喷出的白烟，随浪声往后远游……

一种东西，必须属于有同样情调的人的。

为了大集团的朗诵的嘴像海洋般张开着，我要在他们的画像中加上这象征着 cosmopolite 情感的，它的白烟像最新鲜的诗句般流向全世界的海员烟斗啊。

（选自《新语林》1934 年 10 月 5 日第 5 期）

灰色鹅绒裤子

好像我没有到这世界上来之前，我曾穿过这裤子的……

那是一种出奇的灰色，淡的，柔性的……就是这样，你会想起了一双眼睛，一双为热情所磨折了的，柔性的，淡的，灰色的眼睛。

人们的视线都集中在裤子上，当人们和我相遇的时候。于是，我知道这裤子对于人们是陌生的——像一阵遥远的，回忆般遥远的，从天外吹拂来的风。

这天外的风，无定向地流着……

我一年四季都穿它……

它为我款待了几个不嫌避我的友人，它说出我缄默了的话语，它替我在地图上画了几条和它一样颜色的旅线……

它的每缕条纹里都映出：我无终止的散步的街，我的浓雾的早晨，到没有目的的地方去的早晨……

它的每缕条纹里每沾有那些码头的，车站的，一切我到过的地方的尘土的气息。

于是，在它对于人们是陌生的日子，被我爱了。

它于我是这么的亲切，像一切的颜色之于和它相同的颜色是亲切的一样；它是我的颜色！那么的淡，那么的飘忽，那么的无关心……

我走着……

好像我没有到这世界上来之前，我已经穿了这：灰色的，淡的，柔性的，永没有太阳的天上的云一样的裤子——天鹅绒的裤子的……

那么，你不认得我么……

（选自《新语林》1934 年 10 月 5 日第 5 期）

何其芳

何其芳(1912—1977),重庆万州人。著有《画梦录》《汉园集》《夜歌》《预言》等。

黄　昏

马蹄声,孤独又忧郁地自远至近,洒落在沉默的街上如白色的小花朵。我立住。一乘古旧的黑色马车,空无乘人,迂徐地从我身侧走过。疑惑是载着黄昏,沿途散下它阴暗的影子,遂又自近而远地消失了。

街上愈荒凉。暮色下垂而合闭,柔和地,如从银灰的归翅间坠落一些慵倦于我心上。我傲然,耸耸肩,脚下发出凄异的长叹。

一列整饬的宫墙漫长地立着。不少次,我以目光叩问它,它以叩问回答我:

——黄昏的猎人,你寻找着什么?

狂奔的野兽寻找着壮士的刀,美丽的飞鸟寻找着牢笼,青春不羁之心寻找着毒色的眼睛。我呢?

我曾有一些带伤感之黄色的欢乐,如同三月的夜晚的微风飘进我梦里,又飘去了。我醒来,看见第一颗亮着纯洁的爱情的朝露无声地坠地。我又曾有一些寂寞的光阴,在幽暗的窗子下,在长夜的炉火边,我紧闭着门而它们仍然遁逸了。我能忘掉忧郁如同忘掉欢乐一样容易吗?

小山巅的亭子因暝色天空的低垂而更圆，而更高高地耸出林木的葱茏间，从它我得到仰望的惆怅。在渺远的昔日，当我身侧尚有一个亲切的幽静的伴步者，徘徊在这山麓下，曾不经意地约言：选一个有阳光的清晨登上那山巅去。但随后又不经意地废弃了。这沉默的街，自从再没有那温柔的脚步，遂日更荒凉，而我，竟惆怅又怨抑地，让那亭子永远秘藏着未曾发掘的快乐，不敢独自去攀登我甜蜜的想象所萦系的道路了。

（选自《画梦录》，文化生活出版社，1936 年）

雨　前

最后的鸽群带着低弱的笛声在微风里划一个圈子后，也消失了。也许是误认这灰暗的凄冷的天空为夜色的来袭，或是也预感到风雨的将至，遂过早地飞回它们温暖的木舍。

几天的阳光在柳条上撒下的一抹嫩绿，被尘土埋掩得有憔悴色了，是需要一次洗涤。还有干裂的大地和树根也早已期待着雨。雨却迟疑着。

我怀想着故乡的雷声和雨声。那隆隆的有力的搏击，从山谷返响到山谷，仿佛春之芽就从冻土里震动，惊醒，而怒茁出来。细草样柔的雨声又以温存之手抚摩它，使它簇生油绿的枝叶而开出红色的花。这些怀想如乡愁一样萦绕得使我忧郁了。我心里的气候也和这北方大陆一样缺少雨量，一滴温柔的泪在我枯涩的眼里，如迟疑在这阴沉的天空里的雨点，久不落下。

白色的鸭也似有一点烦躁了，有不洁的颜色的都市的河沟里传出它们焦急的叫声。有的还未厌倦那船一样徐徐地划行。有的却倒插它们的长颈在水里,红色的蹼趾伸在尾后,不停地扑击着水以支持身体的平衡。不知是在寻找沟底的细微的食物,还是贪那深深的水里的寒冷。

有几个已上岸了。在柳树下来回地作绅士的散步,舒息划行的疲劳。然后参差地站着,用嘴细细地梳理它们遍体白色的羽毛,间或又摇动身子或扑展着阔翅,使那缀在羽毛间的水珠坠落。一个已修饰完毕的,弯曲它的颈到背上,长长的红嘴藏没在翅膀里,静静合上它白色的茸毛间的小黑眼睛,仿佛准备睡眠。可怜的小动物,你就是这样做你的梦吗?

我想起故乡放雏鸭的人了。一大群鹅黄的雏鸭游牧在溪流间,清浅的水,两岸青青的草,一根长长的竹竿在牧人的手里。他的小队伍是多么欢欣地发出啁啾声,又多么驯服地随着他的竿头越过一个山野又一个山坡!夜来了,帐幕似的竹篷撑在地上,就是他的家。但这是怎样辽远的想象呵!在这多尘土的国土里,我仅只希望听见一点树叶上的雨声,一点雨声的幽凉滴到我憔悴的梦,也许会长成一树圆圆的绿荫来覆荫我自己。

我仰起头。天空低垂如灰色的雾幕,落下一些寒冷的碎屑到我脸上。一只远来的鹰隼仿佛带着怒愤,对这沉重的天色的怒愤,平张的双翅不动地从天空斜插下,几乎触到河沟对岸的土阜,而又鼓扑着双翅,作出猛烈的声响腾上了。那样巨大的翅使我惊异,我看见了它两肋间斑白的羽毛。

接着听见了它有力的鸣声,如同一个巨大的心的呼号,或是在黑暗里寻找伴侣的叫唤。

然而雨还是没有来。

1933年春,北京

(选自《画梦录》,文化生活出版社,1946年)

唐　弢

唐弢(1913—1992),原名唐端毅,曾用笔名风子、晦庵、韦长、仇如山、桑天等,浙江镇海人。著有散文诗集《落帆集》,杂文集《海天集》、论文集《鲁迅的美学思想》和散文随笔集10余部。

自春徂秋(节选)

PRELUDE①

每夜,老村妇起来悄悄地数着她所窖藏的金钱,
而岁月乃在循环的数字中默默地消逝了。

绿

小园已经有点春意了,首先是荡漾在杨柳枝头的绿雾,其次是清晨飞来的莺声;下过几阵细雨,荒坪又给涂上一层浅浅的颜色,青油油地,如沙漠上的绿洲,难道这不就是黯淡欲绝的人生里一线生机吗?

---

①意为"序曲"。

这 Oasis[①] 犹如着上“煮捶”的绿墨，一点点大起来。

园边，郊外，枝头，墙角，现在也印上一色春痕，似舒畅而实忧郁。岂不曾抱类似的心怀，在青春之前，愿舍戋戋生命，以求明日的自由和幸福！

谁不爱一片茂绿呢？

向园外探首，我乃睹春意之烂漫。

雨

“予嫩芽以孕育：你却给花果以摧残了。”

听梨花低泣，使人恼一春烟雨，今夜，怕会有玄裳的燕子衔着零落的残红来入梦吧，灯影在摇动哩。

“你，把脚步放轻些！”

落花岛

落花岛是神仙的家乡。

吃的，穿的，走的，住的，全都是美丽的花瓣，因为，它们终年不停地落着，落差，落着！……

（单调的日子不分季节地流过了。）

你不厌倦吗？

落花岛是神仙的家乡。

---

①意为“绿洲”。

残阳

有几所残垣颓壁，矗立于夕照之中。

平林又落寞了。

如回忆拖着过去的影子，如梦呓噙住往昔的豪华，西风起来，你不怀念炎炎的七月吗？

“我要替霜林挂几瓣红叶。”

你这样做了。

“还去西天涂一抹晚霞。”

你做得并不坏。

然而，人们说这是回光返照，虽然树梢屋顶，至今还留着你的足迹，可是你终究替自己的前途安排下一个寂寞的命运了，这懒懒的病色的余晖。

1943年8月20日

（选自《落帆集》，文化生活出版社，1948年）

方　敬

方敬（1914—1996），重庆万州人。著有诗集《声音》《行吟的歌》《拾穗集》《飞鸟的影子》《花的种子》，散文集《风尘集》，诗与散文结合集《雨景》等。

忆　念

当我熟习于异地的荒凉时，才觉得自己在一个狭小的圈子里徘徊很久了。但是，辽远的乡土呵，在我瞬息的瞑目间，你是有着一个亲切的姿态的。

是的，我忆念着家乡的篷船和纤声。

春阳把一个青草池塘舒暖了。一个闲步者会感满足于一塘纤声，绿色的漪涟招引着他的影子。年轻的浣衣女，你在替谁家洗着春衫呢？你感快意于春水的轻柔吗？她们的酡颜灿映于阳光中。这时，你就坐在一个草丘上，对着你曾抛过钓丝的池塘想想吧。

登上露台，我就有着眺望的舒适。一只小篷船，带着薄霜，徐行着，在一道白水上，在深秋的黄昏里，它的主人抛下了最后一次圆网，寒江上暮霭蔓延，又添衬一种朦胧的画意，当小篷船驶进港湾时，那边已尽是渔家烟火了。

还有涉江的水鸟和一片片的帆影也常出没在我记忆里。但是，当我从一个幻梦中醒来时，又落到自己狭小的圈子里，颇感声音上和景色上的荒凉。是呵，我将托一个南归的候鸟，带回我对于它们的忆念。

（选自《雨景》，文化出版社，1942 年）

羊

谁都觉得羊是可爱的。它在青青的草地上放牧，一身白茸茸细软的毛，尖下巴上长着一撮胡须，头两旁一双翘翘的小角，欢跃着或者蹲着，有时咧开嘴咩咩地叫……好一个天真无邪的生命。

羊使人想到纯洁。

它更使人想到古代冰雪的胡地里那像波浪似的起伏着的大群羊，那灵魂像冰雪一样洁白，守节十九年如一日的老牧羊人。是的，提起或者看见羊，就会想到他，他坚贞的意志，他的一片丹心。他被羁在北海边的穷愁寂苦显托出他人格的磊落，值得古今歌颂。我小孩时候唱着当时流行的赞美他的歌曲，我心里就对他怀着深深的礼敬。那些羊把他的身世装点得更加悲壮，烁亮，而与他一同不朽了。因而羊也就能使我们想起崇高的东西。

在《圣经》上羊是替人赎罪的呵！

每天清晨，当我看见那贪吝的邻妇把羊头抵在墙上吸血似的挤着奶的时候，我就想起了我们现代有句名言："我吃的是草，挤的是奶。"

我家乡流行着一句俗话："羊毛出在羊身上。"我虽然没有看过剪羊毛，但是羊自古以来总是被牺牲的。

羊是温和、柔顺而驯良的，然而，你瞧，"它也会有翘起角来的日子哩。"

（选自《中国作家》1948 年第 1 卷第 2 期）

韩北屏

韩北屏(1914—1970),原名韩立,江苏扬州人。著有小说集《高山大峒》,散文集《史诗时代》,诗集《人民之歌》《江南草》,报告文学集《桂林的撤退》等。

四　季

我爱笑,我喜欢快活,我常常狂放地大笑,因此我不喜欢三四月的天气,梅雨季节,一片灰云,一场微雨,一阵阴冷的风。

但是我有忧伤,我也敢哭;哭过之后,我仍旧会健康如平素。

天有四季,人的心里也有四季。天的四季有定序,心理的四季则有太多的巨变。天的四季,我爱夏与冬;心理的四季,我憎恶微温与忧郁。

愤怒,就得像暴风雨,过去之后应该雨过天晴;最怕缠绵天真如小儿女似的春雨,幽怨凄凉如哭泣的秋雨。

一个人能哭能笑是幸福的!

木　工

隔房有木工在工作着。

锯木的声音，单调而喧嚣。我起先给这种不断的噪聒打扰，感到极度的烦厌。后来却渐渐习惯，终于陶醉在它单纯的音节里面，感觉到工作者的任劳任怨的酣畅的呼吸。

尤其在一段木头被锯断之后，琐碎的锯齿声骤然停止，跟着木块坠地，一声坚决的音响，我和木工皆畅快地呼了一口气。仿佛在烈日暴风之下工作的农人，待到收获时，拭拭汗，早忘了烈日暴风之下的辛劳。

只有不惜辛劳，才有收获。然而多少厌倦于开始的劳碌的人，却希望不劳而获的收获。

木工锯齿声又起了……

望

檐前又有雨水了，池塘好像委屈似的呜咽起来。

看着远山被埋葬于轻烟细雨之中，我的思虑也被窒息于低气压的云层。一切都是那么迷闰阴暗，视线被灰色所欺，其实在雾气更多丑恶。

跋涉在泥泞道上的人，手足，甚至全身都有了泥污。触手皆为寒冷与阴湿。木石与金属也分泌出疲倦的汗液。

春天不能为淫雨所剥蚀的，阴寒正酝酿温暖。

不久太阳就要庄严而愉快地出来了。

（选自《文艺生活》1942 年第 2 卷第 5 期）

丽　砂

丽砂(1916—2010),原名周平野,四川江津人。著有散文诗集《冬的故事》《早晨的街》,诗文合集《森林炊烟》《遗忘的脚印》等。

阳　光

在那阳光里,我们看见无数的尘埃像溃败的残兵在窜着跌落。

在阳光里,我们看见无数的汗颗像闪烁的星子在跳着跌落。

在尘埃跌落的地方,在汗颗跌落的地方,在有阳光的地方,有我们的人民生长着,有我们的劳力生长着,有我们的种子生长着……

向着阳光,我们开一道门,开一扇窗,让外面的声音,颜色和空气跟着阳光一起流进来,流进来,流到残废的被禁锢着的腐烂的东西上去。

而这以后,人们便不安于黑暗了,当夜来了的时候,那第一个聪明的人就不曾去想他有没有犯罪,而教会了其他爱好光的群众点亮了灯。

于是,一种斗争开始了。

于是,一个个阳光的故事,灯的故事被传说着。

而今天，昨夜围着灯火跳闹的人们，现在是拉起手来一齐跑向阳光照耀着的广场去集合了……

（选自《文艺春秋》1947 年第 4 卷第 3 期）

春　天

春天永远是我们的。

我们的春天坐着千万朵亮丽的雪花，从冷黑的冬的夜里飞来的。

我们的春天拉起千万张新鲜的风帆，从辽阔的冬的海上航来的……

我们的春天是贫苦人民的慰劳队，最先去推敲悲哀的陋落的门窗，向每一个贫苦农民致着慰问，传递着喜讯，唱着歌……

而迎着春天的，是千万双千万双为渴望烧枯了的眼睛，是千万只千万只为劳动咬破了的手掌，是千万颗千万颗为生活抽伤了的心灵……

我迎着春天，在亮丽的雪花上嗅到了春天的香气，在新鲜的风帆上看到了春的笑脸。

在为渴望烘枯了的眼睛上，在为劳动咬破了的手掌上，在为生活抽伤了的心灵上，我读到了一句诗：

春天是我们的！

（选自《人世间》1947 年复刊第 2 期）

希　望

是的，我们需要希望给我们开一朵花；但你得明白：倘使花从乱石间，荆棘里放出来不更好吗？

也是，过去该留恋；但过去乃是已经枯谢的绿叶，就让她埋葬在你的心地里吧！

往往，当我们在途程上奔驰时，足音里是要落进后面的沙土里去的。不必爱惜了，向着遗忘，你该摔去那一串空飘飘的日子了！

（选自《文潮月刊》1947 年第 2 卷第 5 期）

莫　洛

莫洛(1916—2011),原名马骅,字瑞蓁,浙江温州人。著有诗集、散文集、散文诗集、文艺传记史料集等数十部。

孤独者

那个孤独的人,在夕阳余光流泻的村道上,敲着一根手杖,像沙漠上一只疲乏了的骆驼,颠踬着前行。

每天都如此:在黄昏的灰暗里,他走过那一片荒场到一个草墩,坐在孤寂的土坟旁边。

群鸭飞噪着,像多言的巫婆,絮聒着不吉利的琐语。这些黑翅膀的鸟儿,叫着,栖落在槐树上,忽然又不安地飞起,胆怯地盘旋一阵,丢下几声沉重的怨艾的叫喊,重复又歇到枝丫上。

风吹着坟头的青草。马鞭花轻轻地拂打着绿色的花穗。那个沉默的人,头发微微飘动,但他没有转动一下眼珠,双眼凝望着那燃烧着的血红的夕阳。夕阳正向平野的那边,缓缓沉落……

“夜终于来了……”

孤独者轻声地干咳。他徐缓地站起来,踏着不平稳的步子,在草墩上踱着。

“时间永远在行进,永不疲惫,永不停息……”

他用手掠一下飞动的头发,吹着口哨。

草虫感到寂寞的难以忍受，都唧唧地弹奏起单调的曲子。夜的琴弦微微颤动了。

孤独者沉思着徘徊。

“人生，哦，人生。”他低声地自语。“生命的车辆，负载得如此沉重，在人生的路轨上，不分昼夜地行驶，一个站，一个站：童年，少年，青年，壮年，老年哦，一个站一个站地驶过去，而最后的一个站，那个灰暗的最终一站，却是泥土覆盖的坟墓。”

他吹着口哨，那一支哀伤的曲子，合着草虫的鸣奏，轻轻地一起在夜的雾霭里波动。

他凝静地停下来，一会儿，又踱着不规则的小步。

“而有些生命的车辆，”他又自语。“却没有驶到最后一站，便中途抛锚了，永远停下，他们没有驶完这一条悠长的路轨，竟将半途的一个小站，当作最终的一站……”

“那是不幸呢，或者有幸？”他自问着。

“我的一个年轻的朋友——哦，祝福他善良的灵魂得到安息！却在二十六岁的那一年，就抛下他年轻的妻子，和一个五岁的孩子，不说一句告别的话，便悄悄把他那一辆载着美好的灵魂和学识的生命之车，停下在半途的小站上，永远不再前进，搁置在人生的路轨之上！”

孤独者沉吟着，怀着友情的眷念，微微叹息。

星星用碧色的冷光闪耀，平野一片平静。坟墓里的死者永远酣睡，做着人世之外的和平的美梦。而远远近近，却有一二声疏落的犬吠，这就证明着活的世界的存在，但和死的世界却又相隔得如此靠近。

孤独者的思绪像断线的纸鸢，给风飘去很远很远……

“但可诅咒的是——”她用手杖敲打着草地。“可诅咒的是——有一些燃烧着正义的煤炭的车辆，他们前进的马力是如此不可拦阻，而且他们负载着的理想和热情又是如此值得人们敬佩；但是，却有邪恶的奸徒，用阴谋和残忍。把这些轰隆轰隆猛进着的可敬的车辆，击倒在人生路轨的中途，使他们不能驶进那崇高理想的车站。而且，啊，这些可敬的车辆，原是要拖动全人类的命运，一起驶进幸福的车站的。”

“罪恶的奸徒啊，人类血腥的刽子手！”孤独者愤恨地叫着。

“而我自己，”他然后静静地说，“我是一列列车中的一节受伤的车辆，如今满身创痕，前进的速度是变得如此缓慢，而且又显得如此孤单。然而，我却不愿在人生路轨的中途停止啊！”

孤独者怀着满腔的积郁，一心的苦恼，在寂寞黄昏的草墩上，用沉重的脚步踱着。

夜色是如此深浓……

“时间永远行进，生命的车辆也永不停息！”他点着头，用手按在胸口，胸口像一团火在燃烧。

“虽然我是孤独了，但是我要我这节受伤的车辆，燃烧起生命的炭火，即使只有极微小的马力，也仍然要前进——带着希望，带着热情，驶进那圣洁的理想的拱门，到达人类幸福的总站。”

孤独者挥着手杖，轻轻地吹着口哨，在茫茫的夜的原野，从夜的道路上，沉思着归来。

1942 年 4 月　温州

（选自《大爱者的祝福》，重庆出版社，1983 年）

刘北汜

刘北汜（1917—1995），吉林延吉人。著有散文诗集《曙前》和《人的道路》。

荒　原

远远的山里落着雨。山是绵亘的，荒凉的。云，棉花似的，雾样的重重地堆积在那里，浸没着山岩。我在山巅上走着。

而这时很快来到我记忆中的，是渡我过了多少冬天的严实的小屋。在北方，我们是习惯住在一种不透风雪的小屋里的，我们的小屋建在冬天满生着红色榛叶树的山边，从山脚到山巅，一片红色，我们和我们的小屋便被这红色包围着。我们爬山，在狼藉的落叶堆中拾取橡实，从积雪上追寻禽兽脚迹。我们的足迹踏过整个的山，我们全被这红色包围着。

山巅常常是有着棉花似的积雪的。

山，在冬天，是绵亘的，突出着坚实积雪的胸膛。

在北方底山边下，我们严肃地，认真地渡着冬天。

我们愉快地发出歌唱，在洁白的雪掩着的土地上，我们生活，笑，每点雪花的飘荡都使我们的心活跃。

迎着雨，现在我是在遥远的南方的荒原上了。我匆匆走着。我在走着一段不知什么地方才是终点的道路。

我突然地打着冷战，想起这是南方的冬天了。但我仍然能看见，在路旁，在衰败的草丛深处，满生着一种紫色的钟形小花朵。它们怯生生地立着，纤小的茎叶像就会在对于它们是太大的宇宙里消灭下来，但它们固执地存在着。它们当着寒冷的冬天在生长。

它们的小花瓣有的是那么新鲜而浓重的紫色。

它们开在荒凉的路旁，开遍在荒原的每个地方，随处都有它们。它们以紫色包围着每个路人。

注视着它们，我的心里低低念着："你紫色的小花，你寂寞的、茁壮的小花……"仿佛面对了亲切的友人，仿佛又在我的小屋里守着红红的炉火，或是走在生满红色榛叶树的山边上，我失去了荒凉寂寞的感觉，我不感觉是在赶路了。

我小心地在荒原的道路上踏下脚去，许久许久注视着它们，忘却了寒冷和无边的荒凉。

（选自《曙前》，文化生活出版社，1948 年）

曙　前

我住在一所古旧的宅邸旁边。围着它，是无数破落的民房，和一所生满柏树的古庙的大院落。

太阳天天明耀地出现，然而，天天我们的院落是暗淡的。

古庙中的柏树影整天阴森地铺满在我屋前的院地上，映着树影，新砌的土墙是显得凄恻而暗郁的。

当挑水人每天黎明时到来，用竹帚刷洗缸底的淤泥，响起一片哗哗的水声时，我知道这是起身的时候了，随后，墙外会有人吆喝起羊群，会有一阵清澈的铃声漾进院落里，之后，午间过去了，夜晚到了，我会听到同院一个老人的咳声，那暗哑的痛苦的声音好像就拴在我的耳边，沉重地坠住我，而从院子的另一侧上，我听到一声冗长的梦呓，和咬着牙齿的声音，那从一个有点半疯的人屋中发出来的，每晚他都不能安静。……而一天结束了。

没有明耀的阳光，没有活动，没有谈笑和争吵，默默地活在黑郁的世界里，人们是有着菜一样难看的脸色的。

——明天，太阳升起了，阳光会透过阴影，照出一片光辉，罩住整天、整年在阴暗中的生命吧？

望着一点点闪亮的星子，我禁不住祈求着，我向暗淡的院落里顾盼，等待着天亮。

（选自《文艺复兴》第1卷第4期）

陈敬容

陈敬容(1917—1989),女,作家,四川乐山人。著有《星雨集》《陈敬容选集》《老去的是时间》等。

昏眩交响乐

凡亚铃在苍白地叹息,吉他在作着夏夜的情话,钢琴倾诉着一些神圣的、庄严的悲哀同欢乐,曼陀铃呢,它琐碎地说着一些记忆中早已褪淡的事物……在这一切之上,凡亚铃苍白地叹息着,带着对于宇宙的极大的悲悯。

对于发热的心,这一切的总和是一个昏眩,一个长久的、沉湎的昏眩。它也昏眩于那些鸟语和人声,昏眩于至高的寂静,与台阶上那仿佛来去的热切的足音……

一些影像压住我的记忆有如沉重的香料。一些影像,一些已流过了的欢歌和哀歌,一些故旧的和陌生的面影。而在这层层帷幕之后突生出来,你,我的希望!

我已叹息得太多了,以致我忘了如何叹息;我已哭泣得太多,以致我任怎样睁开又阖上我的双眼,我都不再能迸出一滴眼泪。

我仿佛从一个美丽的沙岸绕进了一座暗黑的林子,在那儿转旋又跌仆,跌仆又转旋,因为不能忘情于沙岸上明媚的阳光,与海上白鸥的回翔。

但是忽然有一天我发现自己已经走出林子，来到一个沙岸上了；在我惊喜的昏眩中，我很清楚地看到这个沙岸绝非以前那一个，它是更清洁更辽阔；照耀在这里的阳光也更明媚，这里的海上飞翔着更多的白鸟。

我的心发着热，我有一个昏眩——它交融了声音和颜色，微笑与轻叹，痛苦和欢乐。

我是昏眩着吗？

我看见你突伸着，我的"希望"，在高高的透明的蓝空，你突伸着如一个未来世界的巨灵，向着生命底早晨的土地，播散着一粒粒黑油油的坚实的种子。

1945 年 4 月 22 日晨

（选自《星语集》，文化生活出版社，1946 年）

火焰——燃烧和光荣

两种不同的燃烧：太阳和火。

没有太阳，没有火，宇宙就无从得到光和热，我们也无从得到温暖。

美丽的赤子，人之子啊。你要创造光荣吗？那么，先燃烧你自己。

投入火焰，快乐而勇敢地投入火焰吧，让你的生命也变成火焰。你燃烧，燃烧而且照亮别人和自己，也许你照亮了别人而毁灭了自己。

既然照亮了别人，那么即使毁灭了自己，那不也该用眼泪和热血去歌颂吗?

在燃烧中你如同一块金属,烈火将你渐渐熔化,你失掉了所有的顽固而变成流动的液体,当你通过了火焰而重新凝固时,你就有了比原来更美丽百倍的赋形。而这回,你的质地也就比原来坚韧,不会那样容易折裂了。

火焰也绝不会真的使你毁灭了自己。虽然它光荣地照亮了别人。你读过物质不灭的定理,你怎么能被毁灭呢,即使化为灰烬,你也不过是以另一种形体而有了另一种不同的存在。而这存在是更为完美更为高贵的,因为它已经有过最美丽最光荣的燃烧了。

那么,为何怕火,为何对火退却呢?人之子呵,你知道普罗米修斯——那冒着宙斯的震怒替人类受难的火神么?你知道他的功绩,他所延绵的世界万代的文明么?

为了“成仁”,为了“取义”,投向火吧!

为了艺术的光荣,为了科学的光荣,投向火吧!

为了空间万物,为了时间万代的光荣,投向火吧!

美丽的赤子,人之子啊,让我为全人类和你自身的光荣,向火颂歌!

(选自《人世间》1947 年复刊第四期)

朔　望

朔望(1918—1999),原名毕朔望,江苏扬州人。著有诗集《少年心事——花朵集》,译著《列宁传》《路易·艾黎诗集》等。

只　因

——关于一个女共产党的断想

只因一只彩蝶翩然扑到泥里,诗人眼中的世界再不是灰褐色的。

只因一个弱女子的从容死去,沉重的中国大地飞速地转动起来了。

只因当时我没能搭救妈妈,我要学会咬敌人的双手。

只因闺女她是这般死的,老妇人只顾取出长锋毛椎笔,写下几行方正的大字,不发一言。

只因一个好女子的凄然一笑,使我们身边平凡的妻子都妩媚起来。

只因一株玫瑰多刺,所有假正经的屠夫手心里都捏着汗。

只因你胸前那朵血色的纸花,几千年御赐的红珊瑚顶子登时变得像坏猪肝一般可鄙可笑。

只因你名字里有个“新”字,我们喝道:那厮既提不得,不提也罢，免得污我的口！

只因敌人在你身上拨动了一根琴弦，使九亿人心头不可抵挡地响起了复仇的大音。

只因夜莺的珠喉戛然断了，她的同侣再也不忍在白昼作消闲的饶舌。

只因你的一曲《谁之罪》，使一切有良知的诗人夜半重行审看自己的集子。

只因我们曾眼睁睁容忍你带着钢手铐而去，今后中国工人将监督社会上每一斤黑色金属的用途。

只因你当日无意乞灵于法律，却为后世中国百姓赢得了第一部社会主义民权大典。

只因你恬静的夜读图，孩子们认识了勇气的来历。

只因你沉思的慧目，中国三代人触电也似的悚然于感到革命者的痛苦、美丽和尊严。

只因你是光明，我们痛恨一切黑暗。

只因你的大苦大难，中华民族其将大彻大悟？！

（选自《人民日报》1979 年 7 月 14 日）

郭　风

郭风(1919—2010),原名郭嘉桂,福建莆田人。著有散文集《鲜花的早晨》《郭风散文选》,散文诗集《叶笛集》和《郭风童话选》《郭风儿童文学文集》等。

秋天的晚霞

那里,

好像有一座万顷玫瑰园,

正在开放火焰一般的红色玫瑰花和橙黄色的玫瑰花。

那里,

好像有一座万顷的果树园,

园中种着千万柑树,千万橘树和千万石榴树;树上正在结着黄色的火焰一般的果实,正在结着红色的火焰一般的果实。

那里,

好像有千万棵点着烛光的枫树,站立在火光照耀的山岗上;

那里,

好像有一万顷草原,

——草原上,好像正在燃烧千万堆篝火,有火般的牛和羊,有火般的牧人。

那里,

好像有一座无垠的海湾，

——它的海岸的悬崖上和它的港口，到处升起熘火；它的波浪和船，好像正在向着无垠流动的火焰……

呵，在那里，

我看见那光明，那炽热，

那灿烂以及那豪华，那具有一种能够唤醒我的想象以及使我振奋的力量，那具有一种箴言一般的启示，

不仅作为我对于大自然的赐予之感念，长久留在我的心中，

更时常引发我对于美好世界之强烈地向往，执意地追求。

（选自《中国当代优秀散文诗精选》）

十二月的牵牛花

（我想起，

我国的北方，已经降雪。我甚至想到，雪落到我国中原的平野和松树上，苍绿的松叶上有片片雪花……）

在这里，

——十二月了。牵牛花的蔓藤，仍然像夏季一般，缠绕在榕树的褐色的须根上，

铺满在榕树的

凝固的、苍灰色的波浪一般的板根上，

而开放一朵朵蓝色的喇叭花……

（不知怎的，

我从蓝色的牵牛花，

想到我国的北方，想到那里的雪已经降落了……）

（选自《散文诗人 20 家》，广西民族出版社，2004 年）

雪的变奏曲

它是百合花。

它是铃兰。它是白云。它是泡沫。它是一只在荒原上旅行的野鸽的翅膀。

它是烟碟上一缕烟和岩石上的水草。

根据鲁迅先生的感觉，它是雨的精魂。

——它还是一床唐朝的席。它是收录机播出的蓝色音乐。它是祭文。

它还是一只酒杯。一辆马车。一条电鳗。一朵火焰。一把雨伞。

它归入泥土。

（选自《文学报》1987 年 1 月 1 日）

叶　笛

呵，故乡的叶笛。

那只是两片绿叶，把它放在嘴唇上，于是像我们的祖先一样。

吹出了对乡土的深沉眷恋，吹出了对于故乡景色的激越的赞美。

吹出了对于生活的爱，吹出自由的歌，劳动的歌，火焰似的燃烧着的青春的歌……

像民歌那么朴素。
像抒情诗那么单纯。
比酒还强烈。

啊，故乡的叶笛。

那只是两片绿叶，把它放在嘴唇上，于是从肺腑里，从心的深处，

吹出了劳动的胜利的激情，吹出了万人的喜悦和对于太阳的赞歌，

吹出了对于人民的权力的礼赞，吹出光明的歌，幸福的歌，太阳似的升在空中的旗帜的歌！

那笛声里，有故乡绿色平原上青草的香味，有四月的龙眼花的香味，

有太阳的光明。

1957 年

（选自《叶笛集》，作家出版社，1959 年）

田一文

田一文(1919—1989),湖北黄陂人。散文诗收入《金底故事》《向天野》《怀土集》《蛩音》等文集。

地之子

我们是地之子,我们生活在大地上面。大地如同一个母亲一样养育了我们。我们在她的爱护中过着日子,过着和谐但也可以说是幸福的日子。我们的祖先是这样在大地上活着,我们也是这样在大地上活着,一代代的人都是这样地活在大地上面。我们是地之子。

每天,我们呼吸着土香,呼吸着从大地上发出的馥郁的气息。我们亲爱的同大地生活在一起。大地是富饶的,生长着高粱,产生着豆麦,从大地上,我们得到丰收。我们充满着生命的欢喜。我们说不出,我们是怎样爱着种下了粮食的大地。当柔和的春风,一阵阵地吹过大地的时候,整个的原野便给芬芳的土香占有了;我们在大地上工作着,如同已经沉醉。

大地上面有着那么蓊郁的树,那么青的草,那么肥硕的高粱;蓝天上有着那么白的云头,那么温暖的太阳;青色的原野如同一个摇篮,我们是舒适地躺在这摇篮里面。日子如同河水一样平静地流着,麦子收割了,麦捆高高地堆在打麦场上。高粱长得肥大了，垂着一串串珍珠似的穗子，北方的原野是美丽的，我们爱恋着这祖国的原野。我们是地之子，我们生活在大地上面。

然而，如今，鬼子却要来搅乱我们平静的生活，践踏如同一个母亲一样养育了我们的土地了。土地要是遭受了强暴的蹂躏，便会破坏和衰败，而属于我们长远的黄金般辉煌的日子，也便会因而消失了。我们怎能让鬼子侵占我们的土地呢?

我们是地之子。没有地，我们便不能生。我们要像平和的往日一样活下去，是只有死死地守住大地这一条路了。

我们将号召每个生活在大地上面，得到了大地母亲爱护的兄弟们起来武装。我们将毫不迟疑地属于我们的土地，用我们收割的曲镰，挖松黄土的锄头，用我们整个生命的力量作出血和肉的斗争。我们是地之子，我们要永远厮守看大地。

1938 年 5 月　汉口

（选自《金底故事》，烽火社，1939 年）

我穿走在红土上

一场急骤的雨落下了，落在燥阳晒红的地上，散发着蒸人的热气。然而，有凉沁沁的风吹着，热气很快就消散了。

雨继续落下来，雨水溶化着干燥而龟裂的泥土。泥土同旅人们的脚板上的污泥掺和着，雨水又流成沟儿把泥土调匀着，沟里，旅人们的脚又在搅动着，于是，泥土的原来那种耀眼的红色，便成为棕红了。

雨点子密密地打在我背后。背像块吸铁磁吸住了背心，接着，湿答答的衬衫，紧紧贴在背上了。雨的凉意，透不过燃烧的胸膛，胸膛，在燃烧着呀。

南方，是燃烧着热情的火焰的地方。

当温柔的黎明穿过了黑暗出现的地方，我们就穿走在这南中国的红土上了。我们以沉重的脚步，惊止了草间昆虫们的声息。那时，太阳晒黑着我们的皮肤，海蓝的天悠闲地飞走着白云，桦树把浓荫投在地上，榕树们正垂着美丽的长须，庄稼是金黄的，稻的饱满的颗粒，压弯了细长的稻秆子，原野是那样丰满，是那样的一片"百谷般的土地"。

我们呼吸着从原野上发出的健康的气息。

原野，是曾经失去的。

我们穿走在我们的原野里。我们看见一些农民背着枪，站立在山岗子上面向我们要着路条；我们的农民游击队员，守在我们的原野。

我们都是原野的儿子。

我们冒着密密的雨点，在雨水泥泞的山道上，我们跋涉着，我们的身子浴在雨中，我们的心却在燃烧着。

南方，燃烧着热情的火焰。

南国人民的胸间，燃烧着热情的火焰。

我们穿走在已经成为棕红色的大地上，我们的心中也燃烧着热情的火焰。

1939 年 9 月

（选自《向天野》，文化生活出版社，1941 年）

汪曾祺

汪曾祺(1920—1997),江苏高邮人。著有《受戒》《塔上随笔》《草花集》等十几种小说、散文集,以及《汪曾祺全集》。

早春(五章选四)

彩　旗

当风的彩旗,
像一片被缚住的波浪。

杏　花

杏花翻着碎碎的瓣子……
仿佛有人拿了一桶花瓣撒在树上。

早　春

(新绿是朦胧的,漂浮在树梢,完全不像是叶子……)
远树的绿色的呼吸。

黄　昏

青灰色的黄昏，
下班的时候。
暗绿的道旁的柏树，
银红的骑车女郎的帽子，
橘黄色的电车灯。

忽然路灯亮了，
（像是轻轻地拍了拍手……）
空气里扩散着早春的湿润。

（选自《诗刊》1957 年 6 月号）

唐　湜

唐湜(1920—2005),原名唐扬和,浙江温州人。著有诗集《骚动的城》《飞扬的歌》《幻美之旅》,历史叙事诗《海陵王》等。

海　上

1

驾一叶纯白的轻帆,到蓝色的海上去!

望不见边际与小涯,望不见绿色的土地,望不见花香鸟语、莺飞草长,海是一个深湛的谜呵!

海是一个深湛的谜呵,海有恋人似的狂热,海上的风、浪,会给你那白帆抹上海的颜色、海的气息、海样深沉的感情呢!

2

对于海,我有一个太深太深的记忆。

当年,我曾驾上想象的片帆,用年轻的臂膀作桨,向风浪滔天的海上划去。

我的想象是单纯的,我的希望只是一片无邪的乐土,一片原始的小岛，一片未开垦、未被卑污的尘土玷污了的处女地。

我的想象是单纯的，我的灵魂还是那样年轻而又天真呢！我想象着海中会有一个地上的伊甸园，而年轻的寻梦者可以拿辛劳在那里换取幸福的果实；于是，我挺起了身子，向前，向前，用热情的风去鼓满想象的风帆……

然而，我终于失望了，我那正直的桅杆给狂暴的巨浪击断了，而风帆，又为海水轻轻地卷了去！

于是，在茫茫的海上，我的小舟迷失了方向，任风浪袭击，任逆流簸弄……

3

紧跟着阴霾的白天，来了漫长的黑夜。

而黑夜里，蔚蓝的天宇上却给嵌上了辉煌的星群，像处女晶莹的泪眼，像闪烁着蓝光的宝石，像就将逝去的彗星拖着璀璨的尾巴，像梦里的虹彩在我的眼前闪过。

于是，我尝试着去找寻渴慕已久的北斗星，那伟大的星辰永远那样刚强地屹立着，给我们指出了航行的方向与道路。

于是，给她的神采鼓舞着，我又拾起了断桅，绑上衬衣作小帆，让热情的风又一次鼓满着它，驶向前去。

于是，在海上，我又一次微笑了……

1943 年作于芳野山中

春 夜

春夜，我闲步在雨后的林荫道上，我踯躅于回忆的梦中之旅，我的脚步是轻轻地、轻轻地，只怕那桐子叶间的花瓣，轻轻儿落到我的眉上，惊醒了我亲切的梦游。

人怎么能忍受泥泞的长长道路？人怎么能忍受暗夜中可怕的孤独？我想学守信抱柱的尾生，为了爱，为了广阔的爱，将自己渺小的一身，投向那汹涌澎湃的大海！

雨季带着无比的暖和、无比的温润来了，春水的感情在阡陌间、梯田间泛滥了，山洪带着怕人的欢呼，在冲击耸立于水中的桥柱，映山红像一朵朵野火，焚烧着一片片山谷！

歌与花的春天到来了呢，果实累累夏日该不再踟蹰了，生命的欢笑是这样响亮，这样响亮，为什么我不能唱一曲高歌，驮着美丽的想象，向夜天、向无星月的夜天飞翔！

1945 年作于建水之阳

（选自《中国散文诗 90 年》，河南文艺出版社，2008 年）

柯　蓝

柯蓝(1920—2006),笔名亚一、木人,原名唐一正,湖南长沙人。著有小说、散文、散文诗集30余种及《柯蓝文集》(6卷)。

守林人

守林人带着他的猎枪和他的猎狗,在日夜巡视着森林。他一步一步地走着,走一步,就要听一听那突然的灾害,是不是意外地来了……

他负责发出风灾和火警的信号!他还负责不让一切可疑的阴谋,从这里通过,在森林里躲藏。

守林人在森林里生活太久了,年老了还是跟年轻人一样。他脸上的皱纹,是那树木的皱纹,历经过万年的风霜。不断地增加,却又不断地成长。他那坚强的双腿,是那坚强的树干。他那不知疲倦的双脚,是那伸遍满山的树根。有树根的地方,就有他的脚印……

晚风起了,森林在沙沙地说话,守林人就站下来听着听着,他能听懂它的话。

下雪了,厚厚的雪花铺满了森林,压在所有的树枝上,也压在守林人身上,于是他知道积雪的重量,把那些幼小的树枝压断了。

寒冷的夜晚，整个森林都冰冻了，也冰冻了守林人，他从他自己的眉毛和胡须上的冰霜，知道了树木的寒冷……

守林的老人，你的岁数有多大？你就是森林，森林就是你。你的过去就是那一片高大的树木，你的未来就是那一片幼小的树林。

每时每刻，我一看见这一大片森林，我就看见了你……

写于伐木场

萤火虫

萤火虫在夏夜的草地上低飞，提着一盏小小的红灯，殷勤地在照看这个花草的世界。

萤火虫，你不觉得你的灯光太小了么？不觉得你在燃烧你自己么？

萤火虫没有回答。它还在不停地飞来飞去，提着它那美丽的用生命燃起的红灯，飞舞在万花之中……

雪

雪花来了。漫天遍野地来了。

从最高的地方落下来。从最纯洁、最净白的地方落下来，落到每一个角落，落在一切的上面……

雪花，你总是在一切上面的。你总是最洁白的。谁损害你，把你弄脏了,你就溶化了,流着泪走开了。

雪花呵。我看你有一颗心:

有一颗把一切黑暗变白的心。

有一颗把一切不平都填平的心。

有一颗要把一切都包藏在你怀里的心。

你虽然如此寒冷,也还有一颗知道温暖的心……

(选自《早霞短笛》,作家出版社,1958 年)

彭燕郊

彭燕郊(1920—2008),原名陈德矩,福建莆田人。著有诗与散文诗合集《浪子》《彭燕郊诗选》、长散文诗《飘瓶》《混沌》,散文集《高原行脚》等。

雨　渡

雨中与宗伟、银云渡沅水。

被雨打湿的旅人的对话断断续续,被雨打湿的风景隐隐约约,船在被雨打湿的江面上缓缓行驶。

雨丝的帘幕一忽儿密一忽儿疏,雨丝的飘动里,失落了的少年时代的我在向着我做鬼脸装怪相。

既然雨丝不是一根跟一根往下落的,就让它这么漫天漫地没前没后地落吧。我的背脊上的什么地方,突然被冰凉地刺了一下。

旅程因此添上了一点惆怅一点期待。

1993 年 7 月 11 日

(选自《彭燕郊卷》,湖南文艺出版社)

一根羽毛的媚舞

——在极大的空虚里

我看见一根羽毛的媚舞:它轻轻地扬举起它自己,轻轻地,使自己在一阵看不见的旋转里,漂游,漂游。

空虚映现着它的华彩,翠绿里面夹着一丝丝倔强的银线,在静的大气里发出微显的光,在止住了流动的气流里,发着那可夸耀的杂色的光。

四周是灰土所成的沙漠,没有任何色调,那种薄暗,使人觉着有比漆黑还要可怕的绝望……

然而,媚舞的羽毛却视它为最理想的场地,或者应该说是最适合于它的好的场地。凭着这样的信心,它媚舞得更好,或者说,媚舞得更用力了。

它媚舞着,不感到孤单,也不觉察到空虚地。

使用了它的全部的美丽,它翩飞,轻快地画着弧线,曼漾着波纹,一时又停留着,但那只有一秒钟,接着又突地直趋向前,做着几十样,几百样意想不到的佳妙的动作。

那是一根孔雀的羽毛,那曾经是附着在一只高贵的孔雀身上的华丽的羽毛。

它是永远不会感到这个孤单和寂寞的吧?

为了要显示它自己——是一只死孔雀的羽毛。

(选自《飘瓶》,花城出版社,2010 年)

叶　金

叶金(1922—2014),原名徐柏容,江西吉水人。著有小说集《原野之流》《新婚之夜》,散文诗集《阳光的踪迹》。

小　河

你曾见过一条小河吗?

小河从高原的山岭,向山麓奔流而下,从容地走向前面,后面的步子追着前面的步子,不憩地流着。

千万年前,她以冒险的脚步,从没有路的地方走出一条路来。她遭遇过无数次岩石的抵挡,从南面折向西面,又从西面折向北边,河流迂回地前进。她也从不后退一步或者停止休息片刻走过迢迢万里的疲乏的脚步。也许她走到一个谷地,三面都是岩石的阻挡,而她仍然不曾后退,冲击又冲击着岩石,冲击又冲击着岩石,岩石遂一层层地融蚀了,一层层地为小河底水流吞噬了……于是有一天,小河冲开岩石,从岩石与岩石之间冲开一条狭路,从没有路的地方冲开一条路,被禁锢久久的河流又浩荡地流向前面……

河流是顽强的战斗者呵。

也许经过了一次这样艰困的战斗又遭遇一次,冲过了一次又遭遇一次，小河唱着她的歌，唱着她的进行曲，她要走向广大的天地，她要走向宽大的海里，让她东西南北自由自在地走来走去。……

小河是酷爱自由的，小河是争取自由的战斗者呵。

今天，她不息地沿着她的前行者的脚步，沿着她的祖先们开拓的大道，从容地唱着她的歌，唱着她的进行曲，穿过万山千障，流向大江里，流向海洋里……

春天，是江河得意的日子，是江河欢笑奔跑的日子，也是小河得意的日子。

小河的水涨起来了，挟着巨大的声势奔流，急湍地号呼着，像在与春天赛跑似的……待到她把春天丢在后面，一个又一个奔流到海里，小河笑了，小河鼓着掌，喷着欢笑的泡沫。

春天是小河的世界。

可是，春天跑着跑着，有一天，却把小河丢在后面……

春天走了。

夏日，是炎热的阳光在焦炙着小河，小河不住地流着汗，她奔跑的脚步迂缓下来了。小河失去了欢乐的光辉，小河失去了年轻的活泼，小河喑哑地流着，流着……

小河没有屈服，即使那么迂缓，她还在炎阳下不断地流着，流着……

因为小河血管里流的是战斗者的血液，承继着顽强的战斗者的毅力。她知道，春天虽然过去了，但还有许多许多美丽的春天。

春天过去了。

夏天也过去了。而小河经过一次最痛苦的煎熬，留下烙印似的创痕。河床干涸了半边，露出半边沙底，而水流只是狭窄地在一侧徐徐地流着，徐徐地流着……

小河永远是战斗者，流下一滴水也还要流着呵。

小河迂缓地流着，潺潺地像山间的溪流。

人们在岸边，在桥上，看着恁地浅的小河还在流着，看着一半是沙滩、一半却是浅得望到河底沙层的小河，讽嘲似的哈哈大笑了。

——这也算是河吗？

——这是从没有走过船的涧溪吧？

人们尽情地揶揄着，哈哈大笑了。

小河喑哑地，徐徐流过。

是羞惭吗？小河流着，流着……她面对着河岸和桥上的人们，她面对着那些讥笑她的人们，小河愤怒了……

小河是光荣的战斗者呵。

傍晚，秋风起了，乌云，闪电，雷鸣……人们躲进屋子里，小河却袒露着胸，迎向风，迎向电，迎向雷，迎向他们带来的暴风雨……

风以无比的汹涌降落着，雨以无比的热情和小河接吻着，和小河拥抱着。

小河快乐地叫着、笑着。

早晨，小河又涨满水了，荡激着黄色的沫流，吼叫着，纵情地笑着，面向着人们，而河岸上的人们后退了，而桥上的人们也为她灿烂的笑容而目眩昏晕了……

于是，小河纵情地恣笑着，向那些讥笑她的人们。

在午夜，小河还在怒涛奔腾地笑得喘息……

你曾见过一条小河吗？
而且曾真的认识过一条小河吗？

1942 年重九，于江西杨梅市

（选自《阳光的踪迹》）

牛　汉

牛汉(1923—2013),原名史成汉,山西定襄人。著有诗集《温泉》《祖国》《沉默与悬崖》《牛汉诗选》等。

只有根一直醒着

江南,阴冷阴冷的一月,雨雪交加。窗外,一株我自植的青桐,几天之前脱尽了密密匝匝宽大的叶片和细弱的冻僵了的枝条。剩下的树枝都是很粗壮的,尖端呈拳头状,它们紧紧地攥着一丛丛青嫩的春芽,呼啸的寒风摇撼着它们,拳头不屈地挥动着,发出嗡嗡的声响,每当静夜,我听着久久不能入眠。

光秃秃的树干,无牵无挂地沉入了梦境。

青桐睡着了,像马一般站着睡,山峰一般耸立着睡。

只有根一直醒着,在黑沉沉的地下。

还有绿的树液,在根茎里上上下下的不息地奔流……

戈壁草

戈壁滩上,没有孤单的草,永远也找不到一棵草,两棵草,连孤单的树都没有。

只有一撮一撮的草丛从戈壁滩上隆起，草叶与草叶，枝干与枝干，相互团抱着，聚成一个个苦难的家庭。

它们抗衡千百次的风暴和冰雪，一起伸出枝叶收集漫天无根的细沙和土屑，终于构筑成一个一个立锥之地。

草有了自己的微小国土。

戈壁滩不再寂寞。

（选自《牛汉诗选》，人民文学出版社，1998 年）

羊令野

羊令野（1923—1994），原名黄仲琮，曾用笔名必也正、田犁、予里等，安徽泾县人。著有《血的告示》《面壁赋》《回首叫云飞起》《叫花的男人》等。

水

不知是谁给这方洁净的水泥地泼了一勺水，当我一俯首，心的影子，树的影子，蓝空和白云；当我一昂首，那些形象依然有，在静穆的空间，就这么一勺水泼出了另一个世界。

那个泼水的人想是信手泼，即或自然一个天心的创造，就是一个妙境。那不是一只拈花的手，它却抛给我一个大千世界，就像一朵花蕾绘出的。

我不知那个泼水的人曾否惊悦于此一世界的面貌之爱观，就像一勺水泼出了一个自己的影子。这些开拓一面方塘的镜子，漾着天光与云影，总是有一种天机与情趣的。

当我饿渴于一种色彩，或者呐喊着一种声音，我的瞳仁也许是万顷碧波，浮不起一江月亮，我的嘴唇也许是一尾杜鹃，唤不住千山的春花，而一勺水却泼出了我的晨景。

月

一推窗，月亮泼我一身的水花，我的圆形的视窗就成了一面月亮的圆镜，照着我，也照着月。

穹空是深蓝的，而我的屋子除了那月形的视窗，就浸着一潭月色。如果穹空是一个湖面，我就是沉在湖底的一尾失眠的鱼了。

一尾失眠的鱼，它将呼吸什么呢？它将吟咏什么呢？周旋于月的升沉，它将想及涸辙是怎样的一种饥渴？

而且，有时也剪彩为钩，如一种无为的钓者：云的饵，总是飘过我的额上。它的游离就成了我的向往。

可是我的呢？萎谢于失水的岁月，唯有这般卧姿神游于升沉之中，月恒临照我，我恒临照月。

月镜之中，我是鲲，而无鳍；我是鹏，而无翼。月，纵然圆为弹丸，弯为银钩，将怎样捕捉我呢？可是月的家乡，有我的归梦；而海的世界，有我的啸吟。

如果，我的自剖是一尺素之书，让月淡出的是否一片云脚的跋涉？是否一掬天花的漂泊？

镜

为什么要去寻觅一种容颜？在测量悲欢的深浅呢？当一团月成为镜，一朵花成为貌，这样我就成为欢照，影子就附庸为女奴。

当一种宿醒尚未醒来，依稀是我的孪生兄弟，扶我归去。常常从那片透明的世界中走出的，乃是叛逆的影子，举燃一株异端的烽火，我就像春花开放在你的脸上。

你不能以左手去摩挲了那个影子，又以右手去打击那个形象。你的愤懑，也许就是存在的象征。孤独有时凝为空白，即使纤纤飞尘，可能击向你的寂寞，在那虚无之中。

我的纵身投射，乃一意外，乃一惊鸿。而你总是抹掉我。如果你的空间容我栖息，我将飞成双翼的新凤，飞成冰雪的花瓣。

为什么你展读一页春秋，时间从你的颜面溢出，谁来品尝春花秋月？一种忘言的对晤之中，我你的脑际成为菱花的升落，眉柳的牵挂了。

花

传说天河已枯，结出雪花的园圃。月以旋升为镜，照映不出你的容颜。而你，恒在我的梦中吐着心香，恒在我的指间升起烟火。

而我总是耕耘着那片荒芜的心田，种一掬秋色，虽说地粮歉收的岁月，我总是品饮你晨间的夜露，咀嚼你风前的落影。

我这样生活着，你成为我的灵粮，有一天我将坐成一棵树，任你灿烂我一生，把所有血的脉流，给你燃烧一种春天的色彩，摇响一种秋天的音乐。

你所付出的，不是姚黄魏紫的脂粉，而是觉醒的果实，是一种生命的释放，一种死亡感受的生命重量！

（选自《中国散文诗90年》，河南文艺出版社，2008年）

屠 岸

屠岸(1923—2017),江苏省常州人,笔名叔牟,本名蒋壁厚。著有《萱荫阁诗抄》《屠岸十四行诗》《哑歌人的自白——屠岸诗选》《诗爱者的自白——屠岸的散文和散文诗》《深秋有如初春——屠岸诗选》《倾听人类灵魂的声音》《诗论·文论·剧论——屠岸文艺评论集》《夜灯红处课儿诗》等。以及翻译作品多种。

瞳 孔

幼小的时候,我爱看母亲的瞳孔,那瞳孔里有一个孩子的脸,那就是我自己。

年轻的时候,我爱看爱人的瞳孔,那瞳孔里有一个青年的脸,那就是我自己。

母亲的瞳孔里的孩子常常笑,笑得那么傻气。

爱人瞳孔里的青年也常常笑,笑得那么傻气。

如今,我想再看母亲的瞳孔,母亲已经不在了。

如今,我想再看爱人的瞳孔,妻子已经衰老了。

我努力睁眼去看妻子的瞳孔,却看不见任何人的面孔,因为我的眼睛已经昏花了。

有一个声音说,何必睁眼呢?把眼睛闭上吧。

我闭上眼睛。

顿时，我看见了母亲的瞳孔，那瞳孔里有一个孩子的笑脸，那就是我自己。

顿时，我看见了爱人的瞳孔，那瞳孔里有一个青年的笑脸，那就是我自己。

我看见母亲的瞳孔对我笑，笑得那么慈祥。

我看见爱人的瞳孔对我笑，笑得那么美丽。

于是，我也笑了，笑得那么傻气。

（选自《散文》1983年第9期）

镜　子

你宣称：你最准确地反映存在；你摒弃一切虚假和伪饰，指出真实。

是这样吗？

我寻找朝东的方向。你指给我朝西的方向。

我寻找左边的道路。你指给我右边的道路。

我飞升，越飞越向高处。你告诉我，那是俯冲，越冲越向低处。

我向往天空。你说，天在地的里面。

我扑向大地。你说，地在天的高处。

我追求远。你告诉我，世界上只有深。我追求广袤。你告诉我，广袤只存在于方寸之中。

我热恋自由。你说，来吧！最大的自由在这个框子里。

哦，你是最准确地反映存在，摒弃一切虚假和伪饰，指出真实的吗？

也许——也许你是这样的。

1985 年 4 月 4 日

（选自《冰凉的花瓣——中国当代散文诗精品选》）

影　子

当太阳把他的万丈光华射到我身上，给我的头顶带上金色皇冠，给我的周身披上光与热制成的华衮，仿佛要搀我登上至尊的宝座的时候——

我的影子始终紧随在我身后，低低地对我说："我永远是你最忠实的臣仆！"

当满月把他冰清玉洁的光辉洒到我身上，给我的头顶戴上银色桂冠，给我的周身披上水晶和湖波制成的轻纱，仿佛要牵我登上晶莹的仙座的时候，——

我的影子始终紧跟在我左右，轻轻地对我说："我永远是你最坚贞的伴侣！"

当太阳走进乌云，把我抛弃给阴霾，使我在孤独和清冷中徜徉的时候；

当月亮不再升起，把我留给暗夜，让我在寂寞和惆怅中徘徊的时候——

我的影子偷偷地离开了我，连一句告别的话语也没有。

1988 年 3 月 14 日

（选自《中国散文诗 90 年》，河南文艺出版社，2008 年）

羊　翚

羊翚(1924—2012),原名覃锡之,笔名阳翚、阳云,四川广汉人。著有散文诗集《晨星集》,散文集《彩色的河流》,诗文选集《涉滩的纤手》《火焰的舞蹈》等。

大　山

终日厮守着我的大山。

你是我的勇武有力的卫士;我的沉默的保姆。

在这怪石嶙峋的山上,埋葬着我祖先的骸骨;在阴森的岩穴内,还留有先民的石斧……

你用山的栅栏,保卫了这一支原始、勇敢而又落后的民族。

你用山的性格来铸造儿女的性格:粗犷、愚昧、自信而又勇武!

孩提时,我在你身边嬉戏:数着你裸露的岩石,如同数着我的羊群;仰望这盘旋在峰顶的山鹰,把它当作自己孤独的伴侣……

你的荒坡,是我的牧场;你的贫瘠的山岗,胜于繁华的闹市。

你给衣不遮体的山民,遮挡寒风;却又十分悭吝地只给我们留下一撮黄土。

你用崇山峻岭,封锁道路。使我们免遭征伐者的杀戮;你又囚禁了自己的儿女:世世代代足不出户!

今天,我违背了祖先的遗训,越出山的藩篱,去寻找通向世界的路……

我的大山,你在沉默,还是在发怒?

溪　水

透明的溪水,明净得就像母亲的眼睛。

春天,你的眼里是一片斑斓;

夏天,你的眼里是一片浓绿;

秋天,你的眼里是一片澄碧;

冬天,你疲倦了——合上眼睛,也停止了唱歌。

你摄取蓝天的云朵、黄昏的晚霞、夜空的星星;还留下我儿时的身影。

呵!这溪边沙沙作响的甘蔗林,带甜味的风,曾把我童年的梦吹拂!我躺在你的身边,感到靠在母亲胸膛上的幸福……

你是我们生活里的一支古老的歌——

你望见骑毛驴的迎亲的队伍来了,几支唢呐奏出悲哀的音乐;你望见几个壮实的汉子,抬着笨重的木棺来了,把老人送上山坡;你也听见:山脚下的独轮车,带着吱吱哑哑的声音,在贫穷的土地上呻吟而过……

如果没有你,谁给我们留下自然的彩色;谁给我们记载山民的悲哀和欢乐呢?

透明的溪水，你给了我一双能够分辨色彩的眼睛。

当我在你身边，发现自己成为一个少年时，就不得不远行了。

你像养育我的母亲一样，送我出山吧！

母　亲

我的母亲，是贫寒的。

春天，你头上没有野花；秋天，你还赤着双脚。

你是一个挨丈夫拳头的妻子；你是一个屈服命运的农妇——虽然一字不识，你的心可像一颗珍珠。

你生育了十个儿女；你知道诞生的痛苦。

你给十个儿女以乳汁，自己像树一样干枯。

你送出三个儿子，都像飞鸟一样，一去不归。今天，我又要抛别故乡，在你面前乞求宽恕——

呵，我的母亲！当我在摇篮内睁开眼睛，你给了我无垠的天空；如今我长大了，为什么还让我在大山脚下匍匐？……

你埋下头来，乌云在脸上密布。

我记得你给我讲过"母子石"的传说：一个母亲在大山脚下呼叫着，朝朝暮暮，忍受着难产的痛苦。……最后，同归于尽：一个化为石头的婴儿；一个变成像母亲模样的石头——躺在路旁，让后代永远记住。

今天我落得了这个悲哀的故事：儿子和母亲都必须忍受分裂

的痛苦！

你终于把我放出山的栅栏：
“等你回来……妈妈已经是一抔黄土！”
妈妈呀，别再说了……
你一生的眼泪已经在儿子心中留下了一个湖。

再见吧，这带着母亲眼泪咸味的，我的乡土！
再见吧，这带着山间甘蔗甜味的，我的乡土！
背后，有我的家乡；前面，是遥远的路……

1945 年于四川古蔺

（选自《新地》丛刊 1945 年 7 月第二辑）

成幼殊

成幼殊(1924—),女,曾用名成修平,笔名金沙等,原籍湖南湘乡。著有诗集《幸存的一粟》《成幼殊短诗选》等。

圣诞夜归

车,戛然停了,颠醒了凄迷的人,眼睫竟已承满了泪,又为北风拂凉。下车,踉跄入静衕。归来了,夜色暗朦中,敲拍岑寂的后门。凝郁的寒空闪烁着幽冷的小星。哦,沉醉吧,莫抖落了凌乱的影。空枝的残痕,如此疏落。

归来了,啊,归来了。

可泣的荒诞呵,欢悦的圣诞夜之宴。

1943 年 12 月 24 日

(选自《散文诗世界》)

夜火畔

他们一共是多少个,也没有人去数。大家都只是团团地坐着,几十张脸上都跳动着辣火的嫣红,而显现得更其稚气了。一把白晃晃的弯月亮已经将夜空刈破，旁边散落着些银的谷粒——小星星。

他们只是团团坐着，虽然四野是如此沉寂，而夜里的寒气又雾一般飘落到裸着的膝上，这整个的世界不会有一点侵犯，去加于这年轻的一群。狗，在迢遥的村前零落地吠着，河水只是静静地流着，没有喧嚷。

这些平日像南风里的树叶子一般转动着，摇曳着白亮的阳光的人，如今竟已觉得化石的庄严。有的紧依在一起，有的离得稍远，火的光尾不时跳上女孩子们浓烟般的头发，又把男孩子们裤管的直线加上金边。

方才的嬉笑喧嚷已经沉沉地睡去，方才的歌声仍在夜空里流连，然后轻轻地落到旷野的蔓草和冷湿的地面。明春吗？是的。田亩会变得更肥沃更丰腴，因为生命的声音已渗入了泥土。

火光摇晃着，映红了柴堆旁蹲着的执棒的人。他守着火，拨动柴片，更加上新的枝条，火光低暗了又更加高扬。你会想起那汪洋上看管灯塔的人，把自己的年华交付给无涯的碧水，为了仓皇的舵手，在迷途的舟上。

红色，镶着黄及蓝的辉煌的火焰，跳动着，卷舐着柴枝，从每一根木条上偎拢，聚合到一起，像普罗米修斯的发被海边的逆风挽起，把心里的光和热都伸向天空。灰黑的烟雾升腾上去，在夜寒里挥动着愤怒的拳。金红的火星随着柴枝的低微的爆裂声，飞溅入无垠的幽暗。虽然是如此短暂的一瞬，它已迸发出了生命的最热烈的喜悦和爱恋。

哦，如果生命都能如此光辉，死，又有什么可以畏惧？

所以这年轻的一群是应该被祝福了。他们懂得忙碌，是以才懂得安静和休息。他们已学会怎样用自己的辛劳，去抹干别人的血痕和眼泪。设若天上真的还有主宰，他将为他们骄傲而且欣慰。你看，今夜的风是缓缓而来的，今夜的流水是轻轻走过去的，今夜的树枝都伸展着手臂，要抚摸这一群滚热的心灵。

你应该永远记住这一夜，大家团团地坐着，围着寒夜的篝火。生命，在这一刹那显现出如此的神圣和庄严。请相信，它将永远不会凋零湮灭。

（选自《麦籽》月刊1946年第3期）

夜听火车

——怀公刘

火车行进着，又一次，让我遥听到。它穿过暗夜，只有一弯新月的暗夜，轮箍颤转着，那顿挫，那节奏，而远去。“半是痛苦，半是痛快”，车中人，你，在最后的一首诗中这样唱着，也远去了。

火车行进着，那轮箍的颤转，是鼓点？是雨点？敲响人生的键盘，偶尔响起一声嘶鸣，我冬夜的窗不能阻挡。半是壮烈，半是凄凉。

火车，轮箍颤转着，穿山而来，跨水而来，从一马平川奔驰而来，又驶去了。你，当年在香岛的流亡学子，那时你我初识，唱啊，直唱到长髯飘垂。迎着共和国又随着共和国一路走来，终于去了。你这最后的歌声，让我能想见那一格格灯光摇曳的车窗，由一系列的车轮托举着，越过京城难觅的城墙遗址，循大道、依铁轨，直赴终点。半是荣耀，半是叹息。

怀念你，热血诗人，老朋友，公刘。

2006年12月至2007年1月　北京芳古园

（选自《散文诗世界》）

丁　芒

丁芒(1925—　),江苏南通人。著有《丁芒文集》及诗集、散文集、诗论集及书法集40部。

林中灯火

傣族老乡托着一盏灯,在幽静的竹林中行走。

火光,仿佛一粒燃烧着的欢乐的星星,用它四射的光芒,驱赶着浓重的黑夜,驱赶着凝聚而来的幽静。

殷红色的火,用它轻盈的脚步,引导着人们遥远的梦,向竹林深处走去——好像夏夜天空中的一颗流星;

梦和林中的小路一样悠长……

忽然,许多盏灯,从许多条小路向林中走来,无数星星在林中浮游穿织,仿佛竹林的夜礼服上闪烁着珠光。

灯火在林中空地聚拢了,火光把绿竹的黑暗,挤向半空,人们用灯火互相点燃着热情。

军民联欢会开始了。朴素的灯光、朴素的声音,交融着朴素的感情,尽管黑夜在人们的笑脸上罩上面纱,却遮不住心头欢乐的火花。

简单的、真情的联欢晚会,好像是纯洁的梦,又像梦那样情深。

啊，难忘的林中灯火呀！

（选自《黄河诗报》第 19 期）

古炮台

我站在大角山上，这里有一座古老的炮台。

我攀断乱草，拭掉苍苔，抚摸每一块砖石，辨认每一管锈蚀了的炮筒。一百多年风雨的敲剥，炮台虽然已经荒芜残破，却还是令人惊心动魄！

你看，坚城连锁，竖壁千寻，还能截断海上的强风，劈碎长驱的恶浪。

你听，从大陆吹来的风，横扫山头的沙石，好似巨炮轰鸣；珠江汹涌的水浪，还像我们的祖先，挥舞着雪亮的大刀，声声喊杀！

想当年，一声叱咤，樯橹灰飞烟灭。虽然时代已经改变，而河山依然，遗响仍长留在后人的心间。

请看在古炮台的旁边，我们的巨炮正昂首瞭望，叩问珠江口外每一缕黑烟！

1957 年

（选自《黄河诗报》第 19 期）

身　影

当夕阳西下的时候，我的影子显得高大了。

当影子显得高大了的时候，我才觉察，它只像烟一样浅淡。

烟是无数细微的碳粒子组成。本来是可以燃烧、生产热能的碳粒子，和灰烬一同，随着炉膛里的热力，逃逸出来，膨松，腾飞，变成了庞然大物。然而却轻飘，淡薄，转眼消失于半空。

影子是心中逃逸出来的热能吗？

当我的心像太阳一般燃烧，我没有任何不燃的碳粒子。我从来没有回过头来，看看自己有没有影子。

当我有闲暇回头顾视自己的时候，影子就出现了。因为有了逃逸的碳粒子。

当有了影子的时候，我发觉，我的心就像太阳，是在逐渐落向西山了。

影子，并不是自己。影子是自己的反面。

请不要因为影子的高大而沾沾自喜。

（选自《诗潮》1985 年）

郑　莹

郑莹（1925—　），广东阳江人。笔名杨刚仁。著有散文诗集《跃出去》《爱的花果》《明天的呼唤》《踏进春天的门槛》等。

森林从这里开步

绿葱葱的方毯朝四方铺展，清软软的晨风饱含着清香；脆嫩嫩的枝条伸开臂膀拔节向上，凝露的叶尖迎着五彩斑斓的曙光；哦，刚醒来的苗圃，还带着彩梦，眨动那绿色的眼睛。

朝晖。轻风。苗圃。一畦畦树苗，排成方形队列，竖着小小木牌，写明松、杨、榆、椴，记清播种日期。有的已一尺来高，有的仅五六寸长；有的已绽芽露笑，有的正拔土伸拳。树苗啊，狂风暴雨挡不住你的步伐，凌厉冰雪压不住你的生机。你手拉手，肩并着肩，蓬勃向上，清新活泼。哦，绿葱葱的苗圃，用无声的旋律齐奏春歌。

——森林从这里开步！

哦，森林从这里开步！青山围屏，绿水环绕，种芽破土，幼苗长高。每棵树苗都召唤着生命，召唤着黎明——

树苗是春天的脚步。跨过严寒岁月，带来春天讯息；融入了林学家的冀望，渗透着育苗人的忠诚。啊，有了春天的脚步，有了春天的喜讯，怎能没有秋天的欢乐！

树苗是绿色的彩旗。一面面绿旗迎风招展，插满山头，插遍原野，明天献出参天巨树。明天献出丰富资源。啊，生命的旗，希望的旗，为林业装上矫健的翅膀。

树苗是青春的诗句。造林人把树苗种上山岭，写上壮丽的诗章，植树者在路边、庭院撑开树伞，大地露出欣慰的笑容。啊，颂诗讴歌冉冉升起的太阳，预告林业走进新的天地。

哦，森林从这里开步！青山围屏，绿水环绕，种芽破土，幼苗长高。每棵树苗都是一支彩笔，为大自然画廊描绘时代的风云——

要涂抹动乱年代留下的灾痕呀！在黑色的日子，乱砍滥伐的妖风，曾使地图褪去多少浓绿，失去多少绿荫；呜咽的山林，颤动着林业工人的伤心抽泣。

要给四化蓝图添进盎然春意呀！在振兴中华的鼓角声中，祖国需要无数常绿的青山，需要数不清的栋梁。替荒山秃岭披上碧纱绿绉，欢笑着向水土流失的昨天告别。寒暑干湿得到调节，生态平衡得到保持。山林欢笑了，造林人嘭嘭嘭的脚步声，叩响了创新的门扉。

青山，绿水；嫩芽，幼树。哦，苗圃，强劲的生命在默默萌动。

我走在山林的苗圃，看到一位平凡的老大爷：赭铜的皮肤，斑白的须发，那么深情专注，在逐枝除虫，在浇水淋灌。哦，好一位勤恳的育苗人——

是他，翻起油黑沃土，垒成块块田畦；

是他，撒播金黄种子，育下绿色希望；

是他，让人工雨滋润洁白的根须，让优质肥催促嫩芽节节拔高；

是他，两脚踩在林场，胸怀装着祖国；

虽然风雪在他额角刻下皱纹，但绿苗使他脸庞绽满笑意，因为呀，他心头编织着不凋的春色，享受着最先看到浓荫的幸福！

看到他的笑容，就像看到葱茏林海，我心头猛地跳出炽热的呼唤：

啊，森林从这里开步！

（选自《人民文学》1982 年第 4 期）

王尔碑

王尔碑（1926— ），女，本名王婉容，四川盐亭人。著有散文诗集《行云集》《寒溪的路》《瞬间》，以及诗集《美的呼唤》《王尔碑诗选》等。

女人和蜘蛛

——《回首遥远的年代》之一

和蜘蛛做朋友的日子，

霉米饭——可以胜过筵席可以养活友谊的整个家族。

囚室无风，

她便是大漠风雕塑的风之女神，

长发——在寒梦中并未僵冷，层层叠叠飘洒出一个杨柳河岸。

语言老人，瘫痪在远山茅屋早已被人遗忘，

且默默注视，

唯那明眸，因深思的灼热而恒久迷人，

唯灵魂注视灵魂的瞬间，世界才没有孤独，月亮才没有后退。

高强外面还有四面山岳的围墙。

女人，披着渔网碎片的女人，你的黑旗袍呢？你的《牛虻》呢？你何不幸踯躅于深渊？

缄默终生的朋友，你无声的叹息便是我的音乐。你在地狱的灰尘中辗转冥想，为我织出一扇窗帘几盏小灯，还有母亲朦胧的面庞……还有往日夜的河流——火把、青春、热血如花怒放的倒影……

呵，那静卧于故园幽谷中的半亩方塘，此时，忽然站立，如同仙山撒开长裙的水晶天幕，覆盖了土墙的粗糙。

——蜘蛛们何等呕心沥血的创作，

朋友，你为我做出好大的镜子。

她看镜中那个陌生的老妇人，

那些黑天鹅般飞来飞去的头发全白了。

叹息——无用！无用！

我们——我们是开路的先锋！

有歌声举起男人们青铜的手臂，摇撼着苍茫。

渐渐，她看见自己的头颅是一座山，寒冷，庄严，且散发出早晨河谷中那种清洌的气息。

雪山背后是蓝缎子的天空。有一只鹰，从容飞着。

她断定，她就是那只鹰。

铁门打开，

一个蛇蝎美人出现，且妩媚着炫耀着那一千只冷酷的眼睛。

（选自《瞬间》）

帆

帆来了，

在远方，暮色里，一个圣洁的影子，翻开我的记忆。

帆来了，
披着白发和灰尘……它，真的没有留意我站在桥上么？

帆来了，
哗哗的水声，在骄傲地歌唱：它有鹰的翅膀……

吹箫人

闹市，

笛声穿云而去。谁听？

似乎在挣断肝肠的吹箫人，是个白发飘飘的盲者。

他看见红色绿色的音波在天上流着。

他不知道身旁缺碗里的几张残破的钞票（角票）已随风散去。

笛声悠扬而凄恻。

穿着名牌时装的仙女仙童们逍遥走过。

无人留意吹箫人的脸，苍白且憔悴。

（选自《散文诗世界》）

耿林莽

耿林莽(1926—),笔名余思,江苏如皋人,现居青岛。著有散文诗集《散文诗六重奏》《望梅》等12部,散文集《人间有青鸟》等3部,文学评论集《流淌的声音》等2部。

草鞋抒情

穿草鞋的脚,亲近大地和泥土,是人与自然最后告别时,
温暖的一握。

湿漉漉的水含在眼里,青草的睫毛上,
有一滴泪。

唯贫穷是最纯洁的富有。
露水的路离太阳最近,
离死亡最远。

马蹄子敲叩在青石板上,是一种欢乐。
而人足赤裸,
无声,永恒的沉默。

草鞋底吮吸大地深处的凉，传送给脚，
化作神秘的暖。
田原，山冈，森林，河流，
呼唤一个人的长征。

小油灯油尽草枯，编草屐的人手掌麻木，
这是他编织的最后一双草鞋了。
跨出门去，他听见，
满街巷都是高跟皮鞋叩出的响声。

（选自散文诗集《草鞋抒情》）

四月马蹄

四月的轻寒依然幽灵般萦绕大地的时候，我便听见你，轻轻脚步，在远处。

雨打残冬，树木颤颤，我便听见了你。

四月的初夜，有暗香浮动。似默默细雨，似一种呼吸。羽毛骚动情绪，如在梦里。

白玉兰，亭亭的修女，高处不胜寒。

我立在你的枝下，听雨。

四月，这唯一的时间，是

属于你的。一朵花孕育着诞生，也孕育着死亡。一夜间，

满园子都有你的香气弥漫。随后，便撒满你
白色的马蹄。

这是，四月去远……

远方，比远还远

孩子们在路上，追日的父亲也不曾抵达过的
远方，诱惑是永恒地，在。
在即不在。落日便是那只空茫之眼，每天都在失望处跌倒，下滑，向隅而泣。

风也吹不到的远方，比远还远。
迷途的羊羔寻不到可食的草了。
高高的山坡上没有了鲜嫩的橄榄枝条。
巨兽的牙齿一根根折断，碎为砂石。
鹿死谁手？

而人是勇敢的，人在中途。

“雪把我的花头巾给弄脏了。”女孩子说。
她不喜欢那白。
而远方是多雪的，终年不化的雪峰，高攀着孤独神性的王座。
冰寒处无人涉足。

“神的故乡，鹰在言语”，
神的故乡，鹰在盘旋。
众神早已闻声而遁，去向难明。

诱惑是永恒地，在。
远方，比远还远。

（选自《散文诗六重奏》）

青衫湿：听雨

一切都是轻盈的：露珠，软语，水滴。蜻蜓翅膀，折柳枝的手。

剪烛西窗，池塘水满。《巴山夜雨》的雨珠，一直滴到今日，还没有滴完。

多雨的南方，荷叶杯中，还能品出
一点点古典的凉意么？

寻雨的少年，躺在那块紫色山崖的下面，闭上了眼睛。朦朦胧胧，仿佛已在雨声里行船。

雨打船篷，一滴一滴，水滴石穿。

梦醒！
奇怪的是，一角青衫袖，怎么竟真的湿了？

（注：“巴山夜雨涨秋池”，是唐诗人李商隐的《夜雨寄北》中的诗句。）

（选自《青岛文学》2016 年第 6 期）

纪 鹏

纪鹏(1927—2006),吉林九台人。著有《铁马战士》《蓝色的海疆》《茉莉花集》《爱的交响曲》《北国·江南》《淡色的花束》等诗集、散文诗集、评论集等20余部。

雾中哨所

这里是西藏边防的山口哨所。

这是祖国,也是世界最高的哨所,因为它坐落在“世界屋脊”上。

太阳、月亮、星星都离哨所很近,日夜轮流和哨兵谈心,对战士微笑。

这里也是西藏高原和印度洋暖流经常会晤的地方,于是,更多的时间里由雾来统治。

啊,雾,如缥缈的云层,深远无际;雾,如汹涌的海浪,淹没山峦、树丛、花草……打开窗户,就飘进一片乳白色的雾,哨所也变成了“海市蜃楼”……雾,淹没了曲折的盘山道,淹没了山下的小镇,淹没了远方的一切。

但是,哨所战士的目光却像清澈的泉水,他们像熟悉手掌那样熟悉每座山的垭口、界碑、哨所、巡逻道和林丛,甚至望到故乡的炊烟、亲人期望的眼睛。

啊，山谷的雾，是披在战士身上的白色“隐身草”，也是任何敌弹射不进的钢墙。

我和影子

无论在日光下，

无论在阳光下，

无论在灯光下……

我和影子都是最亲密的伴侣，它忠实地伴随着我，护卫着我，寸步也不分离。

它和我亲密谈心，它和我缠绵絮语，使我战胜孤独、寂寥。

行军、作战时，它是我无声的战友，给我以无畏的魂胆和勇气。

开山、筑路、垦荒、播种……它赞扬我敢于做大自然的主人，改天换地。

当我深夜读书、清晨写作时，它鼓励我在书海中远航，在向文学高峰的攀登中，早日踏上更高的阶梯！

影子，是第二个我，是我的知己，怪不得都说我和它是“形影不离”。

当我在无光的暗夜，在纷飞的雨雪中，当我走完生命的最后旅程，影子就与我“合而归一”而绝不追随别人远去……

1982 年 4 月 17 日　北京

（选自《福州晚报》1982 年 5 月 30 日）

于　沙

于沙(1927—　),本名王振汉,湖南临澧人。著有诗集、散文诗集及诗歌理论12种。

跋涉之歌

一

道路上,飞扬着烟尘;烟尘里,滚动着车轮。车轮啊,一个圆,套着一个圆,无数个圆,留下无数个、无数个辙印。

辙印啊,是一个个生活的象形文字,排列成一首优美的抒情诗,灿烂在道路展开的长卷上。如同圆圆的太阳和圆圆的月亮,用金辉和银辉,把行踪印刷在蓝天的版图上。

辙印啊,记录着跋涉的欢乐与艰辛!

二

沙漠里,飞扬着黄尘;黄尘里,摇响着驼铃。驼铃啊,一声声远,一声声近,远远近近的驼铃声,拽着凛凛冽冽的大漠雄风,组成一部交响乐,粗犷啊,雄浑!阔大啊,深沉!

粗犷啊,雄浑!阔大啊,深沉!

这是交响乐!这是驼铃声!

演奏着跋涉的欢乐与艰辛！

三

高山头，飘荡着云影；云影里，镶嵌着脚印。脚印啊，重叠、坚实、平稳。

啊，这是挑夫的脚印，留在泰山的十八盘，留在峨眉的金顶。

飞鸟望着他，收住了翅膀！

瀑布望着他，停止了跳跃！

猿猴望着他，惊呆了眼神。

没有彷徨，没有回顾，没有呻吟，只有草鞋踩出的重叠、坚实、平稳的脚印，像一条黑体字的新闻大标题，报道着跋涉的欢乐与艰辛！

四

崖岸，栈道，激流，礁林，被一根纤绳连接得紧紧。不，被纤绳连接得紧紧的，是一个个形如小山的肩膀，肩膀啊，闪耀着古铜色的晶莹。

那是纤夫的肩膀啊，百折不挠，用勇往直前，用凝聚着的意志和力量——

把曲曲弯弯的沙滩，拉直！

把曲曲弯弯的波浪，拉直！

把曲曲弯弯的命运，拉直！

拉直了啊，纤绳，多么像一个又长又粗的破折号，解说着跋涉的欢乐与艰辛！

五

车辙啊，驼铃！脚窝啊，纤绳！是四部大辞典，把“跋涉”的真谛，清楚地注明。

为什么要跋涉？

因为道路正漫长！

为什么要跋涉？

因为肩头有重任！

为什么要跋涉？

因为生活在呼唤！

为什么要跋涉？

因为前景更光明！

六

风，一程；雨，一程；风风雨雨又一程。

艰辛啊，欢乐！欢乐啊，艰辛！

是艰辛铸造着欢乐，欢乐总伴随着艰辛。

啊，驼铃已摇响，纤绳正绷紧，道路在拓宽，脚印在加深。

一个古老而跋涉不止的民族，亿万勤劳而跋涉不止的人民——

跋涉，向着早霞挺进！

跋涉，向着明天挺进！

跋涉，向着希望挺进！

（选自《羊城晚报》1992年1月1日）

孔　林

孔林（1928—　），山东荣成人。著有诗集《百灵》《孔林诗选》《晨露野花》《孔林散文诗集》等。

长　城

黎明，山峪蒸腾出薄薄的岚气，如云，似雾，奇峰怪石，缥缈如仙。

天体微明，一条青灰色巨龙，爬过峥嵘的山脊，

峰峦气宇轩昂，

绿树凝成苍翠的民族之魂。

饱经边陲的烽火狼烟，目睹民族的沧桑巨变的烽火台，沉默成老人。

此刻，蹲在历史之巅。

眺望日出。

当第一缕曙光抹掉游人眼角的夜色，红日如珍珠，横空出世，金辉吻红人的面容，花的蜜唇。

是人在动，是龙在舞，斑斓的色块犹如片片鳞甲，辉煌了古老的长城。

年轻人在烽火台树一面红旗，亮出时代的烽火，以歌的号角呼唤迈出雄关的脚步。

一只雄鹰展翅升空。

扶摇直上于漫天霞光。

（选自《散文诗人 20 家》，广西民族出版社，2004 年）

播种者的心态

夜，已不在喜悦的温床上沉睡。

黎明的曙光和人的影子同时走向田野。

播种是神圣的，充满着纯朴的爱，人们虔诚的祝福是金色的种子，汗水跟期盼一样珍贵，云送来一杯美酒。

明天是难解的谜底，我们不相信命运，有时会遇到悲怆的结局，然而辉煌富有迷人的诱惑。一夜间鹅黄的嫩芽齐刷刷地探出土层，排成绿色队列，开始去揭示生命的真谛。

绿色庄重而含蓄，像充满活力的茫茫沧海。

颗粒是沉默的结晶，有月的朦胧，虹的奇幻。

秋风多情又无情，当太阳收敛起夏日的狂热，昆虫人蜇，野草枯黄，生命为此而感伤，此刻，绿的火焰却化作鲜红或金质的星光，温暖着人们的感情。

播种像更新观念，在暴风雪到来之前，不失时机地抽出嫩芽。

在冷风狂疾的大地，一览无余的旷野，那些勇于闯人冰雪的麦苗，在播种者的心中是一部读不厌的《诗经》。

（选自《散文诗人 20 家》，广西民族出版社，2004 年）

与骏马同驰

起伏的草浪，马的脊背。风，赠我长鞭。

视线脱缰。

茫茫绿野，你是大海，马赐我双桨。

绝色空旷，你是蓝天，马赐我翅膀。

穿过羊群的白云，白云的羊群，我身边只有红日一轮。

时间老人，你能向我讲述天地的奥秘，大自然的风景情韵，却难理解我驰骋的欲望，像奔腾的水，放荡的风。

我渴求远方，

立于马背之上，头颅高扬，目光仰视，谁说草原没有青山？

我就是山。

（选自《冰凉的花瓣》，成都时代出版社，2004 年）

李　耕

李耕（1928—2018），原名罗的，曾用笔名巴岸、也罗、白烟、于冷、秦弓等，江西南昌人。著有散文诗集《不眠的雨》《梦的旅行》《没有帆的船》《粗弦上的颤音》《爝火之音》《暮雨之泅》《鸟的感觉》等。

燃　烧

蓝的火焰，

是飘动的蓝的云。

和风暴一起，

锻冶追求爱的翅翼。

火膛中，添进母亲河的涌动的浪，让故乡山曾遭受过劫难的森林，添进鹁鸪的恋歌；让山村不再饥渴的小路和窗口，添进古寺的祈祷和渡口那只在风雪中也不停歇木橹的小船的心愿。

燃烧！

不能成为炽烈的太阳就做草叶间游弋的萤。

燃烧！

不能是一支交响曲就成为山间阡陌上的童谣。

禁忌火膛的空虚和冷寂，抵御剑，拒绝血泊中的笑，抗击着暴力。

最后，

让生命投入火炉，

让这蓝天飞翔的精灵，凝成一颗不死的星。

（选自《熵火之音》，百花洲文艺出版社，2001 年）

孤　旅

被网在滂沱大雨中的，并非是苦行僧的脚印。此脚印旁若无人，旁若无风无雨无车之辚辚马之萧萧。小巷逼仄又非逼仄，小路弯曲似无弯曲，小溪呜咽也不呜咽。耳边，唯有鸟之翅声树之叶声花瓣飘落之声及远方传来的寂寞的风铃声。独步远行，忘却一切，又在记忆一切。

为忘却，当忘却一切。

记忆一切，最终仍为忘却一切，切将忘却忘却。

（看白鹭的飞，看白云的飞，也看飘飞的叶的一种风的飞。）

网于滂沱大雨之中而孤旅。

走向天涯，无所谓远；泥土在脚下，无所谓近。夜，是白昼的对衬；昼，是夜的对衬。失却黑，就没有白；失却白，也就无黑；失却死，何谓之生；失却生，何谓之死。

路，远远近近，明明暗暗，凹凹凸凸，冷冷热热，曲曲直直，阴阴阳阳。

（瀑布飞泻，小河淙淙，潭水回旋，全随季节而动而静，或缄默或奔腾。）

孤旅。

网于滂沱大雨之中，不撑伞，不左右顾盼，也不探测方位，随鸟音草音山音风音而行。走向枯寂，是一种升华；走向蛮荒，是一种慰藉。走向草叶境界，可觅见自己不留迹痕的归宿。

融于雨，融于水，再融入草融入风融入一束野花。

此刻的我，融于自然，无大欢喜，也无大悲哀。

（一步一枯荣，一步就是一节孤旅者的一声歌。）

（选自《散文诗世界》1994 年第 2 期）

黄昏之旅

随鱼尾纹，游入黄昏之海。

叶在飘零，花已萎蔫，果却未成熟。坠落已是一种自然，何须感叹夕阳无情。

让思绪在残照中如鸟之归巢，不必问墓碑将立于天涯何处。

躯壳沉没，

梦，仍在飞翔。

冷　雨

几许篱笆，面对几许暮秋冷雨。

篱笆，乃拐杖之排列，踟蹰于岁月之门，敲响一串老梦。被荒芜的田园与被蹉跎的青春，是火焰之墙的愧疚的印迹，被疏忽而伤损过的蝴蝶，则在向我讨回几许懊悔。

听梧桐老叶，轻轻且又净净敲响静静的暮雨之夜。

无眠中，

独自数着生命的步音。

（选自《诗刊》1995 年第 3 期）

杨子敏

杨子敏(1929—2008),原名杨锡光,笔名泯之、成苑,河南新安人。著有长篇小说《红石口》(与人合作)、散文诗集《回音壁》、散文集《随心集》、独幕剧本《复仇的火焰》等。

星星眨着眼睛

星星眨着眼睛,从空中望着地面。

孩子眨着眼睛,从地面望着星空。

光灿灿,亮晶晶,那么安详,那么美好,那么亲切,那么柔媚,又那么遥远,那么神秘,像是谜,像是梦……

星星上面,也会有孩子眨着眼睛,和我们遥遥相望吧?

这,似乎就是未来。

不是吗,未来常常存在于未知之中,而未知,总是闪耀着神秘而诱人的光,如同星光那样,美妙、动人,仿佛是谜,仿佛是梦……

(选自《星星》1986 年第 4 期)

黎明的脚步

黎明不是悄悄降临的,它是跑步来到人间的。

当大地还在沉睡，四野里弥漫着静谧的氛围，窗户上蒙着的茫茫夜色，在欲走还留的踌躇之际，窗外却已响起了轻、重、疾、徐各种不同的脚步声——黎明之声啊！

那凝重、深沉，如推轭挽重的，是老年人的脚步；那坚实、沉稳，如夯硪着地的，是中年人的脚步；那轻巧、敏捷，如麋鹿飞跃的，是青年人的脚步；那细碎、繁密，如小溪欢歌的，是儿童的脚步。

无论严冬盛夏，无论阴晴雨雪，这脚步声从不间断。脚步声，如鸣鼓，如飞涛，交替重叠，变幻有致，织成一支朝气蓬勃的晨曲，交响在春的大地上。

这晨曲，融合了老少几代人的意志，洋溢着生命的活力，跳荡着振奋的节律。

这晨曲，是一种特殊的语言，它声声呼唤着：勤奋——进取——毅力——向着光明，向着未来。

黎明是在这晨曲的奏鸣中，来到人间的。黎明是和着这晨曲的节奏，踏着欢快的步子，来到人间的。

（选自《人民日报》1984 年 3 月 27 日）

回　声

你有时模仿莺啼燕语，模仿孩子们的呼叫，模仿姑娘们的欢歌，学得惟妙惟肖，委曲尽致。虽然不过是模仿，却很讨人喜欢。

有时候，你又模仿饿狼嗥叫，模仿暴虎狂啸，听来阴森凶残，使人毛发倒竖。虽然照例是模仿，却未免暴戾可憎。

你有一副多么好的嗓子啊，嘹亮，宽厚，深远，表现力之丰富，确乎是超群出众。但是，你为什么只满足于模仿，永不肯吐露自己的心迹、道出自己的见地？

（选自《榕树文学丛刊》1981 年第 4 期）

流　向

——访波随感之一

你我都是河里的流水。

你奔流在维斯瓦河，我奔流在长江、黄河。

你的流向——由南而北；我的流向——自西向东。

我们都不是圣哲，不懂得怎样把流向与方向、道路联在一起，更不会论证自个儿流向如何正确，别个的流向如何错误。

成千上万年了，我们摸索着，开拓着，从不停息。流向固然各有不同，却一样地养育生灵，负载舟船，滋润田亩；一样地走着曲折的路，追求着大海，到浩瀚无涯、博大深邃的世界里寻找归宿。

（选自《诗刊》1986 年第 9 期）

张　岐

张岐(1929—2005),山东长岛人。著有散文集、散文诗集《渔火》《彩色的贝》《蓝色摇篮曲》等。

潮　思

一

没有拍天的神奇,却有动地的气势,假如把耸荡的形态凝固,就是一群可观的雕塑——

起伏的险峰,

燎原的烈焰,

狂奔的惊马,

飞卷的烟云……

当然,也不尽是这样。有时恬静得似一面锃亮的镜,摄得下流云、游鸟、飞帆多姿多态的投影,连同弄潮儿紫铜色的汗珠和沉甸甸的号子声……

二

有人说我喜于幻想。是的。幻想是理想醒前美好的梦。梦醒了，幻影就变成立体。

我的追求是唤醒理想的梦。

我要把生命之血注入大地的每一根脉管，复苏洪荒的混沌和蒙昧，在广阔绵长的海平线和地平线上，勾勒我喜欢的图画：矮的变高，小的变大，凹的变凸，假的变真，丑的变美……

为此，我仰天呼唤——

雷霆助我，

风暴助我，

地火助我，

一切有生命和无生命助我，

我要聚集一切力和速度，将真善美纳入我蓝图的构想……

快汇入我的激流中来吧，弄潮，可不能将心锚在寂寞、困倦的港湾！

（选自《当代》1986 年第 2 期）

脚　印

我喜欢在海滩潮印上漫步，赤着脚丫，谛听微波舐岸的音韵。

那氤氲是迷人的摇篮曲。我就是听着这摇篮曲长大的。

我一边走，一边听。有时听醉了，就收住脚步。

我的脚丫在湿漉漉的潮印上留下一行行痕迹，潮水冲上来，一个个地给抹平了。我继续走，继续留下脚印。

我的脚印是写给大海的情书呀，那字里行间注满了我对海的眷恋。

大海接受了我的爱。

因此说，那些脚印不是被潮水抹平，而是收进它的心里去了。

（选自《诗刊》1980 年第 7 期）

刘允嘉

刘允嘉(1930—),四川双流人。著有诗集《彩色的流云》,散文诗集《三月雨》《流花湖》《三月的洞箫》,散文集《雨城》《银桦萧萧》《爱的圣唱》等。

雪的记忆

原始的野性的绿已经消失。

一条封冻的远方的河,正静静向我移近。

仿佛只有等一场大雪降临,我才能从艰难的跋涉中苏醒。

于是,我盖上眼帘,挽着雪的记忆——

记得一片灿烂的钟声,在一片雪地上滚落。

一群野孩子追赶着雪花卷起的风,然后堆积一个在阳光下展露笑容的雪人。

我站在那个雪人的面前,又伸出手,让一片最轻的雪花,飘入我心中的往事。

唉,人生的许多往事,我很想遗忘……

难道,掩在雪下面的渴望,已经睡去了吗?

也许,沉重的人生之旅,正期待着一场轻盈的瑞雪的纷飞……

(选自散文诗集《流花湖》,广西民族出版社,1992 年)

古镇茶楼

一把铜壶,煮熟了黄龙溪水。

古镇上,逶迤的是石板小路,记住人的却是这临水的茶楼。

渝州来的船泊在茶楼边,远走江陵的船也泊在茶楼边。

船夫们最爱在这儿清点一天的疲劳了,眼角制成一张张网。

龙门镇泡在酽茶里,水上汉子们的渴望泡在酽茶里。

一碗热茶,一声问候,语言的交替盖不住女主人脸上的期待。

哦,她高兴得美丽,感伤得甜蜜。

早晨。黄昏。

进店的人都想走进她心中的图画。但只有一个人,却一直走不出来。

(选自《诗刊》1990 年第 2 期)

陈　犀

陈犀(1930—1997),原名任萧丁,河北宁河人。著有诗集《山村》《田园抒情诗》,散文诗集《和弦》等。

呼伦贝尔草原

一

如果说,呼伦贝尔草原像一个浩渺的大海,未免过于俗气;
说它像一团凝固的星云,又显得有一点儿神奇;
那么,它像一块翠绿的宝石吧,但又太玲珑了;
说它像一片黄铜的浮雕,又很容易被人讥为诡秘。

二

也许,不必过于渲染,矫情,

呼伦贝尔草原,就是草原,

或者就是小草,就是小草的叶和茎,尽管有烈日的炙烤,风暴的摧残,冰雪的侵凌;

但,它并不惋惜,它总能在死亡中再生,再献给原来可能是荒漠的原野,长青的绿茵。

三

的确，小草太小了，一片叶子，一根草茎，挤出来的汁水，还难以濡湿一小方格的空气；

但，它毕竟是小草，它有汁水，一滴滴汁水，酿造出一滴滴乳汁，

呼伦贝尔草原，是一眼永不干涸的乳泉。

牛和羊，马和骆驼，鄂温克和达斡尔的牧民，都是吃它的奶生长繁衍。

四

如果追溯到呼伦贝尔草原的祖先，小草的小草的小草，

也曾像它的后代那样经受过风霜雨雪的侵袭，终于枯萎了，陷落了，但它仍把自己不朽的生命转化为煤，草叶和草茎便成为煤块上的花纹，

而在若干年后，在若干层的煤层之上，又长出了小草，诞生了呼伦贝尔新的草原。

据此，我想用并不荒诞的联想，做一点儿汇喻，呼伦贝尔草原也有了现代派的色彩，它不仅养育了若干代牧民，也正在养育现代化大工业的矿区，在大雁，伊敏河，扎赉诺尔矿区；

我就听见伊敏河煤矿的工人说过，他们也是呼伦贝尔草原上的一棵草……

1985 年 8 月 22 日，上午，于蓉

（选自《海鸥》）

烛　光

心脏被蜡裹着，像一根旗杆，旗杆的尖顶，飘荡着忽前忽后忽左忽右的旗子；

旗子闪烁猩红的光，赭黄的光；

一个无编年史的图腾；

烛之光，以燃烧自己作为代价，筑了一个光圈；
或海市蜃楼，杯弓蛇影，
或心肌缺血，管道堵塞；
只有如此，殉道者用泪水筑了一个矮小的坟茔；
但，孩子却用它的残骸，捏了一个圣者的塑像，
既不是如来，也不是观音。

（选自《星星》1996 年第 11 期）

黎焕颐

黎焕颐（1930—2007），贵州遵义人。著有《西出阳关》《黎焕颐自选集》《黎焕颐诗选》，随笔《我爱·我恨·我歌……》等，沧桑反思录《从人到猿》（1957—1979）等。

一只小白兔

暴风雪后。

茫茫草原铺上一张天样大的洁白的毛毯……

没有风。静极了！远方几炷炊烟从隐约可见的帐篷顶上升起。

静谧。安宁。浑圆。和平。

猛然，一只天真的缺乏警惕的小白兔，像箭一般地飞跑在雪原上……然后，又静下来，竖起耳朵，仿佛在倾听着什么。就在这一瞬间，枪声响了……

于是晶莹的雪野，淌下一滴滴鲜红的血。

好，鲜红和雪白，都是色之精，色之粹。作为一种品格，我两者都爱。然而，我厌恶枪声。

为什么血的色彩一定要和枪声甚至于和刺刀联系在一起呢？

为什么流在雪野上的血，不是狼，不是狈，而是一只小白兔呢？……

啊！我的大地呀……

（选自《青海湖》1985年第5期）

流沙河

流沙河（1931—　），原名余勋坦，四川金堂人。著有诗集《告别星火》《流沙河诗集》《游踪》《故园别》，诗论集《隔海说诗》等。

草木篇

寄言立身者，
勿学柔弱苗。
——（唐）白居易

白　杨

她，一柄绿光闪闪的长剑，孤零零地立在平原，高指蓝天。也许，一场暴风会把她连根拔去。但，纵然死了吧，她的腰也不肯向谁弯一弯！

藤

他纠缠着丁香，往上爬，爬，爬……终于把花挂上树梢。丁香被缠死了，砍作柴烧了。他倒在地上，喘着气，窥视着另一株树……

仙人掌

她不想用鲜花向主人献媚，遍身披上刺刀。主人把她逐出花园，也不给水喝。在野地里，在沙漠中，她活着，繁殖着儿女……

梅

在姐姐妹妹里，她的爱情来得最迟。春天，百花用媚笑引诱蝴蝶的时候，她却把自己悄悄地许给了冬天的白雪。轻佻的蝴蝶是不配吻她的，正如别的花不配被白雪抚爱一样。在姐姐妹妹里，她笑得最晚，笑得最美丽。

毒菌

在阳光照不到的河岸，他出现了。白天，用美丽的彩衣，黑夜，用暗绿的磷火，诱惑人类。然而，连三岁孩子也不去采他。因为，妈妈说过，那是毒蛇吐的唾液……

1956年10月30日　成都

（选自《星星·创刊号》1957年）

海　梦

海梦(1932—　),本名吴怀乡,四川成都人。著有《海梦文集》《花朵晨露》等。

伞

彝家姑娘,都有一把美丽的黄伞,晴天打着它,雨天打着它,不出太阳不下雨的黄昏也打着它……

伞—— 一个难解的谜。

伞下,遮住一对温柔的眼睛。

伞下,涌动着彩色的波浪,星星在突起的山峰上闪光,索玛花在瓦蓝的天空下开放……

还有,野性的欢乐,一个剽悍民族爽朗的性格……

昨天,赛马场上,我看见,伞下,飞出一个微笑,套住一个汗涔涔的爱情,那个提录音机的小伙子……一个美丽的憧憬。

于是,晚上,半坡上,草棚里躲着两对闪亮的眼睛。

我失脚落进崖边草丛,正好落在一把伞上……惊飞的山鸡,踏碎一曲娓娓的歌……

于是,我明白了。那伞下,遮住的不是风雨,不是骄阳。

美丽的憧憬,在伞下悄悄融合;羞涩的梦,在伞下醉了。

伞,是开在大凉山的黄色的牡丹。

(选自《散文诗世界》)

江岸石笋

你是大海退潮时，抛在陆地上一尾睡眠的鱼。脖子上那条白链，是海留给你的纪念。

有风的日子，你就醒来，兴奋地抖动满身鳞片；有雨的日子，你又睡去，泪痕满面。无风无雨的日子，你就默默翻阅枯焦的思念。

日复一日，年复一年，海的潮音渐渐走远，海的许诺，早已锈迹斑斑。

然而，你却这般的尖顶，静静地等候破梦重圆。

孤　鹭

你忙碌了一生，一生一无所有。

如今，又失去了伙伴，黄昏时才这般哀愁。

秦淮夜泊。

轻舟载一曲古老的悲歌，从希望的波峰，跌进命运的峡谷。一腔沉默，在月光下延伸……

血染的春梦，如红帆在船头开放。泪酒灌醉寒星，天涯人，柔肠寸断。

望瘦江水，经霜的岁月蓦然复苏。

（选自《流淌的声音》，海天出版社，2015 年）

唐大童

唐大童(1932—),又名唐大同,重庆南川人。著有《大江东去》《远方》《唐大同散文诗选》等诗集和散文诗集多部。

夔 门

水,因峡口的狭窄和高岩的陡峭而汹涌,而激荡;

峰,因狂涛怒浪的呐喊而高矗,而巍峨,而雄奇。

摈弃了温柔娇媚,摈弃了小桥流水、春风杨柳,冲闯冲闯,开拓开拓,劈开一条通向江汉平原、通向大海的路,浩浩然,巍巍然,磅礴于中国大地之上。

我听见一种壮美的呼唤。

我看见一种凌云的高度。

是一个民族永恒的伟大在汹涌在激荡吗?

是一个民族永恒的庄严在崛起在升高吗?

我的情感、思维以至整个灵魂都在向上升华。

高峰的气势托起我的脚步、我的视线;

波涛的声威冲刷我的怯懦、我的卑微。

我也崛起了,矗立于乘风破浪的船头,矗立于乘风破浪的拼搏、奋进之中……

我以压倒一切喧嚣、轰鸣的粗犷豪放高呼：

大江东去……

1986年10月12日

雪　白

没有颜色的颜色。

白得令人战栗，令人起敬，令人想起自己里里外外都需要洗涤……

白得令人肃静，令人沉思，令人向往没有一丝一粒尘埃污染的纯净世界……

白得真、白得善、白得美啊。

曾经有过红的潮流红的海洋——红得过分红得极端红得绝对因而糟蹋了我们的热血……

而白，只当作哀乐中一个悲伤的音符。

我们有热血的汹涌澎湃；

也有灵魂的纯净神圣。

我们需要火辣辣飞舞的鲜红，也需要静穆沉思的雪白。在鲜红遍地如灌水泛滥的时候，我更要高呼：

雪白万岁！

雪白的静穆万岁！

（选自《散文诗人20家》，广西民族出版社，2004年）

敏　歧

敏歧(1935—　),本名许敏歧,四川富顺人。著有散文诗集《绿窗集》《荒原的苦恋》,诗集《风雨集》等。

铜

灯下读《史记》,几乎每一页,都能读出铜的声音。

但这铜,和当今的孔方兄,不是一个辈分。

那是剑的英气,在史的风声中,铮铮嘶鸣。

风暴的信息

天上一根桅杆,水中一根桅杆。

归来的船,神态,那么闲适,那么悠然。

波涛平伏了,港湾有如明镜,但风暴的信息,分明还栖息在帆的褶皱之间。

走河路的汉子

头枕着桨,大模大样地躺在船头,轻轻的鼾声里,每一根汗毛上，都有汗珠在闪亮。

野悍的风，此刻也俯下身，温柔地抚着，一个个镀着阳光，有如红铜般的胸膛。

（选自《散文诗世界》）

刘湛秋

刘湛秋(1935—2014),安徽芜湖人。著有散文诗、诗集《遥远的吉他》《温暖的情思》及诗集、译诗集多种。

遥远的吉他

一个寒夜,电车玻璃窗上挂满了霜的寒夜。

他走着。风像冰冷的铁针,刺着脸;星星被冻住了,连眼也不眨一下。石子路上,只有他笃笃的脚步声。

一辆马车从他身边掠过,车灯是那样昏暗。

他走着,他要去寻求温暖……

那一扇门打开了,灯光像乳白的牛奶,吐着红舌的壁炉像摆尾巴的小狗,热流包围了他。一个老人欠身拉着他的手,不是突然,没有勉强,泉水一样真诚的微笑;一个姑娘倚在窗前,在弹着吉他。

温暖的加糖牛奶,熟悉的眼神,搅拌着沉默。

这时,吉他的声音仿佛从幽远的白雪的林中传来,一阵寒气,很快被浑厚的低音的温暖所溶化。老人在唱《三套车》。有节奏的吉他伴奏,仿佛像辗着冰雪的车轮,空对着荒漠的月亮。

他不知道琴声什么时候结束的,不知道什么时候离开这扇窗户。像彗星一闪,记忆只有一次。

吉他的声音越来越远，却又仿佛越来越近。

（选自《遥远的吉他》）

山中细雨

弯弯的山路，密密的树林，蒙蒙的细雨……

蒙蒙的细雨，蒙蒙的天空，在灰褐的树干上，倚着一个穿风衣的少女。

她低着头沉思，手里拿着一朵野花；也许是一支笔，凝视这生了苔藓的滑腻的土地。

是有个被打湿羽毛的小鸟吧，在枝头上叫着，声音里有蒙蒙细雨的清凉。路旁的青草和枝头的绿叶什么话也不说，只默默地陪伴。

不想去问这是暮春还是初夏，不想去问这树林通向何方，不想去问山顶还有多远。

只想也在这儿歇一下脚，远远地，不去打扰那纯洁的沉思；让她的梦，在细雨中复苏。静静地，静静地——

在空中，有一个白色的飞翔。

（选自《冰凉的花瓣》，成都时代出版社，2004 年）

卓琦培

卓琦培(1935—),江苏南京人,祖籍安徽灵璧。著有诗集《飘走的云》,散文诗集《黄昏,从这里走过》等。

海

小时候,从五颜六色的地图上找到一小块空白,一小块很平淡很平淡的浅蓝,于是便第一次认识了海。从此,我常常仰望头顶上那片蔚蓝色天空,用稚嫩的童心打扮他,用美丽的想象填补他。啊,淡蓝淡蓝的海,多么恬静,多么神奇的世界。

其实,我并不懂得海,我的心是这样的单纯。

许多年过去了,终于有一天真的看到了海。他是如此的博大和浩瀚,又是如此的咸涩与苍凉,竟然完全不是我的想象。这里,从来没有平静,也永远不会安宁。不论是晴空万里的早晨,不论是暴雨狂风的黑夜:每一朵浪花都在生与死之间挣扎,寻找遥远的岸;每一次潮汐都是精疲力竭的较量之后,慷慨悲壮的歌。无数颗奔腾不已的心,带着千山万壑脉搏的跳动,在不安中祈求甩脱命运,渴望于茫茫的远处,走近蓝天。这里,面对瞬息万变的诱惑,每一刻都有搏击中的满足,破碎后的惶惑;每一刻都有死的恐惧,生的欢乐;每一刻,每一刻都有新的机遇,都需要新的抉择,都需要整个灵魂为之震颤。

我多么需要懂得海啊！但我能够懂得海吗？但愿在头发完全斑白的时候，能对自己说：幸运的是，我已经真真实实地在大海中漂泊了半生。

1996 年 6 月 4 日　南京

（选自《散文诗世界》2005 年第 5 期）

帆

一个孤独的洁白的火花，在深蓝色的海里，在摇曳着、起伏不定的浪里，在不断变更方向、永远不知道休息的风里。

头顶上是天，阴晴难料高不可触的天；脚底下是水，汹涌澎湃深不见底的水，而你，你只是天与水之间一颗漂泊的心，一缕随时会被淹没的流浪的魂，一个挣扎着、苍白的、很容易在风浪中熄灭的火焰。

颠簸着，多么孤独，多么脆弱！被桅杆撑着，让风推着，弓着腰，在追寻些什么呢？面对命运的挑战，一次次生与死的抉择，是谁，让你不知道寂寞，也不知道恐惧！

我知道你的心里有岸，那是一片灯火辉煌的港湾，那是一双忧郁的盈盈的眼睛，那是一颗等待拥抱的温暖的心。她离你很远很远，隔着千里万里，在茫茫大海的那一边，在沉沉夜雾的那一边，你看不见她，但你听到她的呼唤，感觉到她的呼吸她的渴望，知道她需要你，正期待着你的到来！是她，是她望穿秋水的一瞥，让你忘掉了孤独，忘掉了包围你的所有的寂寞和风暴！

此刻，为了生活，我正在这片钢筋和水泥的森林里奔波，人海车潮，喧啸着，在我的身边，在我的四周。繁忙和疲惫中，我常常想起帆，想起那洁白其实却并不孤独的火花。

我，还有和我一同在生活激流中流浪的朋友们，我们的岸在哪儿呢？那片灯火辉煌的港湾和等待着我们的心，你在哪儿呢？

啊，帆，一个洁白的火花！

（选自《散文诗世界》2005 年第 5 期）

昌　耀

昌耀(1936—2000),原名王昌耀,湖南桃源人。著有《命运之书》《昌耀抒情诗集》《昌耀自由诗》等诗集。

穿牛仔裤的男子

穿牛仔裤的男子两手插在裤兜。

穿牛仔裤的男子一串串叮叮当当的铜钥匙拴在裤带一侧铜钮环。

穿牛仔裤的男子紧绷的裆头显示那一隆起的弹性美。

穿牛仔裤的男子望见春雨一阵比一阵浓。那只翠绿的啼鸟并没有回来。穿牛仔裤的男子瞬间眼神透出阴鸷,随后又略带忧郁。

(此刻的西部高原与春雨里的江南其实也相仿佛哩……)

是吗?

穿牛仔裤的男子背手转身向窗子,宽阔的肩背齐刷刷地一股子锐气,铜墙铁壁似的。

(选自《诗歌报》1986 年 5 月 6 日)

斯　人

静极——谁的叹嘘?

密西西比河此刻风雨,在那边攀缘而走。
地球这壁,一人无语独坐。

（选自《昌耀的诗》）

俯首苍茫

我消瘦,因为热病总在燃烧我的膏脂。

我默寂,因为我常要听待心智的倾诉。

是在关西。

他是关西大叔。是行吟歌者。

他不幸一生需以手掌代步浪迹国土。他挪动左臂牵引躯干朝前,而在大道撑行,每一次位移都使得他紧缩了体魄如同投向大地的夯砣硪石,而他伤残的右腕毫无意义地举起,像是木桩停着一只垂死的肉鸟耷拉头颈柔软丑陋。如此以手掌在土地划行,每前进一步他必憋紧喉头运气行腔,仿佛是突然地醒悟,而后一仰脖梗发出几声爆裂的音团——男人的呐喊,像是拼死穿过由无尽的脚肢组合的肉体丛林。

我感觉目光飘落如秋风漫卷中的黄叶。

我听到的是从来不曾听到的困惑灵魂的杀伐之声:短而促,

顿挫有力。那节奏是大吕黄钟，铜琶铁板。是叫板。是红光。是人类童年围猎野牛所发出的号呼。那声响惊怖、寒心，但却振奋之极，让我意识到野牛之血中那一英雄的阵亡：彻底的阵亡。

但那里只有战士的落泊。

他渐渐远去，只有我是行丐，消瘦而默寂，感觉自己渴望震颤的心灵仍在期待他的给予：意志与伟力的给予。我这样期待，好久好久。

啊，升起来了，你们——无穷众多的仙鹤，提升起洁白的羽衣，有如白光璀璨的幻湖一齐喷射空际，荡漾荡漾……像是祭坛的奏乐，远近钟磬随之悠扬地鸣响。但那唯一的鼓声隐隐约约，仍以因果莫测的警示不忍与人远绝。

人类骨灰撒播的一片沃野。

朝向苍茫俯首。

（选自《星星》诗刊）

许　淇

许淇(1937—2016),上海人,定居内蒙古包头。著有《许淇文集》(10卷),散文诗集《词牌散文诗百阕》《城市意识流》及小说、散文集多部。

肩的广角镜

大街。人的流。空气的流。阳光间隔距离,蒸发淡淡的香。

是披散着发的,这香,含湿漉漉的皂沫。

花露的香,被阳光间隔。那篷篷的云雾似的鬓髻、披散在肩头的发、白皙的肩。

街的这端觅视角。高高低低、重重叠叠的肩:你的肩,我的肩;耸的肩、塌的肩、丰腴的肩、瘦削的肩……

肩的大街。

人流,推动空气,推动这些肩。

肩的桥梁,有数据的精确,有力学的均衡,那中间的支点,是智慧的头颅——披发的头、谢顶的头、思索的头、负重的头……

立交桥是城市的肩。白的岗亭犹如和平鸽停歇在肩头。流线型建筑是她的黝黑的侧影,伸展出虹,向实在的梦。

虹是大地虚拟的肩,而现实的是你的肩、我的肩,众多的肩。

肩弓要担起二十一世纪!

呜　咽

提琴在呜咽。

我听见小提琴和大提琴在呜咽。

小提琴是白色的，

大提琴是黑色的，

呜咽是灰色的。

呜咽不是哭，不是啜泣，呜咽是内在的，忍不住，从喉舌、从指尖、从发根、从胸腔，迸出的非人间的语音。

一种痛苦之上的痛苦。

一种生的无奈和对转瞬即逝的祭祷。

犹如叶落，花谢，哀蝉在秋夜……

犹如天鹅和白鹤的唳呖……

犹如旷野的篝火、游牧人的马头琴声……

犹如街角黄昏，烟似的荡在故人的诗里……

呜咽是一条老狗，刚死了主人，那亲手打过它和爱抚过它的人，灵魂悠悠荡荡地踩着不见脚的裙摆的碎步。于是即将回到乡间祖母身旁的老狗，不可理喻地，呜咽如同磷光引导主人。

呜咽是远飞的皈依纯蓝的钟声，

绕着街心公园的一棵树，

绕着河流桥墩暗绿的倒影。

在呜咽止息的瞬间，

城市轰轰然矗起新浴的婴孩般的楼群。

夜行船

乌篷。黑油黑油的，这船，散发出一股桐油的气味。

一只乌篷船摇开去，

前面是水，水，似雾的水……

橹的哽咽，如昨日箫管。篙点破绿。一个涟漪又一个涟漪，扩延的故事。

到吼山去看梅花，花下有一座坟，一个被忘却的死去了三十年的少女，说是你那可怜的姑姑。

没有故事，也不必记住她的名字。

说是未嫁时便玉殒，便化作一缕青烟，或一只青鸟，殷勤来到落花下快被夷平的青冢。

细雨打着四明瓦的篷窗，舱里看汀渚鸥凫，景小楚楚。桌上紫砂壶中的江南，汲汲不尽意，若清泉和远山的子规交互的音，因风而送曼声，给顽冥一点儿颖悟。

三十多年前，你的姑姑我一定见过。一个新月的春晚，古镇巷口，拱石桥墩，唤住了卖馄饨的；锅担的昏昏灯影里，接碗时用蓝布竹裙擦一擦粗粝的双手……

乌篷，悠悠的乌篷船，散发出一股陈旧的气味。

萧萧野水间，殷勤青鸟簌簌地飞去。

水，水，如烟的水……

（选自《散文诗评品录》，华艺出版社，2008 年）

邹岳汉

邹岳汉(1937—),湖南益阳人。著有散文诗集《启明星》《时光之水》《青春树下》,诗集《远去的帆》及《中国散文诗发展史话》等。

理　发

一剪剪,将伊的青丝断成零零碎碎的记忆。谁去收拾?

一剪剪,纷落的,是不胜繁杂的过去。

头颅如山,青山不能常在;

愁思若海,难得刀剪修平。

日子疯长。影子日瘦。

时光日短。

剪子日钝。理还乱。竟纷扬起如灰,如粉,如屑的小雪,悄悄落在双鬓。

落在你的双鬓。落在我的双鬓。

方知,岁月在嚓嚓喳喳的剪铰中支离破碎,在几番梳洗中,

径自走远。

窗外。行行秃柳，倒挂起一丛丛透明的珊瑚；

莽莽苍山，一夜间竟白了少年头。

底　舱

顶天立地。

在这里，顶天立地的人，被压制成一张失去弹性的弓。

这小小的世界，刚好容纳我们最底层的一群。

低矮的，密封的，玻璃镶嵌的圆窗外，穿梭般过往的鱼群，惬意地追逐着无边的幽蓝色的自由。

（它们的姿态有点骄傲，目光中有点疑惑。）

静坐舱底。与鱼平等地对视，胜过在豪华的甲板上流浪。

（选自《文学报》）

山石与道路

多灾变的白垩纪。某个火山口一次难以自持的绚丽爆发，产下个患自闭症的孤儿。

一出生就待在了这里。期待着有一条为它而开辟的道路，逃避与生俱来的孤独。

然而始终没有。而你在茫茫然的期待中一年年苍老。青苔积怨。固傲地昂起被时光一再扭曲的头颅。

叽叽喳喳三五成群的飞鸟前来探访过了；

你说，它们只是唠叨些与你无关的爱情。

天真烂漫的蜜蜂蝴蝶几番结队而来，邀请你一起去游历百花盛开的原野；你说，它们只是为了迎接与你无关的春天。

轻盈窈窕的朵朵白云，无数次地从你头顶飘过来又飘过去，总是那么依依不舍地；

你却将一双呆滞的目光，投向天边那片与你毫不相干，转瞬即逝的晚霞。

于是，长年蹲守在通南达北的路口，摇首慨叹：没有路……

而最不幸的是，你在长久漠然的等待中，熄灭了内心存留的那一团火焰。

（选自《山东文学·下半月刊》2016 年第 1 期）

管用和

管用和(1937—)，湖北孝感人。著有诗集《管用和诗选集》、散文诗集《细流与暮雨》、散文集《萤火》等34部。

江心洲上

我行走在江心洲的边缘上，在绿色的草木和赭色的江水之间。

太阳下，闪烁着金光与闪烁着银光的沙粒交相辉映。波浪不知疲倦地在倾斜的岸沿爬上滚下，喋喋不休地说些我不懂的故事……

几个纤夫，踩着这浪与沙欢欣地嬉戏着的边缘，滴着热汗，哼着纤曲过去了。留下一串感叹号似的脚印……

我凝望着这熠熠生辉的脚印沉思。它忽然变成了一行行诗句。将我的思绪引得很远很远：

这绿洲当初也许是一片小小的荒凉的沙滩呵，一年一年逐渐地沉积泥沙，就成为一个大的充满生机的绿洲了——它的每一层泥沙上面一定会像我刚才见到的情景那样，印下纤夫们贮满汗滴与音符的脚印呵！一串脚印印上了，被泥沙蒙去，又一串脚印印上，又蒙去，又印上……

——这，不正像我们一代一代人的希望么！

是呵，多少年来，人们无数的希望累积起来是会成为一个绿洲的。那贮满了热汗和重负的，然而也是最坚忍的歌声与脚印层叠着的希望啊！

希望的歌声与脚印是没完没了的。即使日后江上没有纤夫，那希望的纤绳却将永远套在人们的肩头……

我行走在江心洲的边缘，凝视着这天水相连寥廓无际的远方，怀着深沉热切的希望，一步一步地向前走着，走着……

（选自《上海文学》1981年第4期）

不倒的雕像

有一座永远不倒的雕像屹立在我的心中。

古汉江。陡峭的河岸。落日。

逆光。逆风。逆水。

夕照和霞光将陡岸镀成红铜的颜色。逆光中，它突出的部分像一个庞大的古铜底座。

一个人影——也是红铜色的——突然出现在铜座之上，头颅翘视前方，身子与地平线成四十五度的倾斜。他，就要倒下去了。

但是，他定在那儿，久久地没有倒下。

远远望去，他的身子的确失去了平衡。

但不是，他没有倒下。

有一股重量紧紧地系在他的肩头——他是一个纤夫。

逆光中，看不见那细细的纤索和被河岸的阴影笼罩住的船儿。只见他孤零零倾斜着的身影——几乎贴着地面了。

但是，他没有倒下。

他的拉力几乎和肩负的重力相等，他不得不死死地钉定在那儿，暂时不能前进，但丝毫也未后退。

那重力是时代的重力，是历史的重力，是生活的重力，更是逆风逆水的重力啊！

……

他终于还是从高高的铜座上消失了。

但是，他没有倒下。

他又出现在前面河岸的突出之处——跨上了又一个铜座。

是的。他没有倒下，尽管身子倾斜得更为厉害，而且还加负着远程的疲惫。

他怎么会倒下呢？如果他不丢掉肩头所负的时代、历史和生活的重力，是永远也不会失去平衡的，即使处在逆境之中。

啊！我心中永远不倒的雕像！

（选自《长江文艺》1983 年第 11 期）

孙　震

孙震(1938—　),本名孙德振,山东荣成人。著有儿童散文诗集《长翅膀的云》《蓝天上的画页》,散文集《春风又绿》等。

我们都是地球上的小鸟

我们都是地球上的小鸟……

清清小溪,有那么几滴水润润喉嗓就够了;郁郁大树林,有那么几条枝柯歇歇翅膀,就满意了;茵茵芳草地,有那么几蓬茅草做窝巢,陪着星光月光睡觉,就舒心了。

我们的需求很少,很少。

我们的奢望极小,极小。

我们都是地球上的小鸟……

早晨,每一缕霞光,全都张开手臂欢迎我们;每一朵白云,全都乐意和我们在蓝天上结伴;每一片树林,每一座山峦,每一条河流,全都是我们的乐园。我们尽兴在天空中飞翔,我们随意在草地上雀跃。

我们的天地很大,很大。

我们的志向很高,很高。

我们都是地球上的小鸟……

夏的田野不会忘记我们，我们搜捕蠕动的虫豸，解除绿的烦恼；冬的雪地思念我们，种子的事业没有孤寂，因我们的歌吟不会苍老；而峰巅的岩隙兀自挺拔一棵小树，那是我们失落的一句绿色歌谣。

我们喜爱四季中的每一个季节。

我们珍惜所有霞光里的每一缕辉耀。

我们都是地球上的小鸟……

永远追恋山山水水，梦境里总有天与地那温暖的怀抱。确曾有过雷雨风暴，改写过我们飞翔的姿势，却始终未曾更变我们奋飞的目标。在南方的南方，飞呀，我们没有忘记北方的勇武故事；在北方的北方，飞呀，我们怀想南方的纯情歌谣。

呵呵，南方，你好！我们来了。

呵呵，北方，你好！我们来了。

我们都是地球上的小鸟……

我们都是地球上的小鸟……

泥土，从不拒绝种子

泥土，从不拒绝种子，不问种子从哪里来。

也许，你是从天上来，是被一阵什么风抛来。你是经历了大起大落的苦痛跌宕之后，方落入泥土的。泥土欢迎你！

也许，你是从洪流中来，是被一股旋流挟持而来。你是饱受了离乱的折磨之后，方落入泥土的。泥土拥抱你！

也许，你曾驾着一柄小小降落伞，悠悠飘过小河流畅的曲线；也许，你曾被一只小鸟用嘴衔着，飞过那片葱郁的山林……不管你从哪里来，泥土，一律以诚接待！

泥土，从不拒绝种子。

泥土，从不拒绝种子，且不问你是否有个成才的未来。

也许，你是一棵小草，终生不会得到人们的青睐，但你认真绿过所有的季节，总有泥土陪伴的厚爱。

也许，你是一棵大树，你能高高挺起绿的英俊情怀，但你绝不可奢想：泥土，因此会有额外的赐予。泥土的母爱，最公正。

也许，岁月的旅程，并不总是风清日丽，时有风雨的撕掳和虫豸的啃噬。但泥土的挚情，苗禾完全可以信赖：不舍不弃，始终依偎在它的襟怀。

泥土，从不拒绝种子。

种子，从不辜负泥土的期待。

（选自《中国儿童文学经典》100部之《蓝天上的画页》）

那家伦

那家伦(1938—),白族,云南大理人。著有散文诗集《红叶集》《孔雀集》,小说《篝火边的歌声》《真挚的爱》,散文《澜沧江边》《放歌春潮间》《花海集》《那家伦散文集》等。

花的世界(节选)

一

生在旷野,死在旷野。慷慨地把芬芳交付大地,无私地用色彩点染东风;

眠于草丛,立于草丛。只有阳光给它温暖,只有雨露给它滋润;

在雨露里孕成细蕾,在雷闪中吸吮光辉,在一个黎明时献给太阳万紫千红。

二

冬雪里,做过多少银色的梦;春风中,做过多少绿色的梦;烈日下,做过多少白色的梦……

然而，深深挚爱的是金黄的颜色：金黄的馨风，金黄的大地，金黄的果实，金黄的季节……

于是，只有金黄的秋天进入幻梦，才绽开动人的笑脸，奉献一腔深情，那么真挚，那么炽热，那么鲜美……

三

一夜的暴雨，浇湿了全身；一夜的大风，吹弯了腰肢；一夜的响雷，炸裂了绿叶。

“叮，咚！……”晨光里，滴落一点身上的水珠，随即挺起一寸身躯，“叮，咚！……”

终于，又直直地挺立于艳阳下，还要开一朵特大特美的花卉，敬献给下一次风暴！

四

每一片花瓣上，都映现出一点一点的鲜红，每一点鲜红都是这么夺目。它像霞么？不，它像鲜血……

太阳爱她，让一点一点的光带着血融入她的生命；雷电爱她，把一束一束的火带着血染透她的脉络；雨点爱她，用一颗一颗的泪带着血浇遍她的肌体……因此，她才有了美丽的生命。

呵，任何一个美好的生命，都是用心血浸染成的。充满光的、充满火的、充满泪的血浸染成的生命，才有霞的色彩，才会像血本身那样宝贵！

（选自《红叶集》）

陈少松

陈少松(1938—1996),山东昌邑人。著有《当代散文诗创作论》《散文诗八十题》《散文诗写作精要》,散文诗集《五月青青草》等。

一朵永恒的云

天上有各种云。

铁青的云,铅灰的云,麦黄与银白的云,堇紫与嫣红的云,多彩多姿的云。

大街上舞动着的少女,色彩便是骄傲。

天上有各种云。

银白的是草原上的羊群,涌动着;铅灰的像狮子在怒吼,它是看见了一只野兔么?铁青的是大象,泰然自若,不过它总不会忘记寻找水源;清晨,东方是一片玫瑰园,却溢不出一缕香味;黄昏,金子般麦浪在西天波动,那也是农民的责任田么?

变幻多端的云,飘忽不定的云,转瞬即逝的云啊。

然而有一朵云是永恒的,自从我看见了它鲜明的色彩与美丽的形象,便不再飘去,它驻足在我思念的房间。

我的席梦思还舒适吧?

(选自《中国百家散文诗选》,贵州人民出版社,1991 年)

一棵年轻的老树

——致耿林莽

你是一棵年轻的老树。生存的土地如一枚普通的邮票,土质贫瘠是那邮票淡淡的色彩。

你却能乘坐那枚邮票越山渡海,异域的土地和蓝天为你所有。

你很年轻,叶子水灵的绿,老枝上开出新花,如一张张孩子的脸,有一对笑窝盛满有趣的童话。

没见过你的人,都说你才刚刚十九岁。

一个萧瑟的晚秋,狂风凄雨。你撑着斑黄的伞,承接苦雨冲洗的岁月。

年轮的光圈和扎入泥土的根却没有停止歌唱。这歌声谁也没听见。连你的爱人和孩子。

叶子剥光了,三五根枝丫折断。

树干中有一根谁也看不见的铁,挺立着。

残秋腐烂了,绿树依在。年轮的光环已横向扩展,然而你仍占有着那枚邮票。

皴裂的树干长满新枝,绿叶如盖遮蔽庭院。每一条叶脉都是青春的五线谱,每一朵花都是一章芬芳的散文诗。

(选自《当代散文诗选》,春风文艺出版社,1988 年)

王宗仁

王宗仁(1939—),陕西扶风人。著有报告文学集《历史在北平拐弯》,散文集《雪山无雪》《情断无人区》等。

藏北土冢

风把风驱逐出藏北境地,留下星空和两座土冢。
圆圆的夕阳,贴着坟堆挂在山脊。
两个完整的句号。

一个女兵。
一个男兵。
死在不同年代,却埋在同一个地方。
奔跑比什么都重要,他们都是徒行进藏时倒在路上。
不是刺刀、枪弹的罪过。
因为缺氧他们无奈地献出了生命。
五十年前。

氧藏在水里。
氧藏在雪里。

氧藏在布达拉宫。
他们把痛苦变成爱藏在土冢里。
年年都有陌生人来上坟。
有个牧民在坟前挖了个小洞：
“打开窗户，孩子，呼吸一口新鲜空气，晒晒漂亮的太阳！”

可可西里的露

下哨归来。
兵干渴地站在坡上，看一棵快枯萎的芨芨草。
一柱光亮在草尖，闪烁，很鲜。
露。

兵笑了。
露激情地吃进这张笑脸。
因了兵的笑，露变大，也更亮。

露是可可西里的底色。
它从遥远的太阳湖升起。
太阳湖肯定是湖，湖外的露却是海。
湖会干。
海不死。

草尖的露，随时准备投进兵的血液。

淹死自己。

托出一个永恒的可可西里。

（选自《流淌的声音》，海天出版社，2015 年）

西藏的雪

不是所有的雪都终年不化。

你真的在盛夏染白了喇嘛庙前后的山巅。

是你给了雪莲足够的越冬养分。

我读雪，心页上流过割切永冻层的冬风，把踩过的冰霜还原成春水的原色。

于是，雪原长满了歌声。

歌声唱远了地平线，唱矮了珠穆朗玛峰；歌声召回高原所有的湖泊。

牧羊女闭着眼睛都能看见那照亮荒原的雪。

西藏的雪，你太冷峻，又极为温柔。这样最适于做我的情书。在想念她的日子里，我像太阳一样去吻雪的面颊。她没有化，我也没有醉。

春风吹到世界屋脊的第一个夜晚，西藏到处都响着雪的呐喊。

当她融净以后，我从草叶的露珠上，看到了雪的灵魂。

（选自《散文诗》1997 年 2 期）

刘　虔

刘虔(1939—　)，湖南武冈人。著有散文诗集、报告文学集《春天，燃烧的花朵》《心中的玫瑰》《大地与梦想》《英雄之星——杨靖宇的故事》《刘虔的文学世界》等。

同明天的太阳携手

一

落日，已经跌进远山的深渊。

世界，在黄昏的微醺里失却了最后一枚金果，一个圆满而又衰老的许诺。

天地因之失色了。

四周蜷伏着宁静的肃穆和忧悒……

二

但我的列车依然在行进。

我的列车依然负载着我的时光，我的已经失落了的寻觅。蒙蒙夜霭，裹着辉煌的沉寂。汽笛时而呼啸，不断以悠长的呐喊，勇敢地宣泄着来自大地心灵的抗争与反叛。

这就是肃穆的骚动?

抑或是忧悒在狂欢?

我有些疲惫了,把头依傍着清冷的车窗,想独自领受深深沉淀于疲惫里的温馨。不可羁绊的心没有苍白,也没有废墟上绝望的凄迷。爱与恨的渴望被记忆的烈火所煎熬。耻于失落,双眼溢满了悔恨的泪水……终于,痛苦的裂变催促了一首哀婉壮歌的诞生:

就在旧梦凋残的地方,
就在蓬荜与褴褛编织的摇篮里,
一个美丽的新梦又开始启动;
荒原是寥廓的,呼吸却很艰难,
稚嫩的生机被秋霜白露所润泽,
温柔如初恋花前的少女,
奇峻似积雪月下的山峰……

三

但我的列车依然在行进。

我的列车蔑视着停滞的蛊惑,依然以钢铁的步履和节奏,庄重而平和地行进。

车厢里空气颤动如缕,冥冥中隐约飘来某种灵性的启示。我挑开窗帘,目光投向夜的深处,楔进时间的渊薮,但见那里许多灯光在游弋,并且燃亮了一双双星月般的眼睛:

那是一些结着血丝的眼睛。

是从古宅深院逃逸出来的眼睛。

是积蓄了破坏的魔力与建设的情潮、展现着难以理喻的遐想的眼睛。

莹莹灯辉下，许多陈腐的足迹在湮灭、坟茔在隆起，许多篱垣在颓圮，锁镣和碑石发出断裂的声音：道路、花园、高楼、森林、诗和音乐，都以自己的涌现宣告着生活的坚韧与绚丽……

整个夜晚，因有灯光的游弋而释放出了人间的万般相思、千种风情。

不绝的梦幻，因有思想的观照而获得了超越沉沦的永生。

四

落日，早已沉寂在远山的深渊里了。

我的列车，依然在行进。

列车，负载着我的疲惫的时光和失落以后的寻觅。

足音铿锵，是历史驾驭尘世的叮咛：

同明天的太阳携手吧，每一天，都将是一次美的升腾……

（选自《散文诗》）

枯萎的美丽，是一种庄严的回归

秋光胜似火焰，钻石般晶莹剔透，叮叮当当从摇曳纷披的枝头坠毁于地，溅起阵阵温柔的喧响……

银杏树下，落叶旋舞，满地金黄。

这里成了太阳的坟场。

枯萎,原也有壮伟的美丽。

能够激起我灵魂里狂想之潮的,竟是眼前这辉煌的凋零呵……

这是秋风唱出的凌厉与哀伤。

那崇高的生命树上,栖息着思想的鸟儿。

如今,该向哪里远翔?

记忆带着精血,依然灼热。

倒塌了圣殿的废墟,拒绝荒凉。

穿过前天与昨天的风雨颠簸于今天与明天崎岖山路上的,是爱神永不倦悔的神往……

成熟的心,因为成熟而陶醉。

枯萎的美丽,是一种庄严的回归。

如同儿女回归慈母的情怀:

这是对于皇皇大地最深厚的爱的确证。

这是静穆的时间献给世界最后的热吻……

(选自《大地与梦想》,人民文学出版社,1999 年)

徐成淼

徐成淼(1939—　),上海人,现居贵州贵阳。著有散文诗集《燃烧的爱梦》《太阳瀑布》及文学评论、论文多篇。

太阳瀑布

在七千亿度的大火聚中熔冶女娲石,熔冶欢乐、忧虑、幸福和灾难,熔冶情欲、冷漠和愁苦。七支白炽的手指拨弄七弦琴,琴弦绝断,琴体裂成碎片。

日冕于锐痛中愤怒地涌动,大漩涡裂变而且回转,黑子爆炸,点亮了照射几亿年的耀斑。

太阳风啊,太阳雨啊,肆无忌惮地爆发、喷射,把渣滓与创伤抛向黑暗的深渊——七色的太阳瀑布恣意倾泻。

光箭如簇,洞穿虚无洞穿四维空间,洞穿以太洞穿电离层臭氧层,洞穿云的铠甲雾的亵衣,洞穿人类洞穿我同族和异族的祖先,洞穿我的父母我的兄长姐妹洞穿我自己的灵与肉。剥去一件件迷彩服,剥去我自以为真诚的真诚自以为纯正的纯正,剥去我的稳健严谨和持重,剥去一切伪装的伪装,削去荣誉削去声望削去单色的操守和风纪,释放妄想释放骚动释放狂乱释放欲望,给我枯瘠的伟岸和威严神圣和骄傲涂刷红涂刷蓝涂刷黄紫橙绿青。

在我的胸腔与腹地放肆地开凿溶洞开凿地下河开凿悬崖和大峡谷。

我的太阳风啊太阳雨啊太阳瀑布!

大山耸出乳峰峡谷敞露肢体丘陵一浪接一浪涌来,太阳臂抹平原野,让草叶冒出汗,松针滴落泪水,枝干流血浇灌,我欺人而自欺的垂危的神经树!

溶化搓揉搅拌,骨灰和着血水塑我颇腔和胴体,塑我臂膊腿脚手指足趾,用七齿钢梳搔耙我的黑发白发灰发,给鼻梁与颧骨以原质的诱惑与英俊!

我的太阳风啊太阳雨啊我的太阳瀑布!

七个音符的太阳歌响彻整个天宇,七色碎片在天幕镶嵌创世图。七色土为我雕塑虚幻女性艳美无双的女性,荡平犹豫荡平恐惧荡平畏葸,荡平我的怜惜怨恨和忏悔,升入无极,太阳火与地狱火在生命的终点燃成双焰!

吹胀我的肺叶和胃囊,七只火烫的无形手托我脱离阴曹脱离净界脱离七重奈何天!以尘世的谷麦填充我瘪软的胞衣,羊水滚沸,秽血冲刷胎盘冲刷痉挛的子宫壁,白炽手不由分说,扭断我最后的依恋,脐带活生生断离!

太阳风太阳雨太阳雷霆震怒太阳瀑布冲垮高崖,七千亿吨河水在一瞬间全部跌落!洪水彻底泛滥,世界屋脊和海沟一起夷为平芜。

……天空

透出玫瑰般的

浅红，

日全食。

太阳瀑布在七重交响乐中隐去，那黑色的光芒覆盖混沌覆盖洪荒覆盖昨天和今日。在分不清天和地远古和未来的隧道顶端，血污漫漶，一个男婴在号哭中艰难地娩出，在他身旁，躺着听那孪生的同样稚嫩的——

太阳新生女！

（选自《精美散文诗读本》，2009 年）

深海沉潜

我要去的，是世界上最低的地方。

比峡谷还低，比深渊还低，低到了再无可低之处。

以勇者的名义挑战世界的深度，我全副武装，一头扎进了大海。

下潜，下潜。

再深，更深。

一直深潜到不可思议的极限，直抵生命的末端。

那是世界的尽头，那里暗无天日。

周围漆黑一团，没有一丝光亮。只靠一支电棒，照见被我搅动的水流，和峭壁上脱落的几缕细沙。

长夜漫漫，昏天黑地，一片死寂。

有如地狱的入口，逼人放弃最后的幻想。

我突然陷于彻骨的孤独，恐惧感油然生起。

就在此时，电光一扫，我看见前边不远处，两只小红虾正在嘴对着嘴试着亲吻。被亮光惊动，它们一起侧过脸来，眼神又吃惊又得意。那种稚拙的模样，令人忍俊不禁。

这是天大的奇迹！

万米海沟，一千多个大气压，血都浓缩了，竟然还有如此活跃的生命。

小红虾引我跟它前往，一起去访问它的伙伴：无眼鱼什么也看不见，连眼睛都退化了，却游得自由自在；管状虫和孔虫上蹿下跳，兀自在黑暗中撒欢；还有狮子鱼和欧鲽鱼，一对对在那里进退自如，自得其乐……

在生命的禁区，它们活着；在浓黑的海底，它们相爱！

黑暗也能造就幸福。千寻之下，阳光照不到的地方，同样是爱侣们死心塌地的情场！

（选自《文艺报》2017 年 1 月 6 日）

王中才

王中才(1940—),笔名老宁,山东宁津人。著有散文诗集《晓星集》《光斑集》及散文、小说、报告文学集多种。

殇　鸥

一只雪白的海鸥在海岸边死去了,在两块冰岭的礁石间死去了。

她纤细的脖颈蜷曲着,苍白的双翅平展着,像从深远的空中扑向大海,去亲吻那闪金耀银的浪珠……

她死去了,撞在两块僵硬的礁石间死去了。

她太娇小,太娇小了。她静静地躺在那里,你几乎只能看见黑色的礁石,却看不见她那白得像一团雪浪花般的小小的躯体。那些仍在空中飞翔的鸥群,似乎也没看见她。他们鸣叫着,追逐着,掠过紫丁香般的、白兰花般的浪丛……

他们实在难于再想起她了。她是大海的女儿,谁能想到竟死在干旱的岸边,死在冷酷的礁石间?

她自己也不曾想到啊!当她展翅扑向那浪花的花簇,她怎能想到那下面竟是置她死命的无情的礁石!

海潮啊,再涨高点,涨高点吧!快把礁石漫过去,漫过去,带走你女儿的娇小的洁白的尸体,揽进你的怀抱。只有你阔大的胸怀，才配做她温暖的墓地。

海潮已深深地盖过礁石。飞翔的鸥群，鸣叫着，追逐着，掠过花簇般的浪丛……

（选自《光斑集》，湖南人民出版社，1983 年）

炊　烟

我看见，荒漠的尽头冒着一缕炊烟，乳白色的、懒散的炊烟，孤寂的心里立即腾起一丝温暖……

我盼望那烧炊的是位慈祥的阿妈；

我还盼望是位贤惠的大嫂；

我更盼望是位清俊的少女，那炉内的热焰映亮了她羞怯的眼……

如果只有温暖而没有美，那还不是春天！

（选自《晓星集》，花城出版社，1981 年）

枯　井

在沙漠酷热的中午，我干咳，咽喉冒烟，冒火……

我踉跄而行，偶尔看见不远处有口小井。

我惊喜地跑过去，啊，原来是口枯井，龟裂的井底，没有一丝湿气。

我怨恨它？

不，我感激它。

多少人吮吸过它的甘汁！那些人活下来了，它却枯死了，连一滴水都没有留下。

活着的人哪，当你吸着冰镇汽水和香槟酒的时候，还记得沙漠里这口枯井吗?

白　云

在广袤的沙漠里，阳光格外炽热耀眼，我不敢仰视。

一片素白的云朵飘来了，影住了太阳，我终于仰起了头。啊，云朵更素净，像温雅的笑容；阳光也柔和，像温存的抚摸。

白云飘走了，沙漠的天地又充满了炽热耀眼的阳光，我只得低下了头，一滴泪掉在脚下的热沙中……

我也不知道，这滴泪，是因为太阳照耀，还是因为白云飘逝。

（选自《诗刊》1979 年第 10 期）

桑恒昌

桑恒昌(1941—),男,山东武城人。出版诗集《桑恒昌抒情诗选》《灵魂的酒与辉煌的泪》《桑恒昌怀亲诗集》等12部。

山海恋

高山与大海是一对恋人。

山在江之头,海在江之尾。虽然不曾见面,却信守着忠贞的爱情。

滔滔江水是山捎给海的情话,辗转万里,从不间断。

朝霞是海寄给山的情书,信封上贴了“航空”的标签。早晨出发,傍晚就收到了。

登山则情满于山,观海则意溢于海。山砥砺着人们的意志,海开拓着人们的胸怀。

山和海常常在我们的思维中会面、结合,养育着它们的宠儿——信念。

(选自《散文》1980年第9期)

蚯　蚓

默默地生，默默地死，默默地耕耘。

它是农民的好朋友，丰收的助产士。

在它耕耘过的土地上，长出许多粮食，可它依然吞食着泥土；在它耕耘过的土地上，结出许多棉花，可它依然赤裸着身躯。

在蚯蚓的世界里，也有流血的悲剧发生。锄、镢、犁、耙有时把它误伤，甚至把它切割成碎段。

希望破碎了，坚强的人捡回一个完整的希望。蚯蚓何尝不是这样？它顽强地再生着，每一节破碎的身体又都长成一条完整的蚯蚓。只要有一滴血，一个细胞，就要生存下去，耕耘下去。

（选自《六十年散文诗选》，江西人民出版社，1985 年）

雷抒雁

雷抒雁(1942—2013),陕西泾阳人。著有诗集《小草在歌唱》《父母之河》《踏尘而过》《激情编年》等,散文随笔集《悬肠草》《秋思》《分香散玉记》等。

悬肠草

据说有一种草,叫作悬肠草。

不知道它的形状,不知道它的颜色,不知道它的滋味,不知道它开花的季节。

据说那是伤别的草。看见它的人,就会有离别的悲剧发生,所以,人们又叫它离别草。

不知道有没有这样一种草,可以寄托人的离愁,可以暗示离别的黯然?

我想也许会有的。

但那一定在苦雨的季节发芽,在暴晒的时刻开花,在风寒的早晨落叶。

我想那花,一定如同柳絮,一定如同蒲公英,随风飞扬着,寻找离别的人,落在他们抽泣的、颤抖的肩头。

那落叶会是红的,如同相思子,如同枫叶,染它的尽是离人眼中血。

我想一定会有一种草，叫作离别草的，那是悬肠之草。

何处没有离别呢？何时没有离别呢？

人生本来就如浮萍，朝东暮西，怎么会永远集结在一起呢？

我想一定会有一株草，是伤离别的。

不必问它的颜色，不必问它的滋味，不必问它开花的季节。

礁

你过来吧！你过来吧！

浪啊！

抽打我，抓挠我，用你白色的利刃刻镂我，用你的盐、你的酸来溶化我！

我挺立着。支持我的，是我的爱。我寸步不移，直至一点点地变矮了，消失了，融进你的肌体。其余的，就变成细细的沙粒，变成小小的卵石，铺展在你的身下，变作你软软的床。

这不是命运么？

本来我是可以站得远远的，望着你的舞蹈，听着你的歌，看鸥鸟在你的头顶调情般的盘桓，可是我却站得这样近，在你伸手可及的身边！

就这样，我属于你，难道不是命运么？

你过来吧！你过来吧！

你强大的，沉重的爱属于我。我以我的坚强承受你的爱。

拉着我的手，拍着我的肩，拥抱我，或者整个地吞没我，溶化我。

我的爱，是执拗的牺牲，是黑色的爱！

海啊，海啊！蓝色的海！

（选自《十年散文诗选》，作家出版社，1987 年）

陈志泽

陈志泽(1943—　),福建泉州人。著有散文诗集《相思树》《阳光与灯影》,散文集《泉州漫笔》《大地与履痕》,文艺鉴赏论集《论评、赏析、杂弹》等24部。

一　瞬

你不易觉察到它。它悄悄地从你身旁疾驰而过,一瞬、一瞬……

或许只有当蓓蕾在不经意间突然在枝头上绽开红花,

流星倏地划亮天空,

导火索燃烧到了尽头,

闪电猛然撕开雨夜的帷幕,

只有当球桌上那最后的决赛,决定胜负的成功的一击,

凌空的横杆上那令人震惊的矫健的一跃……

你才突然感觉到一瞬的绚烂、一瞬的威力、一瞬的庄严、一瞬的宝贵!啊,这急驰的时光的一闪……

你不易觉察到它。

它悄悄地从你身旁驰过,一瞬、一瞬……

它在一笔一笔地写着你的历史——平庸或者璀璨;

它在一丝一丝地带去你的年华——去编织壮美的锦绣或者

随风飘散……

（选自《散文》1983 年第 11 期）

一个人的走路

走，从思想的沼泽里拔出双腿，搅动空气阳光，目中无人无物。

大道抑或小路，前进抑或后退抑或弯弯绕……

霎时，身体内的世界，岩山与平野轮回，浪涛与柔波变幻，森林与草丛更替；游鱼唼喋着水草，明淹没了暗，热溶解着冷……

一个个沉睡的洞穴被唤醒，启开五彩缤纷的花朵。

僵硬干涩的石头灵动起来，制造柔韧。

万千条粗粗细细的江河恣意奔流。

纵横交错的沟渠轻盈舒展，荡漾出涟漪。

细微的汗珠融入脚下的大地，悄无声息。

透明的呼吸扶摇直上太空，浊气排向旷远。

简单而又不简单的重复是活力的累积，枯燥而又不枯燥的独行是慢生活的节拍。

一个人的走路，头脑晴空无云、明净广阔，筋骨辛劳而强健。

生命的跋涉，一曲爱的乐章……

（选自《诗潮》2016 年第 3 期）

凝　望

急雨从白色的“吕宋帽”上一阵滑落，脚下的土地盛开了梦中的栀子花。

凛冽的风荡净了淤积额上沟壑的乡愁，夜宿相思树的星星绽放，芬芳飘逸。

这一刻，千里迢迢赶来，脚步在山径上敲奏着石阶的琴键……

闻到你的气息，山里的草木在颤动着。听到你的心跳，山泉停在半空。

山间端坐的那一尊千年的岩石的老子望见你长髯飘然而起，喃喃自语。

风雨哪能阻断思念的奔赴，实在忍耐不住了，为了一望——远远地，目光一线承载着天空的辽阔、山岭的重量。

立定，久久凝望。

一脸圣洁，一脸肃穆。

是凭吊，是拜谒。是灵魂对于故土的皈依——哪怕只能是片刻时光，如此急匆匆截取岁月的断片。

纹丝不动，默默无语。奔驰不息的时光凝固了。

风雨中无可替代的面对，无限的敬畏，刻骨铭心的膜拜。

（选自《星星·散文诗》2015 年第 6 期）

王泽群

王泽群(1945—　),山东青岛人。著有散文诗集《樱唇》等及电影、电视剧、舞台戏剧、小说、散文、诗、评论杂文等多种。

珠穆朗玛(《粗犷西部》十九章之二)

一种清凛。

一种孤独。

一种凄楚。

一种神圣。

一支神的歌,缭绕于你的肩畔;却不能、也无法暗淡你对青天,所凝视的眸子哦!

——珠穆朗玛。

宇宙的律动。

地块的挤压。

雅鲁藏布大峡谷的企望,喜马拉雅山无休无止的期待,逼迫你——升高。升高。升高。升高哦。……升高到她们也不知道的高度,升高到她们也不理解的苍凉,升高到她们也不懂得的无奈,升高到她们也不明晓的尖锐。

让你清冽，让你孤独，让你凄楚，让你神圣！

让你高处不胜寒，寂寞嫦娥的广袖也束得紧紧了呢。哦哦。玉兔

不捣药，吴刚不倒酒，后羿收了弓。独自

悠然且突兀……

——珠穆朗玛。

没了树。没了叶。没了草。没了花。没了红。没了绿。没了色彩也没有了生命哦！

只有雪。只有冰。只有风。只有暴。只有白。只有黑。只有寂寞也只有那孤独哦！

——珠穆朗玛。

任何一种高度，都是要付出代价的。

但是你在无可选择与无可奈何中所付出的代价，委实是太过于残酷，太过于严峻了哪！

——珠穆朗玛。

当那么多的歌，那么多的诗，那么多的颂词，那么多的画面，那么多的信息，那么多的笑容，那么多的声色电光花团锦簇桃花美面……

都献给你的时候——

我这个大西北男子的心，便泪流满面了。

珠穆朗玛，我的珠穆朗玛——

你见过心上的泪，滴滴都是珠红的血吗？

你见过所有的风，声声都是嘶哑呜咽的吗?

你见过。你见过。你一定见过。

而你，无言。沉默是金。

始终是

漆黑的黑暗呀!

圣洁的洁白呀!

其实，你只有一种……你自己才懂的颜色呀!

——珠穆朗玛!

和死亡是那样接近。

琵琶(《大敦煌》十六章之十四)

远古的驼铃摇着你清纯的弦音……

丝路的彩虹亮着你柔娜的身影……

金色的夕阳耀着你纤细的指痕……

那一个东方的女人，在弹她的琵琶。

琵琶。琵琶。在残缺的壁画里，色彩已经暗淡，神韵依然。

燃一烛火，我们在斑驳的残墙上寻找琵琶，寻找一种宗祖的浪漫，一种艺术的虔诚。

为了不使残烟再一次湮盖艺术的精灵，我们宁可烛火灼伤手指。

灼伤了的手指，才有一种快意的通透的疼痛……

有时候，疼痛即是幸福。

琵琶。琵琶。梦想中的琵琶。只有在敦煌，才能寻到你的根哪！……

于是便在这些朦胧里，看见了我们之所思所想所见——

正襟端坐的，是佛祖的菩提。

玉臂高擎的，是众生的祈祷。

婆娑起舞的，是灵魂的狂欢。

还有那些暗暗淡淡的朦胧里，看不见的永远的执着的眼睛。

琵琶。琵琶。有一千种姿态，就有一千种声音。一千种声音，都是你哦，琵琶。

我们在暗夜烛火里谛听，谛听上帝的声音。那一声轻轻的颤响，胜过了所有的声色电光舞蹈歌唱……

是谁将一根丝弦遗忘，迸出了这多的想象？

——贝多芬。施特劳斯。德彪西。舒伯特。肖邦。也许，还有小泽征尔、谭盾、吕思清……一齐在这儿顶礼。

琵琶。琵琶。只有在敦煌，才能打开一个民族的心哦！……

（选自《樱唇》，天津百花文艺出版社，2000 年）

韩作荣

韩作荣(1947—2013),黑龙江海伦人,笔名何安。著有诗集《北方抒情诗》《静静的白桦林》《韩作荣自选诗》《纸上的风景》等,诗论集《感觉智慧与诗》等,随笔集《另一种散文》等。

心灵的镣铐

我是自己的囚徒。

那世俗的目光,绳索一样死死地捆缚着我,随手拾来的冷语,铸成沉重的镣铐,锁住我的心灵。

于是,声音也被捆缚得细瘦而微弱;囿于镣铐中的思想是苍白的;我真担心会霉烂、发芽;而筑路机粗犷的声音,使我的心灵悸动、震颤。

锁得越久,心越趋于麻木,有如太和殿下的石龙,水珠在迸射间封固,流云在飘动时凝止,而龙尾,再击不起浪花……

然而,墙,是阻不住阳光、流水和空气的,镣铐,毕竟锁不住思想。渣滓洞里也有放飞的蝴蝶,那是飞翔的自由;是的,当我意识到不自由的时候,我,便有了自由。

自我的囚徒,还须自己去释放。当世纪的风在脉管中搏动,有如火焰将心灵的镣铐融化,那火苗的利刃,也割断了自我的束缚。

我，不是自己的囚徒！

鱼，可怜的鱼啊

有诱饵，有长长的线，鱼竿握于手中，我垂钓。

她来了，在我身边款款地飞过，像一只蝴蝶；曳地的衣裙如斑斓的花圃。

回眸一笑。眼睛，流星一般的眼睛扯出长长的线了，继而一弯，弯成一个弧形的钩。

我被那目光钓走了。

鱼！鱼！随着喊声，甩出鱼线，鱼儿的尾鳍拍打着水面，躯体在抽搐、扭动……

哎，鱼，可怜的鱼啊！

江边，有一只天鹅

江边，有一只天鹅。

天鹅，雪白的天鹅，你被塑于石墩之上，张开翅膀，是不是要展翅飞去？

江边是寂寞的。当罪恶的子弹打散了鸟儿的羽毛，林子里再也没有鸟儿的啼唱了；而今，孤独的你静静地立在那里，却总张开那欲飞的翅膀。

也许，沉重的氛围鼓不起你的双翅，那飞去又被捉回的鸟儿在笼子里啼叫，啼声也被鸟笼的铁条割碎了；而铁笼的铜钩，在枝柯间挂着一个疑问。

让铅弹，不再射杀飞鸟；让枪口，对准荒唐和愚昧；再打开所有的鸟笼吧，滴翠的浓荫里，不能没有鸟儿自由的鸣叫……

我想起那道小学生的智力测验题——树上有一群鸟儿，打落了一只，还剩下几只？

是的，还能剩下几只呢？

（选自《人民文学》1985 年第 9 期）

谢明洲

谢明洲(1947—),河北任县人,现居山东济南。著有散文诗集《蓝蓝的太阳风》《空酒壶》《更高处的雪》《风景掠过》等。

如果下雨

风铃如雾,惊醒鸽哨的羽毛,始祖鸟的影子潺潺流响
一根扭曲的坐骨神经,准确无误地推测出四个季节。

小城无故事。
如果下雨了,那很好。
一滴滴。

古彩陶频频出土。月之清泪颤巍巍砸中狗尾草的宁静。
一滴滴。

摘一枚青青的山杏。无花也香,有花也香。
洞穿雨帘,虎皮斑纹贝在吟诵螺号的连续剧了。
有帆自我的海域驶向你的海域。
西线多故事。

如果下雨了,那多糟。

一滴滴。

原来是一场荷花雨。

滴夜为深湖。

滴晨为睡莲。

无形状的记忆成为枯叶时它在彼岸。

你的瞩望如出土的古彩陶不再安于寂寞。

无故事却多故事。

如果下雨了,那多好。

如果下雨了,那多糟。

一滴滴。

一泓泓。

淅淅沥沥逝去几多时光几多忧愁几多爱。

荣　辱

夕阳遁逝在远山的背后。继而是

飘忽不定的蓝色渐稠渐浓;

继而是飘忽不定的鸦噪渐稠渐浓。

许多旧事许多悲欢许多荣辱就这样和阳光一起走远了。

却有另一些旧事如同夜莺的歌吟,美妙而不可企及,让诗人在漫漫长夜里继续自己的创造与想象。

久违的月光高悬在千里之外。

故土的村庄在相思里一年年消瘦。

唯有彷徨、困惑、退缩与追逐功名,切不可与之为伍。

用心,用激情和才赋,把那些沉默的字词一一点亮。

疏疏密密的日子。

疏疏密密的花开花落。

找不到海市蜃楼,找不到天堂和伊甸园,只有歌抑或泪。

所幸所幸,尚有那些岁月的蚀刻如同一些水晶的提示。

我知道,荣辱之鸟曾经飞越了三月的花蕾。

也曾经占据了一个又一个的庭院高枝。

当然,它也曾飞临我的窗外,它也曾带给我一些满足和惊喜。

对于它我至今依然心存几分感激。

只是不可以对它有太痴情的迷恋,否则,它便会伤害生命。

就像有时婚姻会伤害爱情一样。

就像有时水会伤害庄稼一样。

就像有一些花朵会伤害春天一样。

薰衣草

又一次写到这紫色。

不是紫藤的紫色,也不是梧桐花的紫色。

是紫在记忆中的,永不褪去的紫色。

是薰衣草的紫色。

一种纯而高贵的紫色，弥漫在天地之间，弥漫在诗者的想象力所无法企及的高处。

不忍采撷的，诱人、迷人又醉人的斑斓花意。

热烈且淋漓的柔美。

这些紫色的花朵，像一程打开黑夜之门的曙光，像一程打开忧郁之门的爱意。

又一次写到这紫色。

写到这薰衣草。

它的香馨与滔滔无岸的美，在诗者的案头，开出了柔而晶澄的诗句。

（选自《风景掠过》）

张庆岭

张庆岭(1948—),笔名木水、大白,山东齐河人。著有诗集《张庆岭抒情诗选》,散文诗集《时光之约》《追回的太阳》,诗论集《悬空阁说诗》等。

喜欢慢

把心收一收。
把肺叶敛一敛。
重新回到——深呼吸。

喜欢慢。慢慢地吃,慢慢地喝,以步行的速度告别饥饿。慢慢地说,慢慢地做,慢慢地靠近真理,慢慢地抵达平静,再也不让惊喜吓着自己。

喜欢慢。就让畅想与欲望一刀两断,就让刚刚射出去的子弹退回到弹夹,就让已经爆炸的原子核,飒然变成美丽的烟花——就像把一场涂炭生灵的战争,幡然改编成一次丰富多彩的游戏。

喜欢慢。努力让纷争慢成友好,天涯继续天涯。
灾难成为梦境;
永别变得遥远。

一朵花儿决定不再开放

也许是因为，她想起了前世。

被紧紧咬住的芬芳，将全身膨胀得十分圆满，看来，她已下定决心不再开放。

她的样子，不像是傲然，而像是忏悔，更像是对这个世界的敬畏。

春天走后，夏天又来了……

一朵花儿，让自己想了很多很多，唯独没有想起自己的美丽。

那些水

那些水，来自黄河，而黄河来自天上，那些水出身高贵。

那些水，在一条河里流淌，夏天高涨，冬天冰冻，正好等于一个人的心情。

那些水，身边布满大小不一五彩缤纷的卵石，两岸长着花树，以及大片大片的人工草。

那些水，有着美好的命运。

那些水，多么平静，仿佛在等待着

一场暴雨的来临。

（选自《2016 中国年度散文诗选》，《大沽河》2016 年第 3 期）

桂兴华

桂兴华(1948—),浙江宁波人,现居上海。著有散文诗集《长长的街》《南京路在走》《新年酒吧》及诗集、报告文学集10余部。

南京路在走

拥挤的脚步,在没有休假的南京路上走。

走向广告里飘散着的香气和有电子音乐伴奏的柜台。

走向——各种各样的挑选。

在这数不清的匆忙中,我发现:

我那座曾经生活过的深山里的小村;

那座远离了商店货摊、只有凭隐约的汽车驰动声来冲破长年累月寂寞和幽深的小村,

也在南京路上走!

小村气昂昂地,来采购南京路了!

偏僻,来采购繁华了!

闭塞,来采购开放了!

套着蓝莹莹牛仔裤的南京路;

敞着黑漆漆皮猎装的南京路；
涂着口红的南京路，
在走向曾经将一件土布衫传了三代的小村了！

作为纪念；
作为礼物；
南京路，作为一种荣耀，在走向来自田野的拎包和挎包。
而当南京路走到不断起步的小村，它也会发现：
有更多的新颖和风流，在等待它学习。

只有走动，才有生气啊。
流行色，不仅是时髦的衣衫，更是竞争中的互鉴。
沸沸扬扬的生意里，出现了橱窗里标出的“新潮”。
一步跨入明天的南京路，在走。
带着新染上的乡土色，在走……

写于 1984 年，上海

（选自《青春》1985 年第 10 期）

跳崖人

纵然已经跃过了 100 次危险；你还是选择了第 101 次凌空一跳。

旁观者越多，你的姿势就出众。

是的，任何表演都需要观众。

倘若在无人喝彩的时候，你还能抖开受伤的翅膀；

那你就不是一只小小鸟了。

（选自《散文诗世界》2017 年第 4 期）

倪俊宇

倪俊宇(1948—),海南东方人,现居海口。著有诗集、散文诗集《岁月的涛声》《椰岛绿风》等4部。

乡间的水车

咿呀声声,最早擦亮田野上的曙色。

这其实是一首民歌的源头。谣曲的浪花,总翻卷在乡村时间的河流上。

一双双泥脚,把一代代的河水踩上坡来,把一代代的汗水引向庄稼的痛处。

水车,站在干渴与翠绿之间,让农事的细节哗哗作响。

当草帽从男人的头转到女人的头,清爽的民歌,就如绿荫间的鸟鸣,一瓣一瓣馨香起来……

车出的水,流成乡亲们的额纹。

这咿呀咿呀间流出的水,以滴状的光芒,滋养田野的情感……

让一双双燃着血丝的眼睛,都波光潋滟。

(选自《星星》2009年第1期)

大漠孤烟

一

这可是摩诘先生点燃的那一缕么?

落日,在千年胡杨的虬枝上,发出一声泣血的惊叹。

朔风横吹。谁在瀚海长天,狂草一段段传奇……

二

闪烁着一路燧台烽火的长鞭,将重重关山甩在尘烟后面……

画角,吹断最后一行雁声。

风暗沙尘。云压天低。唯有烟火一缕,与吻冷将军铁衣的半轮冰唇,噫嘻交谈……

三

战事,在缺损的剑光上,冷却。

铁马腾起的前蹄,悬着霜月的泪滴。呼唤柳色的羌笛,早隐在时光之外。

飘散的灰烬,能在哪一页史册里寻觅?

四

追赶季节的脚步，叩问河川丘壑的密语。

狂暴的风沙，没有折断跋涉在骆驼刺尖上的倔强目光。大漠深处的苍茫，湮没了蹒跚的背影……

孤烟，一柱。那是留给身后岁月的叮嘱。

五

一锤晨风暮雪，一袋石语碛色。沉重的足音，仍在回应远方那一声声呼唤。

飘动的篝火渐熄，烘不暖几个昼夜的疲乏与饥寒。

终于，双眼阖灭星光。却分明看到，滚滚沙尘背面，有钻塔灯光，在闪烁……

六

一行竖排的诗句，沿着汉风唐韵的节律，将慨叹与豪啸，写上沙海穹天。

一柱烟，一炷香。祭奠剑气与雄风。

（选自《星星》2016 年第 5 期）

王幅明

王幅明(1949—　),河南唐河人。著有散文诗集、理论集《男人的心跳》《美丽的混血儿》及散文集等10余种。

紫色浪漫

数不清的薰衣草,高扬着写满爱字的面孔,诱惑着每一位游客。

哦哦,这里不是普罗旺斯。并非地中海沿岸的异国风情。大河之南的一块滩地。流淌着诗经乐府唐诗宋词余韵的母亲河,流经一家现代气息浓郁的薰衣草庄园。

波涛般起伏的薰衣草花海,涌动着阵阵紫色风情,向游人袭来。

久久压抑的浪漫,在此处决堤。

人们误解了紫,好像紫是红的升级版:红得发紫。

红是原色、单色,热烈,唯我独尊。紫是合成色,红中有蓝,蓝中有红,两者相互依存,相互包容。红,产生冲动;紫,滋生浪漫。

空气里弥漫着薰衣草的花香。

你们好吗?我问候每一棵薰衣草。

当我蹲下身来，才发现薰衣草也有多种模样：狭叶薰衣草、齿叶薰衣草、蕨叶薰衣草、四季薰衣草、西班牙薰衣草，她们都异口同声地回答：

等待爱情！

这里是情侣们的天堂。让梦想飞翔的天堂。

望着古老的金德代克风车，梦想也像花丛里的蝴蝶一样翩然起舞。

我听见薰衣草在我耳旁悄然低语：

只要用力呼吸，就能看见奇迹。

世界很大，也很小。天地世界只有一个，人间世界却有无数。

一个男人，手牵着心仪的女人，走进一幢童话般玲珑的教堂。

新的世界，从此诞生。

（选自《中外散文诗60家》，河南文艺出版社，2016年）

因为诗歌，人们记住了淇河

因为诗歌，人们记住了淇河。

奔腾不息的河水，翻滚的全是诗的旋律。三千年的浪花，凝结成一望无际的诗歌长卷。

河的尽头，有一本名叫《诗经》的大书，关于淇河的诗，多达39首。

三千年前的谣曲，今天诵读，依然让人惊讶，心跳。

淇河两岸，曾是邶、鄘、卫三个古国的土地。淇水养颜，盛产美女。茂密的竹林和桑园，成为年轻人谈情说爱的天然屏障。有大胆缠绵的表白："期我乎桑中，要我乎上宫，送我乎淇之上矣。"也有负心爱情的咏叹："送子涉淇，至于顿丘。……不见复关，泣涕涟涟。"

更有远嫁的女子急速赶回，忧心故国覆灭："载驰载驱，归唁卫侯。驱马悠悠，言至于漕。大夫跋涉，我心则忧。"

一条河的尽头，人们记住了用诗歌改变历史的许穆夫人。记住了淇水的神奇："淇水悠悠，桧楫松舟，驾言出游，以写我忧。"记住了对无耻之徒的诅咒："相鼠有皮，人而无仪；人而无仪，不死何为！"记住了礼尚往来，投少报多的待人之道："投我以木瓜，报之以琼琚。"也记住了远古女性心中的偶像："瞻彼淇奥，绿竹猗猗，有匪君子，如切如磋，如琢如磨。"

一条河的尽头，流淌过多少难忘的故事？

感谢先人，用诗歌记下远祖的朴素与丰富，一个伟大民族的基因。

（选自《人民日报·海外版》2016 年 9 月 29 日）

黄亚洲

黄亚洲(1949—　),浙江杭州人。著有诗集《行吟长征路》《密密的小树林》,长篇小说《日出东方》及小说集、剧本集、报告文学集等。

经幡,精神之树

这些高大的经幡,是精神之树。

九寨沟每一朵水花、每一块卵石、每一粒草上结出的籽,都拥有一种向天所说的渴望。

于是经幡像云杉一样生长了起来,长成彩色的树林。携着经文的红色幡、黄色幡,并肩而立,尽量接近天空。风诵读经文的声音,一律由大大小小的瀑布发出。

都说九寨沟的山水是有灵性的,也许,那几块遭受扑打的天空,就是灵性的来源。哦,我的藏胞兄弟,你们早就找到了天与地的通道,你们用种植完成了一切。

树珊瑚

海子多情,把一切死去的树木都搂在怀间,将其搂成珊瑚。

死亡呈现出了美丽。他们的眼睛闭得安详，只让细细的小鱼拨弄他们的眼睫毛。

拨弄他们的阳光。阳光钻进水晶，在水晶的底部抚摸他们。

树身呈白色、赭色和青色，互相交叉着，列成神秘的象形文字。阳光就这样读着文字，读得耐心而细腻，这种阅读的方式反映在水面，就是波纹。

其实九寨沟是不存在死亡的。飘展在海子边上的经幡可以作证，神秘已经把永恒的生命赋予了这里的一切。

永恒之路其实很单纯：树木进入珊瑚，珊瑚进入文字，文字进入经幡，而经幡在风中呢喃的时候，无始无终的天空便明白了一切。

情欲之水

由于晶莹得厉害，总觉得九寨沟的水是带着情欲的。

她们总是走得这样匆忙，在你身畔和你手指缝里哗哗哗地过，树根、卵石和苔藓都留不住她们。除了去赶一场约会或是盛典，我想不出她们为什么这样快乐和慌乱。

况且她们又是这样年少和洁净，身上没有一点刻痕。每一回小小的转身，她们就会不经意地裸露洁白的体肤，仿佛裙衩掀动。几只闪亮的小鱼儿，是她们头上的发卡。

她们那种尖喊声也是我经常听见的。她们疯叫着投入了下去。落差和岩石一齐用力，把她们的晕乎乎的笑声抬到很远的地方。

总觉得九寨沟的水是属于爱情的。她们怀着抑制不住的欲望而蹦跳。那种尖叫、撕裂和欢笑，使九寨沟每天都保持着灵魂。她们那种晶莹而透明的状态，让我们感受到爱情的伟大和奥妙。

（选自《散文选刊》2005 年第 3 期）

叶　梦

叶梦(1950—　),女,原名熊梦云,湖南益阳人。著有散文集《湘西寻梦》《灵魂的劫数》《遍地巫风》及长篇小说多种,作品被多次选载,收入多种选本。

静夜的烛光

夜沉下去,沉成一片死寂的黑海。

我尖起耳朵听:没有任何声息。

我的目光跳进这黑夜的深湖,划不动这胶冻般沉重的黑汁。

我抽出我冰冷的双手,点燃起一支蜡烛。白生生的烛光一滴一滴溶解着夜的黑,浸染出一片闪烁的光明来。

我对面的镜中也点燃了一支蜡烛,也坐着一个女人。她正以死鱼般的眼睛注视着这个沉默的世界。

我注视着镜中那个不笑的女人,想从她的脸上读出一点秘密来。

这个女人从哪里来,到哪里去?

她静静地坐在黑夜的烛光之下,等待着什么?

我在心里一遍又一遍地问。烛柱一点一点地矮下去,一大滴烛泪沉重地跌落下来。

那个女人依然一副冷漠的严肃。

渐渐地，那女人头上开始有了根根白发，烛光里闪出一丝丝毫光来。

她的眼皮儿疲倦地垂下来，烛光读出她眼角细密密的鱼尾。

她突然疲倦地打了一个长长的哈欠。四周的黑暗里惊起恐怖的回声。

一阵风吹来，烛光一惊一跳。

一滴又一滴蜡泪急急地跌落。

烛光吱嘎吱嘎地响着——

那是生命耗散的声音。

（选自《中国散文诗大系·湖南卷》，广西民族出版社，1992 年）

李小雨

李小雨（1951—2015），女，河北丰润人。著有诗集《雁翎歌》《红纱巾》等。

断　碑

一切都消失了，只有石头还存在。

歪斜着，交错着躺在一起，像风雨剥蚀后留下的触目惊心的白骨。

断背上的字迹模糊了，那记载着无数功德的显赫历史呢？甚至没有青苔、没有生命附在这断碑上，只有杂草茂密地长起来——为了掩遮一个时代。

是那样的白！是风雨洗刷得太久的白，是静悄悄的失血和死亡的颜色。阳光下，那花岗岩闪着永远凝固的惨白的微笑。

……一切都消失了，只有石头还存在。

白色比黑色更空茫，我们该用什么颜色去涂染我们的历史呢？

屹　立

啊，这废墟上高高耸立的一根石柱！这石柱，歪斜地俯瞰着脚下大片断碑的残骸，上端还横着一块悬空的石块，它可曾感到过沉重?

我知道那个风狂雨啸的夜晚。它屹立在残破的地基上，沉雷高声呼唤着那早已不复存在的一切，而它的回声，又是那样凄惨，那样悲壮啊！我想，假如不是一个顽强的信念像一条埋在深土里的巨大的根紧系着，它一定也会炸裂开，倒下去，疯狂地拥抱着这片焦土，因为在它的心里，早已容纳不下这太多的难言的痛苦了啊!

如今，那伤口仿佛永远平复了。它就这样屹立着，一百多年了，已经忘却……但不！我分明看见在风雨交加的日子里，当灰色的闪电一条条抽打在它身上时，它重又复活了！披散着头发，两手举向天空，它在高喊着:为了证明这一切都已死去，我愿在风雨中孤零零地屹立!

——啊，人们！今天以至永远的人们，你们都看见我了吗?

（选自《十年散文诗选》，作家出版社，1987 年）

舒　婷

舒婷(1952—　),女,原名龚佩瑜,福建晋江人。著有诗集《会唱歌的鸢尾花》,散文集《心烟》等10余部,《舒婷文集》3卷。

无　题

一

一只小鸟,落在窗前的柴扉上。它也斜着眼睛,偏过脑袋,时时扑拉双翅,向我唱了又唱。

是告诉我飓风过后覆巢的忧伤?告诉我道路逐渐干燥,而且已走过一位捉蜻蜓的小姑娘?还是告诉我遥远的雾水、遥远的村庄?

我听不懂另一个国度的语言。

于是,我拿出我的小本子,握紧拳头,涨红了脸,朗读起我的诗行:灯笼花;礁石上的月光;映在宝蓝色天幕上那尖顶与圆顶的楼房……

我寻觅那小鸟,它已不知去向。

我这才明白:在那最好的时刻,我们只该默默相望。

二

还是那只鸟。

它不是已经飞走了吗?

可是,晨间在林荫道上,它颤悠悠的啼声洒下,如含着露水的清亮的阳光;傍晚它在我头上做花样飞行,像热恋中的少女经过心上人面前那么轻盈、自信。

夜里,不知在什么地方(也许就躲在玉兰树上),它芬芳的歌声像无数小蒲公英,轻轻降落在我的梦中。

我醒来时想:我们把它叫作飞鸟的东西,更像一种无所不在的欢乐。

三

我摆好纸和笔,做出诗人的模样。

我的心是捕鸟机,就安放在柴扉上。

早晨像无猜疑的孩子蹦蹦跳跳过去了;日午喘着气,不情愿地挨过去了;傍晚时分,我哭了。因为那柴扉上,除了枯萎的白玫瑰,什么也没有。

突然,在我心灵深处,响起了那熟悉的歌声(人人的心,都可能成为一只神奇的八音鸟吗?)我们把它叫作欢乐的东西,也像飞鸟一样有自己的性格。

(选自《福建百年散文诗选》,海峡文艺出版社,2013 年)

回　答

我相信我们在另一个世界见过面。

是一对同在屋檐下躲避风暴的小鸟？是两朵在车辙中幸存的蒲公英？我记得我是古老的大地，簪着黎明的珠花；你是年轻的天空俯身就我，垂下意义无限的眼睛。

一戴上假面，我们不敢相认。

我相信我们还有其他未泄露的姓名。

你是梦，我是睡眠；你是巍峨的冰峰，我是苍莽的草原；你是躲在受辱的土地上不屈的弗拉基米尔路，我是路旁履着绿苔的一汪清泉。

在我们以颜色划分的时候，我们彼此不信任。

我相信我们都通晓一种语言。

花钟喑哑的铃声，陨星没写完的诗，日光和水波交换的眼色，以及录音带所无法窃听的——霞光嫣红的远方给予你我的暗示。

如果一定要说话，我无言以答。

1977 年 1 月 24 日

（选自《心烟》，上海文艺出版社，1988 年）

刘松林

刘松林(1952—),河北任丘人。著有诗集《纯情的羽翼》《玫瑰的光晕》《梦里平原》等。

礁　磐

花环与光环不属于你,你在时尚之外。

喧嚣与轰动不属于你,你在风景之外。

却魏然挺立于时间深处。面对着远空的霞霓,面对着满天星云,似一位虔诚不二的清教徒,默默无语地,承纳着清冷与寂寞。

你最撼人心魄的语言,是无语。

苦难的承受者。冷冷的风雨尖利地抽来,你不退缩!尽管你伤痕斑斑的身上,鞭迹已无法辨析;排天的浪涌汹汹地压来,你不退缩!尽管你遍体的苔黑,早已似结痂的血污。

却让最绚烂的花束、最晶莹的花束,在你脚下常开不败。

斑斓的梦,是一束花。痛苦是一束花。磨难是一束花。搏击是一束花。寻觅是一束花……

熬煎之香,过程之香,涅槃之香。

一座天国的花园,春天的花园,七彩的花园,芳菲馥郁,四季飘香。

以你无与伦比的韧劲与承受力，矢志不移地固守着内心的那片净土与纯粹。

回　家

那是一方莹洁碧澈的水晶呵。

你以自己独特的方式昭示着你的存在。

连天的风暴亮开你执着的追求，一座灯塔在无边的暗夜里展开生命的意义：让漂泊的心灵、迷途的桨橹、寻觅的帆樯，驶入鱼肚白的港湾和黎明。

在钢铁与水泥矗起的隔膜之间，在物质与物质凸出的冰冷之间回家；在疲惫无望的徒劳奔波之间，在被折断的翅膀之间回家；在殷殷渍出血珠的伤口之间，在纸一般单薄与苍白的灵魂之间回家。

回家，回那个家。

回家，遍地的芳草和无边的庄稼叶子，就成了你纯净的颜色和呼吸；弯弯曲曲傍村而淌的小河，就哼成了你自由自在的谣曲。在阳光般温煦的目光里，任你推开任何一扇门扉，迎上来的，都是善良宽厚的长辈和亲戚。没有面具，没有顾忌，在真诚滚烫的茶水里，任你海阔天空，云山雾罩，将忧虑喜兴与新奇，将你的五脏六腑，吐出来。

回家，在一张张熟稔的面孔与情节里，你瞥见了一剂剂苦口的良药。在乡音浓浓的叮咛里，行路中就感到了那副语重心长的手臂。那方鸳鸯戏水的花手帕，是张永不失效的船票呵，展开它，千里万里，你也能一下飘到她的心坎里。她，总是那般脉脉含羞，手里捧着柳笛与花露。在剪着喜鹊登枝的窗棂上，在宽阔明亮的土炕上，让你一下子懂得了什么才叫：有福！

回家，循着母亲摇篮曲里那条柔柔的路径。

回家，循着夏夜里草尖上萤火虫挑起的那盏灯。

在月色一样柔和春日一样温暖的大掌里，在心灵那个舒适惬意的支点上，先让我，先让我丢掉所有的行囊与道具，像那颗掉落于大地的无力的果子，美美地，美美地合上松弛的双眼。

（选自《中国诗歌年鉴·1996卷》，1997年）

阳　飏

阳飏（1953—　），祖籍天津。著有诗歌、历史文化随笔、艺术评传《阳飏诗选》《风起兮》《风吹无疆》《墨迹·颜色》《中国邮票旁白》《百年巨匠：黄宾虹》《左眼看油画》《右眼看国画》《古遗址里的文明》等多部。

青藏旅行日记（节选）

9月15日

车过西宁。过湟中，我想起塔尔寺，想起出生于此的宗喀巴大师。

翻过日月山在青海湖边洗手洗脸的宗喀巴，看见落日像盏酥油灯，天空是释迦牟尼佛祖侧过去的脸吗？

宗喀巴知道，那远处正是他要去的地方，那远处也正等待着他——像等待一个时代的良心那样。

远处也等待着我们。

今夜，我们要做一群不长翅膀的水鸟了，栖落在青海湖边。

青海湖，用你给历史把脉的手催我入眠吧。

9月16日

青海湖，或是神的宗教——那么蓝，人怎能读懂？

一群羊，一群牛，三匹马，其中一匹红马披散着长发，好似一堆燃烧的炭火，它的身体里谁正坐着取暖？

是谁——由雪、空气和一朵青海湖边的马莲花组成。

茶卡。都兰。香日德——太阳眼睫毛上的又一滴水珠。

青藏公路尖锐而锋利地插向前方，仿佛一把闪着寒光的藏刀——劈开察尔汗盐湖。

白得刺眼的盐是哲学。

一辆辆拉运盐粒的卡车就是迈着方步的哲学家，正在把哲学背回家去：

夜宿格尔木。

格尔木—— 一颗星两颗星，远方人把第几颗星看作是你呢？

像是借来的一样，格尔木小心地闪着光亮。

9月18日

唐古拉山口。海拔5231米。我看见一群白羊，奇怪的是没有一只黑羊——谁的安排—— 一个个羊绒团似的骨碌着，给人一种温暖。

雪又下起来了，大自然加加减减然后只剩下了雪。

安多。那曲。当雄草原。有家乡人从闪电中认出了格萨尔王那白银和火焰的下颏。

谁在天空打扫着乌云，想着天空晴朗的话，就可以早一点望见布达拉宫金顶了。

9月20日

罗布林卡满园的落叶，叫人怀疑是不是拉萨的秋天全都集中到了这儿?

夏天刚刚过去，罗布林卡这座夏宫就只剩下落叶了。

那位开门的僧人将会从落叶中走来，不过是在规定参观时间的半小时以后了。他数落叶去了吗?

这儿没有时间，顺时针的都是转经的人。

哲蚌寺。

经幡飘拂着。山上画有宗喀巴彩色头像的巨大石头似乎摇晃了一下，像是被谁轻轻吹动的。

向一少年僧人询问，他用混杂着汉、藏、英的语言拗口地回答着，随即就隐入黑框窗户的僧房不见了。

现在几点了？哲蚌寺1416年建寺，措钦大殿竖有108根柱子——但是现在几点了？顺时针转经的人不问时间。

（选自《散文诗》）

林登豪

林登豪(1953—　),福建福州人。著有诗集《通过地平线》、摄影配诗集《拥抱瞬间》等。

闽江穿榕城(节选)

一

滔滔江水,在生命疼痛时一急弯,闽江就穿过榕城。江滨公园伴水诞生了。

一座座雕塑面对滔滔闽江水,接受众多的注目礼。突然,塑像真想走下来,脱去庄严的外衣,松弛一下紧绷的肌肉。

江畔,仙光一般的桃花映红江水,一抹残阳游过,阳台上的城里人呆呆地凝视着。过了好一阵子,明白春天早已来临了。

月夜,男女青年踏着岸边的波光、月光,搅拌秋之苍凉,风月依旧。闽江依旧穿城过。

戳穿了什么秘密?

记忆之杯回旋闽江之水。

二

我站在阳台上数星星,总觉得天上的星星比我童年时少了许多。

把城之生命的情结，悄悄交给闽江的浪花。

站在十八层大厦的平台上，我举起军用望远镜眺望闽江边——容颜惶惶已旧的生我养我的小村庄。

看到了民谚和乡俗吗？

霜露初落的拂晓，闽江的涛韵依旧，氤氲榕城有限的空间。

伯父"卖橄榄"的吆喝声突然闯进耳鼓，我飞快地从高楼降落地面，冲出铁门，却看不到伯父了?!

居住城市的许多人亲近江水，在闽江的南面。

我渐渐地越来越陌生了故土的乡亲父老。

四

城中几十株巨大榕树，已伫立了好几百年，悠长的榕须迎风话沧桑，犹如天使的跫音。

榕树们支撑城之上空旋转的幻影。

城之光影的时速越过空间，令许多人的感觉嗅到异味，有些人为急速时间的概念忙得团团转，有些人开始改变传统的思路，有些人投射人间的剪影。新的举动如万花筒闪动。

前顾匆匆，回首徐徐。

沿江散步，潮水升腾喧哗，蒸发了高温的烘烤。我的目光追逐水面的律动，一刹那，撞击出一种光芒，透亮自己的灵魂色彩。

我被动地一个猛子扎下，蹬腿划手。江水冲濯人的灵性。

江水无法破解城之密码。

长夜已被灯光淹没。

六

穿过熟悉的街口，走进蜗居，看一眼阳台，心境折射晨光。
一个盲人踽踽在人行道上，留下竹棍的响声。
左海公园的风姿开始绰约了。
不少个性被城之大嘴吞没。有些人却悄然打开心之门。
知识分子如痴如醉了。通体透明。
一座城犹如一盘棋的残局；
一江水犹如城之清洁工人；
在月光下我邀闽江水推杯过盏。
我的视线，市民的视线，在风风雨雨中仰望。
八闽大地上的各民族升起炊烟般的情绪，交流榕城时空。
一些有识之士，全力挤压城之虚肿。
各种信息盘旋居住人的心田，眉飞色舞。
与城俱进。我听到广告正在叩门，就推开城之栅栏……
（选自《中国诗歌》2013 年第 2 期，《诗选刊》2013 年第 5 期）

王志清

王志清（1954— ），江苏南通人。著有诗集《生命场景》《心如古铜》等，文学理论专著《纵论王维》等多部。

拜访王维

想你，我病得好深。
心痛苦成一粒红豆。

我离你好远好远，我们却成为邻居，时间的驿道上，你在那端，我在这边。

索性钻入你诗的田园搭一间小木屋，傍着你的辋川别业，或者是终南山居，永久性地强占那片开阔地。

于是，我拥有了一座宁静的山，一片只可意会却绝难意会的生命星空。

线装的王维，如水如月如烟如雾的王维，与山石林泉冥化的王维，充满了我旷寥而忙碌的空间，那万象纷涌的空间，空空如也的空间。

任海风骤起骤落。
任钓舟忽高忽低。

把心旌张扬出来，属于盛唐的心旌，或者说不清属于谁。

遥望云气氤氲的终南山，那是一朵莲花，静穆澄澈而不事喧嚣的莲花，我却不能有迦叶的微笑。只能摇曳一片原始浑朴的天真浪漫的雏菊，无休无止无生无灭无忧无虑，倚着正午的阳光谛听王维的呼吸。

王维却在听蝉。你好喜欢于满目夕照鸟雀来归时听蝉。倚杖柴门外，听出了我们怎么也听不明白的禅偈，那是需要忍受连"千古隐逸之宗"的陶令都耐不了的渊默。

何必解绶归耕，何必终日闭关，何必去寻找别人的感觉，还是腾出空闲来谛听自己内在的呼声。

"行到水穷处，坐看云起时。"把有限的心性植根于无限的时空，接通了古今，也接通了王维。

想你，心如红豆。

什么时候你才发现，插茱萸时多了一人。

（选自《中国散文诗》，白山出版社，2016 年）

王慧骐

王慧骐（1954— ），生于扬州，祖籍江西上饶，现居南京。著有散文诗集《月光下的金草帽》和《王慧骐与散文诗》（三卷本）等多部。

听盲歌手唱《船夫曲》

你在唱黄河，唱黄河那扭来扭去的几十几道弯，唱那在一道道湾里左冲右突的几十几条船，唱那被浪头抛起又摔下的几十几张帆……

哦，你不是艄公，你无法在那咆哮的黄河上弄船。命运之鹰残酷地叼走了你对这个世界打探的念头。

但你好像不服，你一次次抬起被命运之手强摁下的头，一次次试图撕破他为你编织的这张黑色之网。

你呼喊黄河，你欲借助这天外之水的神力重造一个你，重造一个你的朗朗乾坤！

呵，在你气发丹田的咏唱声中，黄河加快了她的流速，且奇迹般地由浑浊一变为清亮！

你以你的歌唱和因歌唱而发光的眸子证明：没有一块土地是黄河流不到的地方，哪怕它曾经被宣判过死亡。

于是，你不再荒凉，有成群的红翅鸟和矢车菊开放于你的胸前；

你发觉你身体的每一个部位的腾动，都喧嚣出黄河那万死不弃初衷的音响与气息……

（选自《南京日报》1989 年 3 月 2 日）

冬日，车过黄河大桥

这就是你么，母亲？

这就是令我日思夜梦神牵魂系的你么？母亲！

总记着儿时，总记着我离你而去是在那年的春天。

那时候，你很美，刚刚奶了我的身子显得那么丰腴，我常常因了你透溢的馨香而久久地不肯在你的臂弯里睡去。

我稚嫩的瞳孔发现有若干爱慕的目光在投向你。当我开始意识到我就是你儿子的时候，我也就理解了关于圣洁，关于崇高，关于恒伟与宁静……

我得意，我兴奋，我骄傲，因为我是你的儿子！

……哦，如今，我回来了，从很远很远的地方回来了。

这就是当年曾给我哼过童谣，洗过衣衫，熬过米粥的母亲么？这就是当年用泪水漂起的白帆送我远行的母亲么？

你额头显现的长长短短的皱纹，你不再梳理的显得凌乱的长发，你松弛得有点下垂的乳房，你依稀发出的沉滞而沙哑的嗓音，令我整个儿的身心为之战栗了呀！

是我的母亲么？我问滚动于天际的长风，问一次次升起又一次次落下的太阳！

我感觉到你渐渐亮起的眼睛了，感觉到在那眼睛里流动的不死的母爱了！

这时候，我哭了，我跪在你的身边，抚摸你青筋裸露且颤抖不已的手背，用深藏于心的热腾腾的血在哭。

母亲！你还会回来的，我是说，你的青春，你的美丽，你的令若干迷恋者为之动容的翩翩风采！

隆冬过去不又是烂漫春光么！

（选自《人民日报》1988 年 5 月 3 日）

方 舟

方舟(1955—2016),本名方喜利,定居山东青岛,祖籍山东乳山。著有诗集《最初的感觉》《蒲公英》,散文诗集《游在城角边的鱼》《午夜的长廊》《穿过酒杯之中的醉》等。

梦 蝶

二千年一梦,蝶依旧在翩翩。

庄周眨眼朦胧,作了东方的牧蝶人。

古栎树荫下,春秋之花余香袅袅,野草萋萋。蝶一会儿在东,一会儿在西。战国之烟火,不时升起又消散。破衫草履,乐在漆园里,看守那几棵老树和几只蝶。

逍遥。逍遥。

蝶化为鲲,鲲化为鹏。鹏扶摇九万里,讥笑几只燕雀,知乎,知乎,天地之广袤也。

小可为大,大可为小。逍遥。逍遥。

冥冥之中,小可化为蝶,大可化为鹏。逍遥。逍遥。

庄周之翩翩,若实若虚,若大若小。只是不愿是头牲牛,被围在栏中供养,最后再被献祭。

二千年一梦,蝶又在翩翩。

蝶是一只美丽的风筝。有一个稚童，手牵线儿，蝶在空中飘飘欲仙。欲仙的蝶该不是庄周的那一只吧！

倾听战争

战争之步履，轻轻。沙漠之狐，一只悟透人性之兽，忽隐忽现，只露狡猾的尾巴，旗子一样，飘在大漠的尽头。

落日之后，战争之步履响起。天破一角，尔后才是大地沦陷，火光。一片狐狸的尾巴摇摇摆摆地燃烧，照亮地下一摊摊的血，烟尘笼罩。

军事家在千里之外，坐在演播室里，一边评点，一边欣赏，像面对一个艺术品或一道美味佳肴。

兽蹄残疾，黑洞洞的眼睛，尾巴和旗子，遮天蔽日。

战争之步履，沉沉。一只野性的兽，张开食人之口，在嚎，然后不停地窜动。

战争之步履，一只兽的蹄在伊甸园里窜来窜去，踩疼了一个孩子的哭声。

（选自《游在城边角的鱼》）

穿过酒杯之中的醉

三杯之后，东篱醉却也。

那日我穿过酒杯厚厚的墙，蓦地发现穿墙而过的快感，远胜过崂山道士那潇洒的一跃，墙只是一层薄薄的纸，只是一杯仰脖的爽快，在一瞬之间，我有一种飘飘欲仙的感觉。

不过时空太遥远了，蒲翁早已仙逝，崂山道士穿过厚厚的历史，醒来一看，今天已是另外一个世界了。

当皓月升空，菊花满地，人比黄花还憔悴的时候，你可否感到霜的威严，是挡不住的深秋细雨，正点点滴滴，湿了我的一片心迹。而我还坐在太清宫里，桂花树下，看你漠然的神态，朦胧在酒杯之后。

而你依旧全然不知雁来雁去的消息，不知冬天的雪在关外，正在酝酿一场铺天盖地的寒意，飘过黄河，飘过长江，再一次席卷杭城的湖。

苏堤横亘，断桥无痕，梅雪袭人。那日我站在湖畔，目睹雪花飘飘洒洒，纷纷扬扬，漫天地飘舞。

我沉醉在那场雪里如沉醉在一个女人的温柔之中。

当我面对一杯酒，面对自己孑孓坦然的一生。杯中明月，壶中春秋，胸中块垒，试问人生有几多眷念不能割舍、不能遗弃，还有几多荣光值得炫耀、值得留恋。

江山永在，人生易逝。五花马、千金裘都沽酒了，你还有什么值得将去？

一切都是虚无缥缈。一切都是真实存在。一切都是穿过酒杯之中的醉。

在瞬息之间，酒意浓浓之时，当你横身在大海的滩头，听任潮起潮落，帆来船往，幸福莫过如斯！

当你追逐着生活，穷途在风口浪尖之时，人啊，荣耀只是一朵美丽的浪花，瞬息破灭；生命只是一个短短的过程，稍纵即逝。

就陶醉在三杯好酒之中吧！就失意在三生有幸之巅峰下！那是生命的善始与善终啊。

在穿墙而过的瞬间，我已穿过幽深幽深的浪谷，穿过悠然见南山的诗意。

鱼龙混杂，泥沙泛起。跌落是一种超脱，你匍匐在深深的海底，如眠着的鲨。

墙是一道高高的门，在你洞开一道罅缝的时候，穿墙而过的是一尾疲惫的鱼，醒来一地黄黄的野菊花。

（选自《穿过酒杯之中的醉》）

韩嘉川

韩嘉川(1955—),笔名肖汉,山东青岛人。著有散文诗集《海角,亮起了渔灯》《水手酒吧》《蓝色回响》,散文集《阳光海岸》《饥饿的海》《鸟窝里的蛇》,以及纪实文学等多部。

野牛群,黑色的精灵们

从一个原生林到另一个原生林,
庞大的野牛群在狂奔。
庄严的大迁移在莽原的空旷中,
以山洪的咆哮、
土地的震颤、
热带雨林的癫狂,
——奔驰着。
留一片茫茫浮土作历史的尘埃。

驿站、古堡、埋进泥沙的累累白骨,在夕阳的熔炉里,流成了橘红的铁水;

草叶的温软、粉瓣的清雅,随弥漫的晨雾,纷纷隐入了广漠的记忆。

庞大的野牛群在狂奔。

（鼓乐疯狂地袭击着每个灵魂；在乌云的躯体中，电闪雷鸣在挣扎。

口哨四起。

大灯光以各种感情的色彩滚动。

舞台在滚动，天幕透视出辽远的橄榄绿。）

大草原吐出浑圆的太阳，
吐出赤红的牧歌；
套马杆倾斜着，
地平线倾斜着，
姑娘的衣襟倾斜着。
根须盘结着泥土，欲火激烈地燃烧。
扭曲的灌木间，风在舒展。
不规则的意念，在雪山下流溢，在繁杂的乔木中漫涌。

惊恐的蓝空以端庄，凝滞的峰巅以静默，形成恐怖；逼使黑色的精灵们狂奔。

庞大的野牛群艰难的迁徙，使世界盈沸。

（圆号号叫着，抓痛女人厚重的胸腔，于是，肌肤为婴儿们抖动。

高原老妪嘶哑的喉咙被春风刮得花花绿绿；
窑洞，半闭半睁，窥视着黄河、
黄麦、
黄黄的土地，

黄花女。

头颅，在一排排座椅上组成城堞，堞口露出一双双干涸的眼睛。

——古琴弦荡起黄土高原的诱惑，撕扯着观众。）

大群的黑色精灵们放射着；

从一个幽密的绿色群体到另一个幽密的绿色群体。

葛藤、蛇、涧溪在默默地伸展。

（阴森森的思绪，在幽暗中伸展。）

阳光、风，在小心翼翼地伸展。

（观念，在陈迹上开拓。）

背负着曙光之血、瀑布的脉律；背负着女婴的新啼、意念之泉；

野牛群，以溅血的蹄印扣动着莽原。

奔驰，填充着空间、距离。

庄严、艰难的大迁移；庄严、艰难的一段历史——庞大的野牛群，黑色的精灵们在狂奔。

——有感于现代舞蹈

（选自《海角，亮起了渔灯》，青海人民出版社，1989 年）

夏日午后的意识流

竭力从无意识中醒来，

海潮和着混浊的市声，顿时漫上阳台，漫入落地窗（她还嗅出几分织布机零件碰撞的锈迹，混在里面），将汗湿的发丝上，那几缕不安分的气味，挤进了房角，压入了地板缝的陈旧。

太阳，却依然无所顾忌，将蛋黄的芳香，涂上尿布，涂上橱子里的葡萄酒和婴儿嘴角的涎水（这是梦的汁液，是他第一次啼哭后所流露的无意识）。

而海潮和市声，似在共谋着一件事；

却唤起了她每个神经末梢的痛感。

（走出车间的姑娘们，一定是又以梭子拉出纬线的方式，进行思维，在浴场，反复同道道白浪讲和；而楼房们，也还是用上个世纪的投影，所散发的霉湿气味，将她们淹没。）

到处都是陈腐的气味。

连丈夫那做了爸爸的笑，也是褪了色的；却仍旧浓烈，插在花瓶里，同菜籽油烧焦的气味混在一起，使她头脑昏昏陷入梦魇（赤裸着，仰卧在溪水中，被山林发出的岁月的吼声，沉重地压迫着）。

痛感，混入尘嚣，阵阵撕裂着下午。

（她那八台织布机，隔着二十二条街道，远远地提醒城市女人的价值；而乳汁，却又使她从胸围涨出了原来的尺码，）

海岸和都市，亦共谋着一件事，他们也想打开自己；像她常常在丈夫身边走神一样。（乘他还没有提着鸡蛋和饱含道义的微笑踏响楼梯，她将意识们放出去，悄悄嗅了嗅阳光的蛋黄味儿。）

其实，海岸和都市的潜意识，本来就是打开的，譬如：这些气味的自由流动……

（选自《十年散文诗选》，作家出版社，1987 年）

过松潘

没有羌笛的幽怨了，却依然会想起那位诗人。

诗人饿着走在街上，兜里有不流通的货币，羚羊角和牦牛头凭诗是不能交换的。尽管有个女人曾穿城而过，而苞谷依然遥远，青稞依然遥远，酒在女人脸上绯红的酒窝里。

灰色的城墙坍塌了，在修复；松潘没有破败，诗人依然幽怨。

诗人饿着在街上行走，街上有刀和草药出售。

羌人在打制银质饰物和酒具，少女将歌声含在红唇里，镶银的靴子将街道踏得很疼。中午的阳光有些慵懒，街市亦慵懒，而马蹄依旧穿城而过。

有一哨人马啃着皮带走过的日子，空中下着雨。雨水濡染着城墙和那哨人马的衣衫，于是都灰蒙蒙的了，青稞在远方，酒在那哨人马奔去的地方。

因此，便疑惑那哨人马只是一段岁月，就嵌在了松潘的城墙上。

松潘的城墙一定很累了，走到这里的路很长很长，是诗人可以吟出不少佳句的距离，吟得累了就只有将手揣了口袋里，默默抚弄那些语言，掂量其作为货币流通的意义。

想买一管羌笛的人很多，却与诗人已经没有了关系；而牦牛肉和酒在什么地方，诗人也常常忘记。

诗人饿着走过松潘古城后，路就变得更长。

（选自《中国诗歌年鉴·1994年卷》）

潘永翔

潘永翔（1955—　），黑龙江海伦人。著有散文诗集《心灵之约》《时光船》，诗集《红雪地》《灵魂家园》《穿越季节》等。

母性的松嫩平原

镜子照着黎明梳妆的少女，铺展秀发，三千乌丝缠绕着母性的阳光。夜晚，篝火不断，抚慰远方跋涉的身影。羊草一岁一枯，严寒总是在牧羊人的鞭梢呼啸而至。大雪平铺直叙，情节隐藏在深深浅浅的车辙里。

在水之滨，在秋天之上，走来我美丽而善良的新娘。喝松花江水的新娘，头戴打碗碗花，在月光如水的夜晚，把平原照亮。

在滨州线上，在火车的奔驰中，我看到母亲站在阳光里，平原的风梳理白发，雨水正在滋润她那渐枯的容颜。

此刻，平原正值怀孕季节，狗尾草，蒲公英，马兰花以及上空盘旋的鹰，草丛中酣睡的狐狸，都自由自在地成长。

母性的平原啊，养育一代又一代传说的平原，正在养育谁的声音？

雄性的松花江

拐过九十九道弯的松花江,依旧在平原的怀里奔跑。船工的号子在水里开花,岸上的身影把江养大。

开江的怒吼,洞穿古老的河道。狂乱的马蹄踏响,两岸曲折的风光。

雄性的松花江,突破苍鹰翼下的阴影,在春季的某一天,与父亲不期而遇。

芦苇,柳树,水鸟,召唤着朴素的情感。羽毛的记忆,在晨昏中凸现。

宿命的江啊,你的浪花岂止染白了父亲的头发,也染白了兴安岭的雪峰。父亲的影子投在弯曲的河道上,绷直的纤绳能否再一次牵出绝世的风景?

在营地,在旅游者的梦中,松花江以及两岸的庄稼,正拔节灌浆。

一个丰收的季节,颂词与挽歌中,在父亲的目光中一天长大。

(选自《散文诗》2006 年第 4 期)

王剑冰

王剑冰(1956—),河北鲁山人,现居河南郑州。著有散文集《苍茫》《蓝色的回响》,诗集《日月贝》《欢乐在孤独的那边》,文学理论集《散文时代》和长篇小说《卡格博雪峰》等10余部。

我看到了成吉思汗

一

我看到了成吉思汗,他依然在草原上驰骋,骑着他的快马,一日飞行千里。他的马鞭指向哪里,哪里就一片欢腾,那是草的欢腾,神的欢腾。

我看到了成吉思汗,在草原牧民的歌声里,那歌声带着眼泪,滚滚流在一个个酒杯中。

成吉思汗啊,我在草原上狂奔,我知道你在我跑过的每一处,我呼唤着你的名字,就像呼唤着风雨雷霆。

二

一场大雨来临,大雨之后,草原只会更加丰满美丽。那是你的女人，你的血脉。

成吉思汗啊，草原的雄鹰，永远高翔于世界的苍穹。我张开臂膀只是知道歌唱。我唱不好，但我还是放开嗓子，因为我来到了草原，来到了天苍苍野茫茫的地方。

让我就这么奔跑下去，我不知道前面是哪里，到处都有成吉思汗的脚印，有黄河的水流，注淌着成吉思汗的辽阔和奔放。

三

我看到了成吉思汗，草原有多大他有多大，蓝天有多高他有多高，我知道草原人都那么爱戴他。

当我走进草原的时候，草原的人民手捧着哈达和奶茶向我走来，我就知道，我来到了成吉思汗的家乡。我亲切地和他们一起起舞，拉着他们的手臂，那种温暖迅速通过血脉涌遍我的全身。

（选自《山东文学·下半月刊》2016 年第 1 期）

雪落周庄

孩子们跑出来。

跑得最快的摔出了好远，跑得最慢的也趴在了雪地上，笑声由此而起。

老婆婆不敢出来走，扶着门框笑。

狗从身边钻出，雪地上起了一簇簇梅花瓣。

一只顶着雪帽子的船划动了，主人并没有拂去那雪，任由白色的小船撑过白色的小桥，轻轻地划出白色的村庄。

更多的门咿呀咿呀地响起来，即使是平时不常走出屋子的人们也要看看这雪。

全福寺的大钟猛然间响起，金色的声音将树上的雪一层层震散了，扑扑簌簌落了一层的水面，而后迅疾地消失得无影无踪。

雪赋予周庄吉祥，屋檐下的红灯笼显得格外红。

雪虽然覆盖了周庄，却没有覆盖住这里那里冉冉飘升的万三蹄髈的芳香，没有覆盖住阿婆茶楼里吴侬软语中夹杂的阵阵笑声。

游人在这种氛围里走进来，来看银装素裹的周庄，来和周庄同赏这北方来的雪。

周庄真是诱人。在自己踩在青石板上空灵的足音中，会听到自己的心像小鹿跳。

说一声，春节就要到了。

德天瀑布

这是水的梯田，不断长出珠玉，长出雾岚，长出轰鸣。

梯田一年四季都丰收着，丰收着德天胜景。

这是琼的磨盘，一层层地研，琼浆越研越细，越研越白，越研越清亮。

这是山的帘子，山想演垂帘听政的把戏，就挂起了这块帘子。

只是山在帘子后说了些什么，帘外一句也没有听见。

帘外是个自由的世界。

倒是听到一声叹：帘外雨潺潺，春意阑珊……

这是梦的床，无论白天夜晚，河一到这里就进入了梦乡。

河做梦的时候，床边总簇拥着绿草和鲜花。

那是归春的呓语。

不唯河到这里迷梦，人亦然。

李白不敢来，李白来了就会不断地说着“疑是银河”的疯话；

还有个叫徐霞客的人也一直不敢来，来了怕走不出梦境，无法进行他的漫游。

（选自《索桥散文诗》2012 年第 2 期）

王家新

王家新(1957—),湖北丹江口人。著有《在山的那边》《瓦雷金诺叙事曲》《帕斯捷尔纳克》《回答》《乌鸦》《游动悬崖》《纪念》等。

词语(节选)

当我爱这冬日,从雾沉沉的日子里就送出了某种明亮,而这是我生命本身的明亮。

冬天屹立着,一座座废墟上圆柱的宁静。而我们是在其间惊讶的孩子。

这是我的怀乡病:当我在欧罗巴的一盏烛火下读着家信,而母语出现在让人泪涌的光辉中……

静默下来,中国北方的那些树,高出于宫墙,仍在刻画着我们的命运。

自但丁以来,到帕斯捷尔纳克,诗人们就一直生活在诗歌的暴政之中;而这是他们自己所秘密承受的火焰,对此我已不能多说。

卡夫卡的饥饿艺术家仍坐在小广场上:那里并不是没有什么可吃的,但他们体现的却是饥饿本身,因此在人们的嘲笑中他们仍会将这一饥饿默默地坚持下去。

这就是玛格瑞特的那些骑手——他们穿过了无尽的群山与沼泽地,最后却迷失在大理石圆柱的花园里,在那里,他们的马受惑于一种无声的歌。

我最终发现大教堂是在巴赫的音乐中形成的:巴赫的音乐出现在哪里,哪里即升起一道无上的拱顶。

树木比我们提前到达,在冬天,树比我们显得更黑。

冬日的海,在一派霜寒中那样蓝、安宁:这仿佛是一幅永恒的梦境。但我知道,风,会再次使它昏暗下来。

乌云在街头阴沉沉地呼吸,这就是伦敦。而当它变得更暗时,艾略特的路灯就亮了。

是石头建筑了伦敦的傲慢与偏见,不过从那儿,也透出了某种人类的尊严。

我独自走下这面山坡;在孤独中我感到如此美好与无望,于是另一面山坡从我对面大幅度升起：我得到了赞美。

夜，当一盏蜡烛展开，我唯一能做的，是在它的上面行走……

在沙发、壁炉与书架之间，一束光线移动，它最终明亮了别的什么地方——当它渐渐解除了深掩在这一切之中的饥饿。

当树木在霜的反光下变得更黑时，我们就进入了冬天。冬天是一个黑白照片的时代。

（选自《中国诗歌年鉴·1995卷》，1996年）

何敬君

何敬君(1957—),笔名老河,山东即墨人。著有散文诗集《从五月到五月》《逝水年华》《亦远亦近》《谛听:阳光走过大地》及诗集、散文集多部。

苏东坡走下紫金山

(0)

公元1084年,北宋神宗朝元丰七年,盛夏七月的一天下午。

金陵。

太阳晃晃悠悠地悬在西天,迷离的光芒铺满长江,铺向紫金山西坡。

(1)

江水东流,山坡西蜒……

溽气南来,暑风北去……

苏东坡骑一头毛驴,沿紫金山西麓的蜿蜒小道蹒跚而下。

王安石拄杖倚在"半山堂"门口,怎么也看不清曾经澄净如练的长江的面目，只听到轰轰的漩涡声自天边而来。

王安石微微叹了一口气，
苏东坡的背影渐行渐远，渐模糊于夕辉和树丛之中。

（2）

骑在瘦驴背上的苏东坡向西望去，
他望见了黄州。

他知道那片泥泞里长出了一个新的自己，从此既是苏轼又是苏东坡。

苏东坡与苏轼，将交替或并肩行走于时世。

王安石也恍惚望见了黄州及黄州以外的天空和旷野。
他喃喃自语着："不知更几百年，方有此等人物！" *

（3）

王安石轻掩大门，低低地吟起："只缘身在此山中。""从公已觉十年迟。" * *……

他的心跳呼应着拐杖着地的声息。

苏东坡在江边下了驴。
驻足……

“惊涛拍岸,卷起千堆雪。”＊＊

他看到自己是一朵沉浮的浪花,一尾水中的游鱼,一粒江底的沙子。

浩浩江风灌满了他的耳朵,扯乱了他的须发。

他好像眯起了眼,敞开了衣襟……

(4)

望着长江水的苏东坡站成了一座塑像。

他想起了自己的诗行词句:“宦游直送江入海”,“有情风万里卷潮来,无情送潮归。”＊＊……

王安石在“半山堂”里坐成了一座雕像。

明天和明天的明天,是雨还是晴?

塞上秦关汉阙,江南古寺废墟。

他风起云涌的脑海飘忽起残卷般天象地理图。

他闭着的眼睛里,苏轼时而高大时而矮小,迷离而孤独。

(5)

苏东坡睁开眼,抖擞了一下身子,偏腿上驴,继续往前走去。

西天的太阳更低了,他的影子更长了。

苏东坡抬起头。

他看到了不同于黄州的景色,感觉自己从浪里浮起,如溺水者再次张口呼吸。

他会暗笑么？笑自己在浑浊的江湖里游宕却总想将须髯如戟的头颅抬伸于湖面之上么？

他在默念"再见黄州"么？

他想到了王安石此时所念所想么？

(6)

王安石一直在沉思，在自语。

……苍蒙之下，庐山不过一泥丸，我们已不识它的真面目，况波涛千倍于峰岭的宦海乎？况横侧不显而瞬息万变的人心乎？

……洞察世故练达如老夫亦难逃污泥，况一肚子不合时宜、率真如你？

……你走到了哪里？

他面壁如同注视夕阳下暑气蒸腾的大地，

黄州……汝州……黄州……如块垒充塞他的肺腑，片片悲哀在焦躁里浮泛。

他似乎看见苏东坡在苦笑，苦笑如七九天里的丝缕南风，充不满胸腔，渗不出肌体……

(7)

骑在驴背的苏东坡仍在颠颠踽踽地前行。

江风一阵急于一阵，他的须发更加蓬乱了。

他在回味王安石的提醒和叮咛么？他会在意么？

他是唱过“也无风雨也无晴”＊＊，四十八载的心田沟壑纵横已如龟裂的土地。

他是否在想土地的命运就是他此前与此后的命运？

此时斜晖中的苏东坡想不到多年后病衰中的自己。

那时他将吟“常恨此身非我有”，又吟“一万里，斜阳正与长安对。”＊＊……

(8)

身后的紫金山愈来愈远愈迷蒙，

苏东坡在一处密林里下了驴。

王安石不清楚苏东坡走到了哪里，

他知道苏轼仍将寄身庙堂，仍将关情花花草草叶叶枝枝，

他知道这个不谙水性的泳者不会上岸，将继续泅浮。

王安石知道大地上总是阴晦偶有晴，

他知道苏东坡与苏轼将跋涉于北方的风霜冰雪和南方丛林莽泽。

一路……一路……

（9）

下了紫金山的苏东坡放开了那头驴。

后来，再后来……

他穿着自己做的木屐，披着自己编的蓑衣，拄着自己折来的竹竿。

乘坐不系之舟，饮浊酒，唱大风，淋淫雨。

一颗不安分的心如网中的鱼，如透过竹叶的光，如寺院的钟鼓，如薄酒，如荔枝……

他放开的那头驴，后来自由了么？

（10）

八百多年以后，一个德国人说：

“人是悬挂在由他自己所编织的意义之网中的动物”＊＊＊

此时，我在想：

坐着官轿的苏东坡和趿拉着木屐的苏轼是一只老挂钟的钟摆或者一架悬于老树枝的秋千么？他握住过拴着自己生活的那条绳子么？

我想去紫金山的“半山堂”吃一碗东坡肉了。

会有么?

附注:公元1084年,苏东坡结束了在黄州的贬谪生活,赴汝州任途中看望了寓居金陵紫金山“半山堂”的王安石,二人盘桓二三日,泯去旧日恩怨。

* 王安石语

* * 苏东坡诗、词、语

* * * 德国哲学家马克斯·韦伯语

(选自《青岛日报》2017年10月16日)

沉　沙

沉沙(1957—　)，本名姚汝津，河南汝南人，现居北京宋庄。著有散文诗集《海的沉默》《鸟是鸟的梦》《宋庄，我的油画布》等。

花　园

我走进它时，它存在；
我离开它时，它不存在，恰似一本合上的大百科全书。

我从西面看它，它是这个样子；
我从中心看它，它是那个样子；
我从北面看它，它又是另外一个样子。

各种花很纯粹，连石子、枯枝、游人和狗也很纯粹。宇宙的尘埃暗伏在叶片上，亲戚般跳到我的头发上、衣服上。这些看不见的可怕的细菌悄悄地被我带回家。而平常很难遇到的小虫子，飞到我的皮肤上，我对它们充满了敬畏。

在一丛丛花的面前或一棵树的背后，我把憋了许久的小便，酣畅淋漓地浇洒在植物的根上，然后四处瞅瞅，是否被人窥视。

我害怕花园。她的美使我再次感到不安，她使我无法掩饰我的肉体的不洁和灵魂的猥琐。

何时大地也变得欲望难耐？几天前，花园里湖泊微波荡漾，现在完全消失了，大地之唇喝光了全部的水，也饮下了天光水色全部的美。我走在干裂的湖底，我像明白了女人一样也明白了大地的暗处并没有神秘可言。

在宋代留下的古塔上，一行深蓝色的墨迹未干，它强迫我阅读：河南鹤壁黄金明到此，二〇〇四年四月二十八日。此人轻易地获得了一种不朽的方式。

比我早进入公园的人读它，

在我之后进入的人，也会像读墙壁上的《般若波罗蜜多心经》一样，读它。

（选自《宋庄，我的油画布》）

始终有一小片蓝天

即使季节不能留，野兽隐匿，祥云飞渡，始终都有一小片蓝天，在阳光之后，把天籁投下，使我能在时间里自守与救赎。

和天使一样，那一小片蓝天不断修补光源冲塌的堤栏；

和伤痛一样，那一小片蓝天把执着于上升的撕裂视为与美好邂逅；

和沧桑一样，那一小片蓝天爱把高原上的漂泊变为可诵的诗。

我脚下的土地在动，可以生长的地方把田园搬走，可以奔驰的地方用一把锁把它锁上。树被挤出春天，鸟被拿走飞翔。我回头观看还有多少歌手在唱，除了那一小片蓝天，再没有看见一个歌手。

我随着不可见的艺术又一次后退，阳光照不到我，风吹不到我。我睁开眼最后一次看见，

那一小片蓝天在自然之上，离我那么近，又那么遥远。

我们相互望望。儿童望着儿童。

沧桑望着沧桑。

（选自《青岛文学》1995年第8期）

雪　迪

雪迪(1957—　),原名李冰,北京人。著有散文诗集《颤栗》。

长满蘑菇的河

那条河上长满了蘑菇。真的,妈妈。那条有你的手穿过的河。

我的往事缓缓流动。那个穿着红衣袄的孩子,露出白天的皮肤,提着微笑的篮子在你的水面摘采蘑菇。

不要到森林的幽暗的忧伤里去。妈妈!

和我重新回到那个童话里去吧。那个狼外婆躲在你的声音里面,露出日子的牙齿。天又要黑了。我的爱会迷路吗?妈妈。我的一去不回的童年!

你的手带着河水的声音漫入我的眼睛。

不要到晚年的寂寞的小路上去。妈妈。

蘑菇。白色的发丝间翩翩飞舞的蝴蝶。灯已经亮了。我沿着河流向你走来。童年里的狼总会死的。孩子会一路敲打着牙齿,收集美妙的声音。记忆在封闭的内心里发芽。看见无数只飘动的白色的蘑菇,载着你的晚年。

回到那间房子里去。不要站在悲哀中等待我。记住我的诗句敲击的暗号。我给你带来的将是整个田野的歌声!

在你的安宁中,我为你讲述那条长满蘑菇的河。

水

正午水面盛开的莲花多么宁静。

那水如同婉转的歌声。用它在阳光里的小小鱼鳞,碰撞缓缓行进的我的船身。

我的船,青苔在暗中与我合并。虾的小小龙须缠满我的手臂。我听见航海者在深夜对家的思念,在水面一排盛开的莲花里,看见爱人娇小的脸孔。

村庄在白莲子的果核里出现。

面孔干燥的村民,瘦长的手指叉着稻谷。

在四处溅起的水花中,我能听见羊群把他们的角,浸入暗影时的咩叫。

我的炊烟,那我赞美生活时,

从泥沙里缓缓升起的感叹。

年龄是捆扎精致的花圈。留着母亲的乳房温暖的回忆。父亲挂满刺簇的阴森的语言。

二十四个时辰我像一条鱼。

在湿漉漉的感觉里划翔。城市在文字里沦陷。白天和黑夜倾听一只鸟，绕着烟囱不住地啼叫。我的手掌铺满细碎的稻草，

周围环绕光滑的鸟蛋，

使我想起：一张张使我厌恶的脸。心哪！心！在大自然的抒情里宽容。沉进水线。跟随诗歌壮观的浪头，出来。带着与人类和好的愿望，

在阳光充足的地点静静地晒一晒。

（选自散文诗集《颤栗》）

包玉平

包玉平(1958—),蒙古族,笔名达尔罕夫、牧子,内蒙古通辽人。散文诗、诗歌作品散见《诗刊》《民族文学》《星星》《草原》等报刊。

巢 穴

我就是一个巢穴。
一些枯枝败叶,从头顶,
一直在,加筑,
——这一秋天。

一些虫蚁,蟋蟀,蝼蛄,为躲避秋凉,从渐渐发硬的耳孔,进入,用黑暗里的荒凉,占领头颅。

一行蚂蚁,与黑暗里尖锐的蟋蟀合谋,正在聚集,一口一口咬碎肉身,骨头,搬运——

这粉身碎骨的感觉,让我也初次品味了生命的异样味道。
——我,欲想即刻破壳而出,重试生命轨迹……

此刻,一些虫蚁,在意识的躯干,已搭建许多巢穴,并将秋夜

的寒凉，掩入，

塞满体内——甲虫，将一生打包，前来；到处都是虫子，在爬动，尖叫，

隐藏，低鸣——

全身，渐渐在失血，发暗，发凉——

仅此，在这毁灭感的缝隙里，我看见了我模糊的前世，

和微妙的余生。

暗夜里，一只蟋蟀的生存之道

我敢肯定：这八月的夜晚，孤单得要哭出声来，如果没有那只黑暗中的蟋蟀，蟋蟀悠长的鸣叫。

我敢肯定：一只蟋蟀，整夜磨亮的刀具，不是想杀人，就是想自杀。

——阴谋家的生存方式，你走近它，它就隐藏自己的体内，销声匿迹，

你离开它，它立刻伸出小手，磨刀——

你看它，浑身长满毒箭，将世界斩尽杀绝为快，尖利的牙齿，咬碎了多少暗藏墙角的时间！

（选自《星星·散文诗》2014 年第 12 期）

刘俊科

刘俊科(1958—),天津静海人,现居山东青岛。出版诗集、散文诗集《心灵天空》《时・光》,散文集《飘带岁月》等。

诗译《论语》

临河的暮光

子在川上曰:"逝者如斯夫,不舍昼夜。"

——《论语・子罕》

暮色在河水上起起伏伏。鸟鸣弯曲,随天空的弧度消逝。

寂寞的夫子,手杖上闪烁着黄昏的从容。孑然而立,暮光迎面而来,你捋一下胡须,那随风飘动的岁月,便被你轻轻地攥在了手里。

岸,在你的足下,风,在你的头上。对岸的树木正陷入一片风的躁动。

还是河里的流水,载着你对人类的忧愁,汩汩地东逝,连同你的目光一起漂向远方。

你以诗意的哲思,缓解着内心的痛苦。霎时间,你留给后世一个亘古不变的警醒。

你以手杖点击着空荡的时空，轻轻地说与天地说与世道人心……

暮光临河，激起你对世间的怜悯，河水潺潺，你在替谁救赎破碎的浪花。

天辽阔，水泱泱，你的额头布满了启蒙的夕辉，光照千秋。

箪食瓢饮

一箪食，一瓢饮，在陋巷，人不堪其忧，回也不改其乐。

——《论语·雍也》

井水被月光不断地加深着幽暗，那个衣衫褴褛的人，端坐在巷子深处。目光在探索，手里的竹简窸窸窣窣，风卷竹林，正摇曳出另一片韵味十足。

箪食瓢饮，陋巷里不堪其忧。雨摧楠木，杏坛下不改其乐。

你的低吟，是飞出历史的读书种子，让大地上布满了低垂的谷穗。你的浅唱，是穿越沧桑的泣血之歌，让人世间飞翔着高扬的诗意。

一箪食，你不因其艰涩而退却，一瓢饮，你不因其凉彻而畏缩。一条巷子酿造的高贵的快乐，为几千年的学子们注入了士子的基因。

历经千年又千年，那个历史中的陋巷，还是处在我们仰望的高度，栉风沐雨。风声雨声穿堂而过，没了蘸墨的屏声静气，书简卷进了历史——连同你的快乐。可那熙熙攘攘的人群,是否可以代替你那三千同窗,齐声呼唤:贤哉,回也! 回也,贤哉!

朝闻夕死

朝闻道,夕死可矣。

——《论语·里仁》

古典的阳光里,一袭长衫的夫子,长长的影子印在苍茫大地上,像一块忧伤,任风吹雨打。你是否想到了蜉蝣之生死,并由此联想到了朝代的七上八下。你是否想到了生之维艰,并由此联想到了真理的仓促逶迤。

乌云使太阳锈迹斑斑,多少泪水的冲刷啊,大地上到处都有斑斑驳驳的创伤。历史的台阶上,你历历可数那些苔痕怎样让整个社会恍恍荡荡。

所以,你用一朝一夕寻道,你用一朝一夕殉道。寻道的激情与殉道的平静,真切地溶于一声决绝的誓言。

历史总是在倾斜中醒来,嶙峋着的正道沧桑,总会在褪去了花枝招展后黑白分明。

你的弟子都知道"不知生,焉知死"的训诫,早已备好了桴筏,等你"乘桴浮于海"了。

可你总是提灯寻觅,即使两千多年的光阴飞鸟一样只留下一抹影子,我还是幻想着你该像老子一样,骑青牛而去,不知所终。

(选自《青岛日报》2013 年 4 月 15 日,5 月 13 日)

张　毅

张毅(1958—　),祖籍山东高密,现居青岛。著有诗集《幻觉的河流》,散文集《花园原址》《迁徙的鸟》等。

鼓:倾听或者怀念

其实,哲学的背影比鸟翅更短暂。

鼓声的意义,超越圣经。

在往事的深度里,岁月的手势起伏不定。一种木结构的东西舞蹈着向你靠近。这个秋天,在土地和宗教的歌声中,我把颤抖的手掌涂满酒气,等待某个时刻骤然而至。

倾听或怀念,白雪中的山水充满吉祥。你不可忘记:鼓的意境,鼓的经历,那种声音把我带到某种境界,我无法表达的感情在空旷的黄昏传得很远。

这是宗教的声音。我看见许多闪光的面孔被神秘之火燃烧,深宅里红光一片。我卑琐的手掌仿佛大风中的高粱,一节节脱落。

倾听一种声音要很好的心境,月明山远,那些束身女子纷沓而至,纤手遥指去年的挑花,红唇分开雨季。谁的鼓槌从远古直逼我的骨头？她们红色的影子如文化之鱼，把我游得波光粼粼。

这是远离鼓声的平凡岁月。我在城市被草莓气息浸透，那些腰鼓远逝，如历史大鸟，只留下雪白的鸟粪。

鼓呵，你们溅起的苍茫岁月，何时在我心中再次溅起无边的秋月、雪意和钟声。

（选自《机器时代》）

船：上升或沉没

船是这样的物体：在孤独中行驶。在沉默中感知大海。

顺流而下或逆流而上。水上的方式别无选择，上升的云与沉落的船互为背影。

而我在岸边，用忧伤的手臂捞你，在波浪之上。

而隔着雨幕，我干涸的眼神只能与船的背影遥遥相对，只能从鱼骨的质地感受海的幽深。

船呵，每片海都是一种梦境。一艘船使生命苍茫，

一艘船涌起白雪的浪花，一艘船永远沉在海底。

那会儿东部正在下雪，那会儿我正在无语独立。

一切都在赶着同一条路。群峰压住世界，我在雪地里遥望冬天。

而船在路上，正用大火烧沸海水。

（选自《中国散文诗90年》，河南文艺出版社，2008年）

回忆一个风暴中的村庄

那是一个下午，我在树下看蚂蚁搬家。一群黑褐色蚂蚁排成长长的队伍，匆忙地从树下往高处移动。它们黑褐色的脊背闪着亮光。

光线迅速暗淡。很远就能听见母亲打破瓷罐的声音。木船移动，声音加宽了河床，黑白分明的事物模糊了天空。

牛群的背影自草边一闪而逝，风暴以动物的速度逼近。草在风暴中剧烈摇动。一辆马车陷在泥里，马的眼睛露出无辜的神情。几只幼鸟从鸟巢坠落，它们的尸体被蚂蚁啃食。

一个孩子从雨中穿过，他的身影呈红褐色。

我不知道暴雨自哪个方向。我听到风在响。雨像夜晚迅速降临，周围的事物不经意间发生了转变。雨在大地穿行，石头被反复冲刷，露出事物的底色。

现在我在一间潮湿的房子里。一本描绘风暴的书，令我想起很多事情。

这个秋天，雾气上升，露出山川和岩石。往事如同木船在眼前移动。我感到视觉渐渐模糊：几只幼鸟从空中坠落，一个红褐色孩子从雨中向我走来。我的内心发出呼啸的声音。

周围一片昏暗。

（选自《山东文学》）

皇　泯

皇泯(1958—　),本名冯明德,湖南益阳人。著有散文诗集《七只笛孔洞穿的一支歌》《四重奏》,诗集《双臂交叉》及专题片等8种。

血海(长篇散文诗选章)

集聚的黑色,涌向苍穹。

破晓前的天宇,因众山而高、而窄、而阴森。

裸体的梦,找不到披纱。

胀裂亿万年前就失去贞操的圣瓶,太阳分娩了,天地流满了经血。生命,一片失血的惨白。

白色是童稚的纯洁。白色是衰亡的经幡。

白色的雾里,有大山失重的晃荡。如喝醉了酒,踉踉跄跄,走在高低不平的世道。

耸起来是山,跌下去是海。大海沉重地喘息。

垂危的漩涡,渺茫了孤独的桅杆和帆,只有浪卷涛啸,没有岸没有可供搁浅的滩。

落下去是海,拱起来是山。

是山,还是海?地理和历史书上考证不出沧桑。你却将求证的笔触按了下去。

起头后收不住尾，从此，再也提不起笔来。

你还要照相机么？

两只瞳孔摄下的六十年。牯牛在咆哮，苗民在狂欢。

用整个民族的生命，盛历史的陈年老酒，砍头或斩腰，灌下烈性、灌下刚强、灌下岁月的风风雨雨。

然后，唱歌。唱麻木了的欢乐，歌悟透了的悲哀。

是泪，就敞开眸子流淌。

是血，就割开动脉喷涌。

然后，舞蹈。

扭曲的是时间。歪斜的是空间。

永不倾斜的是正直的信念。

然后，创世纪的钟声，敲响。

没有飞檐的风铃，没有古刹的圆柱，没有辐射釉彩的秃顶生灵。

用白骨作锤，用骷髅作发出七种音响的钟，从死亡的墓穴——惊醒生命！

此时此刻，日晷是黑色的。

光明，濒临峭壁，悬空所有的道路。

藤蔓颤抖着，任你选择复活的方式，你却感觉不到劫难的恐惧。

如斯芬克斯之谜，最终亮出简单到极致的谜底。而这个谜面的剖析，在一个平凡而神圣的日子完成，只是这个日子的时序颠倒。

从晚上的三条腿，到正午的两条腿，最后走向早晨的四条腿。关于三条腿的现代版本，你毫不迟疑地扔掉了古老的拐杖，高擎勃起的阳具，展示了一个大胆的注释。

你早就说你不是生命的断层代了。

没有羞涩的星，在撒下乳白色的种子时，整个时代都已受孕。

你很骄傲。骄傲为怯懦的伪君子彩绘一座粉墨登场的墓碑。

你却不说你是真正的男人。

你只用缄默的行动占有，同时也缄默地被占有。

你用占有的过程，演示你属于真正的女人。

因而，在围棋盘上，无论执白还是执黑，你都亢奋地恋战，直至精疲力竭地打完最末一个劫。哪怕共有一个气眼，也残存一丝鼻息。

当你把时间最大的赌局，放在自己与自己对弈时，眼眶里也是围棋子，黑与白没有输赢，赢了的是你的心，输了的是你的魂。

男人和女人恰如这黑白子儿，一个象征符号，共一方天地，演绎人生繁衍哲学的难题。

于是，在你撞入这个天地人合一的祭祖的节日时，无须盗用——或日，或月，或水，或土，或阴，或阳的名义。

将血汇入情感之海，染红一抹蛮荒，潮湿一孔焦渴。

人，又回到混沌初开之时，如成年的牡鹿，性和欲望，像火，燃起青春的骚动。

父亲和女儿,母亲和儿子,兄弟和姐妹,都归属于人,都隶姓于“人”这个家族。

阳光和音乐,醉了三百条牯牛,醉了三百个女子,醉了三百条汉子。

醉在野草莓化作辉煌的夕照。充血的眼睛,不再与星辰对视,贪婪的婴唇,也不再啜饮月光。

唯一的颜料是黑色,引所有生灵,驻足于一瞬的高潮。所有的沸点,都自认是生命最灿烂的季节。

这超脱时空和伦理的一瞬,无羁的血,喷涌在人类历史上,完成了二十世纪末一次壮美的签名。

哦!你不再茫然。

让悬崖断裂的路焊接于云海,延绵不绝地波涌,扬起勇敢的帆。

桅杆竖在岸上,不担心浪会咬断。

哦!你不再忧伤。

让秋风凋零的树植于春天,生机无限的绿芽,翘起无邪的小嘴。

乳汁淌于爱心,不担心恨会截流。

你是亚当。你是夏娃。

你是盘古开天地的利斧。你是女娲补天的彩石。

牛角号不吹了,音响还在回旋。

大片的肃穆，不堪一击，溃败在福克纳的《喧哗与骚动》里。

那高翔于云端的苍鹰，便是朗朗的证据。那低垂于山谷的篝火，便是熊熊的证据。

有草，没有处女地。有水，没有荒漠。有歌，没有寂静。有情，没有冷漠。

哦啰啵……哦……啰……啵……

高贵的是衣裳，卑贱的也是衣裳。

纯洁的是心灵，肮脏的也是心灵。

弧形的山丘上，血与肉交相起伏的是浪，点点滴滴的喷射是源。

生命之浪，源自生命的点点滴滴。

抽搐的六十年花甲哟，周期性地揭示了一个返璞归真的生存状态。

是人的颅骨，动物的颅骨，也就是信仰的图腾。

辽阔记忆。生不再来，死不永去。

母亲在阵痛中抛弃爱，你在阵痛里寻找爱。

小溪是过去的脐带，大河是现在的脐带，海洋是未来的脐带。

所有的进程，都溢满了羊水，自始至终，你睁不开眼，在世界这个大子宫里摸索希望。

如地火躁动在冷寂的壳幔下，寻求一朝撕裂沉闷的爆发。

受压太沉了，总要喘息。

压得太久了，总要伸直委屈的神经。

在重峦叠嶂中，你的步履挣扎成起伏线。

在林木的交错里,你的呼吸挂满了每一片叶。

追逐着候鸟的背影,你瓦蓝瓦蓝的梦翅,在折叠思想。

富有节奏的律动,从茫然里游出,突破岸的防线,泛滥缺水的意识,深藏奥秘的宇宙,浓缩成一滴辉映阳光的血珠,主宰芸芸众生。

于是,歌唱得很粗野、很荒凉,而诗咏得很平淡、很简单。

于是,河流得很寂寞、很平缓,而山耸得很陡峭、很险峻。

你和苗民们伫立在天地的边缘,用手指轻轻一弹,消逝——

一滴血珠。

一个大千世界。

黄昏,棕褐色的和谐里,悟空的魂灵躺下来。

横躺,是一条线。

斜倚,是一条线。

竖起,是一条线。

所有的线,都曾交叉。所有的线,都会找到自己的脉络。

没有上帝和神灵,没有人类和牲畜。不要顾及交叉路口,不要膜拜十字架。

弥漫的黑色,从苍穹缓缓地、缓缓地流淌下来,覆盖裸体的夜。

世界入梦了。

一片虚无。

一——片——虚——无……

(选自《七只笛孔洞穿的一支歌》)

耿　翔

耿翔（1958—　），陕西永寿人。著有散文诗集《岩画：猎人与鹰》《望一眼家园》，诗集《母语》《西安的背影》等。

女儿的琴声

收藏在阳台上，我更倾向于这时的长安，能细心地带着一匹抽丝的月光，坐在我和女儿的对面。

像翻动屋脊上一片古典的青瓦。

女儿的琴声，正沿着长安的呼吸，在我身上很有节奏地流淌着。而反复地触摸这里缺少云水的天空，让我献上身体里的每一条血管。

女儿丝绸般的琴声，光亮地划过。而真正被感动，是女儿在通往幸福的路上，细微地成长。

她素净的手指，落在音乐的水面上，很像神在点击着我心中最黑暗的部分。这也是每天最神圣的时刻啊，坐在女儿的琴声里，我终于听见年轻时的心跳。

为了热爱，我抚摸琴键。

我试图把身体里，所有暗合音乐的起伏，都交给女儿。由她一人，独自弹奏。

（选自《散文诗·上半月刊》2006 年 7 月）

长安之书

从唐朝传下来，一卷由诗人，沿秦岭的北坡挥手裁成毛边的书，被谁陈放在关中的心脏。

长安之书，把怀抱陶罐的女人写在扉页。

让我第一眼在刻满人面鱼纹的半坡上，俯仰天地，获得一个阅读母亲的角度。

背靠遍地桑蚕，长安啊，有足够的丝绸，替千里沙漠披一身唐装。

长安之书，让我一生埋头唐诗的地图，把渭水目送到黄河，把丝路目送到大漠，把雁塔目送到隔水樵夫的砍柴声里。

沿着唐乐流失后的坊上，谁能轻松打开一部纸上长安。

但我愿意，坐在丝绸也无法装帧的碑林里，和做毛笔的民间工匠们，倾听长安，留在书衣里的呼吸。

忧心秦腔

像一些古典的庄稼，被活活地挤出泥土，也像一些古典的人，被迫着离开家园。而在集体流浪的路上，我看见一些人，或许还有一些物体，背负着一些古典的秦腔。

这像在陈年里叠起的补丁，被反复缝制在秦人土布一样粗糙的身上，背着很沉重，卸下也很沉重。

但被日子打磨得愚钝的心里，不能没有秦腔彻底的折腾啊。

活动在骨头里，也是一板秦腔，或一阵响器淹没下的喘息。

而在长安，堆积遗物的城墙根，被挤出时尚的秦腔，依然被一群人集体收藏。

他们可以褪去，身上每一件多余的饰物，就是不想退出，这里的每一个夜晚。

这时，我多想忧心地喊住，路过长安上空的云朵，落到这些人群中，对着某张凝重的面孔，随便擦一把，就是秦腔生动的脸谱。

（选自《散文》2006年第11期）

王亚平

王亚平(1959—),祖籍山东威海,现居山东青岛。著有散文集《悦耳的鸽哨》等。

断 裂

田园诗的门挂上锁。蜻蜓找不见了。何时再以碧绿的眼睛望少年的世界,全是希望。

一座村庄的长梦,被剪断。连同集邮册。

记得粗瓷碗里还插着野性的玫瑰。几件布衫沉思在树下。蝉歌也不烦乱。

既然大田围成了湖泊。

泥土的乡音赶往新的工业城。

多少年多少年,一次次地回望,凝为梦谷的漫步,一滴复杂的泪。

迪士尼乐园是跌宕的意象,装点年轻的日子。鼓点击打听装啤酒。神经质的琴弓挽紧脆弱的画笔。

两颗心浸在沙龙的咖啡杯。何必为领带或领结论争,那么只谈白纱礼裙。红宝石的高雅是爱之璀璨。甚至觅不到一根古朴的手杖，一柄故情悠悠的纸伞。在度假的日子，原是去故乡旅行的。

别忘记新居的落地长窗。壁灯将懒散地柔和。

流动的蜜月

销魂的航线上，行着一条流动的蜜月。正值生命的好季节。扬帆，扬帆。

巧克力，可口可乐，是陆地的甘美，而船舱却如体味命运的咸涩。浪峰与波谷，斜吹的风。灭顶般地，晕眩！海底的大裂谷，把一切的锚链都囚进短暂，斩断了呼救。

莫哭，我知道你痛苦，而人生就是这样。挽紧我的手，稳住舵轮。飓风和雷电都可能伏在夜路旁边，还有赤道线榨干水分的白光。

既然结伴远行，既然别了港湾。

如果罗盘失灵，北极星也不会抛弃我们，为了这蜜月混着泪水的漂流。

那遥遥的彼岸。

（选自《黄河诗报》）

南方的渗透

远在江上的冰层未开，南风便习习而至，吹响云的编钟，扬花柳絮尚在冬眠，打短工的江浙木匠早开始雕凿北国的蜜月。洋洋洒洒，金丝银缕的泡花如泉如瀑。

建筑工地是封闭的方言区，塔吊急需翻译。广东仔，温州佬，全是突击队，驰过迟缓的冻土带，涂抹春的颜色。

有迪斯科，有霹雳舞，有卡拉 OK 伴随而来，浸染高厚的淳厚。散兵线很长，全方位入侵。

终于，腰鼓，唢呐以及山东快书都幻化为超高频输入磁盘，催发谷物。北方的沸腾季节忍不住好奇，先是窥视，又一步步逼近，这些南中国人！

（选自《海鸥》1989 年第 3 期）

王猛仁

王猛仁(1959—),河南扶沟人。著有《养拙堂文存》(九卷)。

海 浴

在你盛开的沙滩上,我端坐着,对着你,一如往日。

我有各种不切实际的幻想,喜欢用各种痴狂虚妄的称谓,把你比喻,把你丈量。

天空,晴朗如初。

在喧腾的海滨浴场,在我湿漉漉的瞳孔里,你玲珑清爽,仿佛枕着一块七彩云霞安然入眠。

今天,你就是这里的主人。

是你,导演着黄金海岸夜的狂欢。

鸢飞。鱼跃。鸟声。雁鸣。全都成了欲燃的画面,全都成了雨后的彩虹。

这生命,这精灵,像空气一样,散布着欢乐,表达着爱情。

微风里,有波浪起伏,有光影摇曳。

一只只不知疲倦的海鸟还在飞升,时而东,时而西,让斑斑霞光与闪闪浪花洒在它头上。

它畅快淋漓的曲调,可是对远道而来的回敬?!

是谁，赐我以欢乐与温良的品性？

致大海

我要飞……

在大海之上，在天空之上。

大海与天空，都能听到我高昂、强劲的歌声。

天天跋涉于俗市穷壤，我需要阳光和空气，需要春风秋雨……

我若长有诗歌的翅膀，愿以凌空的姿势飞到你的身边，在你的书册里做客，像晨光一样怡神快意。

我能看见你擎天的大手。

我能纵声欢笑，傲视尘寰。

在游人如织的黄昏，听你呼唤的双音。

这音响，从中原飞向海滩，吸引更多围观的人群。

我只向我的朋友和文字倾诉，撇开众多游人的附丽。

冥蒙中，这熙攘的眸光，总在向我讲述如梦年华的故事。

在我眼里，你就是无形的精灵，是音波，是一团倒下又反复起来的神秘。

并且，与我童年的模样一样，是一种爱，被追寻。

谜，解开了。探寻的脚步愈加匆匆。

今天，再次聆听着你的音乐，直到心底悠悠呈现往昔的时光。

脚下，仍是昨天银色滚滚的浪涛……

海的夜

低沉。绵软。月光里却分外白净。

这是延续不断的闪耀着明亮光泽的夜的浪漫,是我未曾发现的你的神秘的美。

透过一层层帷幔而朦胧隐现的月亮,此刻,你朗朗的笑语与温馨的梦,仿佛变小了,变弱了,变暗了。

礁石,渔船,太阳伞,赤裸裸的孩子,都没有投下浓淡分明的影子。

而一位沉思的游者,却半裸着,擦拭着自豪的汗水,漫不经心地在一块礁石边踯躅。

蓦然,一道柔美的清辉在天空闪现,惊扰了他的幽思和绵绵秋雨。

无垠的天空就是你的来路么?

浮云向两侧分开,露出了皎洁的月亮,无数星星跟在它的后面,虽小,却清晰,明亮,肃穆。

星月无言。清风在背后低语。

而苍穹,被大片大片的白云包围着,奔向无穷无尽的远方。

这一切,却显得深不可测。

给心灵,留下一份庄严的影像与思索。

(选自《今日周口》2017 年第 8 期)

商　震

商震（1960—　），辽宁营口人。著有诗集《大漠孤烟》，长篇纪实《写给上帝的白皮书》等，作品被多种选本选载。

商河湿地

这一片明水正在午睡，太阳在它的梦里，白云在它的梦里，花的寂寥在它的梦里，鸟的翅膀在它的梦里，我羡慕的眼神在它的梦里。

这是我第一次看到水的梦，第一次看到阔大的水，在阳光下的安静。

荷花是喜欢风的，风不来，水与荷花都是假的。动起来才显出荷的俏拔，动起来才露出花的渴望。

无风的日子，不能赏花。静止的事物，包藏太多的玄秘。

没人乘坐的船，是无用的摆设；没有鸟鸣的天空，是一张苍白的纸。

我约了好友来水边对酌，好友没来，瓶里的酒成了无用的水。我举目四望，看到一只蜜蜂，正在满头大汗地寻找蜜。

喇叭沟门的夜

一

好久没有看到银河了。在怀柔，在喇叭沟门，这条河就在我头顶哗哗地流淌。

夜空如水，所有的星星都是漂浮在水里的渔火。火光已经照射到我们的身上，而水则是静谧的温婉的安详的幕布。此时的月亮，就是一汪大一点儿的明水或一颗大水珠。头顶上的这条银河，挤满亮着灯盏的渔船，喧闹而无声。偶尔。有几声蛙鸣，让这个夜空，更加望不到尽头。

我仰起头，专注地看。看着看着，就站在了银河边上。天空是染了蓝色的水晶，所有的星星都睁着水汪汪的大眼睛。风躲起来了，云躲起来了，天地间，只有我和星星眉目传情。

我的影子比肉身鲜活。青蛙的歌声让这个夜空显出了虚幻。

这是童话的世界？不！这是喇叭沟门真实的夜晚。

这样的夜晚，身上不能长出翅膀，应该无权去睡觉；这样的夜晚，不能和某颗星谈一场轰轰烈烈的恋爱，真是枉活了一生。

二

头上的星星，是一炬一炬的火烛。我真怕再往高处走几步，头发就会被点燃。

喇叭沟门的夜晚，每颗星星都在无声地喧哗。我要数星星，要弄清楚天上的星星是否和地上的人一样多，是否和人一样有君子小人之分，是否也有善恶美丑。我暗暗地设定，一颗一颗地数，无论数哪一颗星星，感觉到累了就休息。就像数身边的人。我伸出手指仔细地数：东启明西长庚南辰北斗……当数到一颗并不明亮的星星时，我突然累了，卧床即睡。

很快，我又在梦里活动着。梦里，我在银河边，站在牛郎的身旁，我在哭，在替牛郎哭，哭得泪雨滂沱，直到哭醒。醒来时，银河里真的多了一些水。

三

这不是童话，不是仙境，这就是本来的人间。

（选自《散文诗》2015 年第 11 期）

黎正光

黎正光（1960— ），四川人。著有诗集《生命交响诗》、小说《仓颉密码》等。

日　出

寂静。大江之源。

黎明悄然离去，江边的砾石之地，却没留下幽冥的足音……

东方天际。

厚厚的云被，蠕动着、蠕动着……

时光，仍在无声无息地流逝……

顷刻间，一只金绵羊拱破云被，爬上伸向天边的草甸。

……渐渐地，金绵羊的羊毛在天地间迅速生长，那金色迷人的毫光就这样织满空间、织满大地、织满大江之源。

这毫光是养育万物的生命之光呵——

圣塔般的各拉丹冬雪峰在金辉中消融……

辽阔的草滩在金辉中蕴蓄温馨的灵境……

饥渴的野黄羊在金辉中啜饮大江的甘露……

玉雕般的天鹅在金辉中缓缓游弋……

大江之水呵，在金辉中永无眷顾地汩汩而东……

呵，红日！你那样辉耀千秋的光芒，就这样慷慨地照耀世界屋脊，照耀大江之源……

你那温暖人间的光芒哦，好似为我这跋涉者的灵魂馈赠无尽的霞韵，为我执着地探寻铺筑一条金色的路。

冉冉上升的红日哦，正是由于你的存在，我才感到生活每天都在重新开始……

冰　碑

不是为寻找圣碑的传说，我才千里跋涉，来到大江之源。

呵，仿佛缺氧的时辰已在迷人的幻境中消逝，童话世界就是如此精湛地展现在我的眼前——

一堵堵高大的冰墙，马群般伫立于银峰之中；

一个个幽秘的冰洞，送出叮咚的流韵；

一朵朵巨大的冰蘑菇，渴盼采撷的时刻降临；

一群群晶莹的冰塔林，羊群般张望岁月的倩影……

还有你—— 一座座冰碑哦，好似在无言的时光中，期待着，期待着一个生命的来临……

春风，一年年在天地间吹过，你玉骨般的身姿在天穹下矗立；

秋月，一年年朗照古老的高原，你那永恒的凝思呵，仍渴盼一串足音……

年年月月，不是发痴地呆立于青天之下，而是在高高的世界屋脊眺望呵！

冰雪世界的圣女呵，你期盼的那一天会如期而至，那时，你再用深情捧出自己纯洁的心……

1985 年夏，于西藏沱沱河

（选自《散文》）

方文竹

方文竹(1961—　),安徽怀宁人。著有散文诗集《美人香草》等21部。

夜光杯

没有葡萄。

没有美酒。

我来嘉峪关,历史的裂谷深处,汹涌着那么多诗歌、音乐和绘画,古老的窗灌满熟识而又陌生的风。

谁的手伸来又举起,一个过程结束是另一个过程的开始。

我,一个南方来的观者,已被攻陷。

这支颂歌怎么唱呢?我看到二千多年的晶体,涟涟,涟涟。

小楼昨夜又东风。我们已温习过了。仿佛在翻一本陈旧的书,我们躺在一部神曲的正在涂改、整饰的章节里。

你的手伸来。毕竟,

我们饮的是夜光。如同空杯让人沉沉醉醉。

夜里的光是一种深刻的哲学。

空洞的杯是一个智者的自供状。

我们饮在嘉峪关。不能不昂首。大漠、雄风在拷问一颗灵魂。别无选择。夜光光，一个多么“有意味的形式”！

饮。我们击中现实的冰块，让来自四面八方的声音汇成温热崭新的力度之河。

饮。我们抽出历史的桨叶，让酣睡的文化词语一起波动未来之巨舸。

饮。饮。饮。饮……

杯与杯的碰撞。目光与目光的对视。断裂了什么。又衔接了什么。谁说得清呢？

啊，沉重的饮。没有回首。不容回首。

让灵感溢满。

灵感是顿悟之光。

因为你，神秘的图案围绕着我们熠熠闪烁。仿佛命运的圈套。

我们跳。我们跳。

看，你为何停在半空，定格。

李太白曾云：惟有饮者留其名。

不！——惟有留名者有其饮。

（选自《东方海贝》，哈尔滨出版社，1991 年）

祁连雪峰

五月，阳光大把大把地抒情。

你依然是银装素裹的醒目。洁白。晶莹。你守着一个西部的神话吗?

无垠:湛蓝的天宇与赭黄的戈壁之间。绵延:起起伏伏的曲线与白色块状,一幅造化的杰作精妙绝伦。

远眺。远远的,
诱惑,
是无数目光。画笔与镜头。西部的崇拜者。

冷酷的展示在初夏,却成为让人们留恋的美。

(选自《美人香草》)

亚　楠

亚楠(1961—　),本名王亚楠,祖籍浙江,现居新疆伊犁。著有《西部回声》(合集)《远行》《我所居住的城市》等。

塔里木河的早晨

那个早晨,塔里木河刚刚苏醒。寂静的胡杨林,舒展着筋骨,还未做完的梦,若隐若现。

鸟儿唱着欢快的歌,自由自在,幸福安详。

一群野鸭扑腾着,嬉闹着。谈情说爱,仿佛人间天堂。

清凌凌的河水依旧那么温情。那些小草,那些花朵,那些灌木林,五颜六色,格外迷人。

晨露还未褪尽,亮闪闪的草叶,就像我们湿漉漉的记忆。

羊群依然在做自己的事情。它们悠然自得,尽情享受着阳光、空气、水和青草,以及大自然的全部恩赐。

太阳渐渐升起,阳光照亮了所有生命。此刻的塔里木河,
深沉而明净。我看见,红霞辉映的目光里,这些水
蜿蜒着进入大漠深处。远天灿烂若锦,

目光深处，美丽的思绪在飞翔……

昆仑山上的雪

一场迟到的雪就这样来了。在昆仑山，它们铺天盖地，如此迅猛而热烈。我不知道，这场景曾经在哪里遇见过？瞧啊！白茫茫逶迤千里，仿佛一只巨大的手，将人世间情仇恩怨彻底埋葬。一切都那么幽静，没有风，也不见一棵树对我们传递温暖。而远处，群峰对峙，一把利剑直刺苍穹。

就这么接近天堂吧。抖落浮华与尘埃，让灵魂在雪的辉映下，沿着无声的潮涌，拉近我们的距离。或许，空阔也会在某一瞬间，丢下烦恼，任一段破碎的记忆，走过我的四季。不再去怀念什么了，把乡愁轻轻放下，好让孤独的心不再孤独。啊，在昆仑山之巅，一缕圣洁的光就要引领我们飞升……

（选自《诗潮》2017 年第 7 期）

秋　水

林中这一潭秋水，是梦簇拥的安详，并用宁静装点它。童话已经浮现，若透明的灵感，被时光定格在山谷里。秋叶红了，满山遍野，落日的辉煌兼容他们。也即是，空灵把目光推远……更远处，大雁南飞，若游子走在还乡的路上。

或者，沿溪水蜿蜒的思绪，聆听秋之声，绵密、起伏的情丝被爱缠绵。你看吧，这清亮的水面上，万物汇聚——它们让倒影凸现于梦中，若即若离，便在另一个场景，打开记忆之门。所不同的是，季节之谜，以及这透明的水：她们来自哪里，又将回到何方？

（选自《星星·散文诗》2017 年第 8 期）

陈东东

陈东东（1961— ），上海人。著有诗集《即景与杂说》《解禁书》《下扬州》《海神的一夜》《明净的部分》，散文集《一排浪》《短篇》，随笔集《只言片语来自写作》《流水》等。

黄　昏

西区总是早一点陈旧。在那里，黄昏打午睡梦醒时算起，寂静谱写的下午被删除。一轮落日，提升几座花园的幽冥，把池畔的象棋手融入余晖。它下滑的形象，却停留在亿万分裂的窗前——半透明的玻璃有夕光的记忆力？

而繁复的楼道间，或纠结了黑暗的陌生的弄堂里，那递送晚报的绿衣人晕眩。他又看到：落日要令他一辈子生锈。

他的上面，有寻常的奇鸟，半空中自焚的金马车成灰。

城市之冬

深冬冷雨中，电车黯淡徐行，街灯一一被提前点亮。这样的黄昏不会适合新鲜的事物：写下第一行诗句；与陌生人开始交往；

或者突然有爱情生成……在过分的城市里，这样的黄昏被用于结束。喝进残酒，倒掉剩茶，读完小说的最后几页。这样的黄昏，一个人下楼，等待邮差把坏消息递送。

五　月

五月以白银为质地，盖子用水晶做成。五月的壶中，一朵诗情的火焰被养育，颜色近于浅海的翠绿。——五月，我拿它来饮茶：在下午，在风景地，在花枝招展的少女们中间。自五月的壶中，我倾倒出多少明净的字句，就像阳光新漆了雨后的老街，或者在暗房里，摄影师的情人刚刚收拢她金黄的腿。五月，在南京鸡鸣寺的木格窗下，我会读到另一位诗人——“完全不同的一位，他并不在巴黎。他有一个安静的家在群山之间，他的声音像澄明空气中响着的铃。一位快乐的诗人，他对他的窗子与书橱的玻璃门对话，它们沉思地反映出一种可爱而寂寞的距离”。马尔泰说：“这就是我希望能成为的诗人。”（《马尔泰手记》）

（选自《散文诗评品录》，华艺出版社，2008 年）

灵　焚

灵焚（1962—　），本名林美茂，福建人，现居北京。著有散文诗集《情人》《灵焚的散文诗》《女神》《剧场》等，以及哲学著作《灵肉之境——柏拉图哲学人论思想研究》等。

写给喜欢聆听的孩子

从今天开始，让我从月亮树上随手摘下一片月色，吹响几朵飘过心底的悠蓝，在你的聆听里悄然无声地降落。不要惊醒你，只要你心灵萌动时能够让盟誓与相约清澈相望。

深幽幽的夜，我们都属于自己的那座深藏在苇原边陲的岸。与月光之间的距离是一片幽蓝的湖水，空中是雁阵踏过的一道道洁白的路径。

不能惊动你的聆听，让我退隐在远处，远到声音不能抵达的地方才把送给你的那一袭夜色吹响，悄无声息地把你覆盖，让你拥抱着属于自己找到的那片悠蓝安详入梦。

我们也许永远不会相遇也不需要相遇，这也不会改变我们因为相似而相识。即使愿望的果实足以把歌声的枝头压断；情感的纤手已经解开语言的内衣。

这样已经足够了，我们可以让每一个清晨都赤脚从夜里走来，在每一片叶子上采摘低垂的露滴，收藏每一夜饱满而晶莹的心事。

（选自《时间的年轮》，海天出版社，2015 年）

酒徒没有醉

这归家的路。

地铁站口塞来的一叠印在名片上的广告，霓虹灯下瞟来的一眼神秘的媚笑。

滚开，统统滚开。尔等今夜的去处，还是那一巡酒杯。

只要故乡的那座山峦还在，云朵总会来，让这一团醉意泡着一杯往事的温情在时间里把浓浓的孤独化开。

二锅头！小二，再来一瓶二锅头。我们老百姓，不稀罕什么五粮液、水井坊、XO 加冰块。

好酒！这一杯好酒只能与你微笑碰杯，亲爱的，你别走，让我们从头再来。房子会有的，汽车也会有……让我扛起这一肩的重量，与你签订一份幸福的承诺，最后补充一条：只要我在，决不让你受累。

明灭的街灯留下酒徒灿烂的签名。隔着街道滚烫的喧嚣，酒徒嘶哑地唱道：不管天有多长，地有多久，即使你走了，我还会继续在爱。

知否？

知否？

想你的时候，绿不肥，红已瘦。

（选自《文学报·散文诗研究》）

有月光的湖

一

一口宁静的湖。

湖畔凉满清澈的水声,一群浴女自湖中升起。陶罐汲满月色。

树林参差掩不住万家灯火的眼睛。草丛中,萤火虫成群飞起,蝉声嘶哑掠夺千座空山。

一道彩虹从五指升起,最后消失在有森林的幽谷。

回声深不见底,有巨鸟啸吟。

陶罐破了,月色流入深深的湖中。

二

夜色大块大块压下来,灯火碎了。水色和山色在潮音里开成千般幽香。

山水消失在一朵花的眼神,冥冥中只有篝火嘶喊;只有湖中的嬉戏;只有巨鸟的翅膀搅月色为翻卷的云雾。

三

云雾散了。

塔松把世界点缀得异常空旷。心因山峦肌涨而战栗，篝火慢慢熄灭。

千丈发丝，遮不住湖畔的风声。

一边是破了的陶罐，一边是湖水深深。浅浅的万籁是任何雷震都无法比拟的喧啸啊！

四

陶罐是不能再补的，而湖水也不再清澈。

青天为证，明月为证。

生命成为湖中的波纹随风漾开。

重重叠叠的波纹都沉进深不可测的回声。

（选自《黄河诗报》1987 年 2 月 1 日）

郝子奇

郝子奇(1962—),河南鹤壁人。著有散文诗集《寂寞的风景》《悲情城市》,诗歌集《星空下的男人》等。

角落角落

在最黑暗的地方,那些角落,没有灯。

闪着渴望的,是疲惫的眼睛。在灯火灿烂的地方,他们努力寻找着,几张与自己无关的旧报,一些被别人消费尽内容的空箱,一个残留着些许奢侈的瓶子。

一群匆匆寻觅的蚂蚁。在城市,没有人知道他们的归宿。蚂蚁般在收获的土地上去寻找几粒散失的米,他们在这个城市遗失的废品中,找着自己的幸福。

一支烟,也是自己的浓缩。在淡淡的燃烧中,就要成为看不见的灰烬。明天归来,是遥远的。现在,躺在散发着怪味的车子上,他们蜷缩成车上的废品,被沉沉的夜色回收了。

在灯火阑珊的地方,那些角落,没有亮度。

几间废弃的工棚,几段很少有人走进的通道,或者,一片等待脚手架占领的荒园,把跪了一天的自尊,伸展一下,在昏暗的灯下。

残缺不全的身体，就像在沧桑中行走的总也无法完美的日子。在包装得完美的城市，他们隐去自己的梦想。被粉碎过无数次的心，只能在这个时候修补一下，痛还在流着，就要流尽最后的生存了。

像流浪的风，吹动着沉重的落叶。数着城市最后的恩赐，那些硬币，正在发出细微的声音。很快，巨大的喧嚣呼啸而来，淹没了仅有的快乐。

在最低矮的地方，那些角落，没有高度。

透风的门窗，滴雨的屋顶，长成一种裂痕的伤疤，在城市的躯体上隐隐作痛。

灿烂的灯火，照不亮这些街道的背影。孩子在小小的饭桌上演算着遥远的梦想。老人们在门口的破椅上摇晃着残缺的日子，那些吱吱呀呀的声音，很像无休无止的唠叨，破窗而入，让新婚的男女惊出冷汗。

一片城市树林上飘落的残叶。叶子残缺着，发黄的日子还在起伏。临街的房子已经涮上了拆字，很白，刀的白光。很像久远年代无助的死囚，这些房子在等待刀的到来。飞来飞去的广告，黑暗中的流萤，总也无法点亮潮湿的夜色。

在灯火辉煌的地方，那些角落，正在燃烧。

熄灭的，是田野的原色，是山泉的韵动，是炊烟的飞翔。越来越少的遮羞，被酒亵渎着。女性最后的秘密，正被金钱一一占领。

剩下的已经不多。青春在苦涩的烟卷里正成为一片片虚无的灰烬，被麻木弹落着。尊严醉了，比摇晃的灯光更加迷离。找不到回归的路，那些抹着城市底色的笑，正成为另类的脸谱。

正在燃烧的，那些欲望，从扭动的躯体，妖媚的眼角，跳动着，以流感的速度，使狂热的城市又多了燥俗的病态。

在最庄严的地方，那些角落，正在狂热。

最高的楼正在沙盘上崛起着，成为城市的标记。跳过旧城区的灰色地带，新城的轮廓色彩斑斓，被描上越来越多的线条。

那些拥堵的路，那些像螺丝到处出力的农民工，还有，没有课桌的孩子，树叶一样堆在门前的上访者，在下岗的风雨中奔跑的职工，还没有在城市的沙盘打上标记吗?

产业王国来了。商业帝国来了。高端会所来了。华丽的广场来了。拥挤着站满了城市的前排，摇动的旗帜，在飘，在飘。热衷欢呼的目光在这些旗帜上陷落着，找不到城市的方向了。

一滴墨汁，在纸上洇出的图案，是城市的斑点吗?

一片碎布，在衣衫上点缀出的造型，是城市的赘余吗?

一朵浮云，在天空划出的痕迹，是城市的创伤吗?

角落。角落。角落。这些城市的碎片，还在繁华中散落着，

破碎成另一种疼痛。

（选自 2013 年 12 月 20 日《光明日报》）

徐　鲁

徐鲁（1962—　），山东即墨人，现居武汉。著有诗集、散文诗集、长篇小说、短篇小说集、散文集多部。作品被译为英、德、法、韩、日等语种。

关于蝉的生命之谜

四年黑暗中的苦工，一个月阳光下的享乐，这就是蝉的生活。

——法布尔《昆虫记》

歌手，我为你扼腕叹息！

一切的艰难都战胜了，从大地到天空；

一切的坎坷都度过了，从幼稚到成熟；

一切的不幸都经受了，从曝晒到沉溺……

脱去了习惯的外壳，你是被解放了的自由的精灵；在新晴的蓝天下，你是绿色的大自然之林的王子。

然而，就在你真正的自由与欢乐刚刚到来的时刻，你生命的歌，为什么突然成了绝响？而只给人们留下一个无底之谜……

啊，歌手！

我不能不为你深深惋惜！

我多么渴望，心中常常沸腾着一些美丽而亲切的声音。

它们既不是遥远的雷声，也不是虚浮和空洞的歌声。它们既给我工作与生活的欢乐，又给我爱恋与前进的勇气。听从着它们的鼓动与召唤，我有时也会流下泪水，但即使流着眼泪的时候，我仍然怀着对于世界和人生深深的眷恋和感激。

同时我也深深懂得，任何一种欢乐的、自由的歌唱都来之不易，正如同欲达彼岸者，必涉于水。有时候最平静、最朴素的诗，却必须是从最苦难的心灵里唱出。

我知道，这正是歌者的伟大，是歌者的灵魂的宽厚、纯净与美丽。为此我们除了珍惜歌唱的权利，便常常为一些珍贵的声音的失去而悲伤。

而对于你——你这坚韧的、度过了漫长的苦难与黑暗的，仿佛是从地狱里出发一路跋涉而来，终于见到朗朗天日却又匆匆离去的歌手啊！对于你，我怎能不为这奇异的沉重感到心痛啊！

歌手啊，你太孱弱了吗？

（选自《星火》1987 年第 5 期）

读列夫·托尔斯泰

此时，只有孤独陪伴着你了。

雅斯纳雅·波良纳荒凉的古道上，暮色苍茫。一颗巨大的黄昏星，正从旷野上寂然升起，照耀着一条条通向未来的驿路。

从哪里传来了痛苦的夜莺的声音？

有人举着风灯，正在转过远山的小径……

而你，你要到哪里去呢？——固执得近乎冷冽，而又古怪得令人诧异的，年老的列夫·尼古拉耶维奇啊！

你不知道，可怜而憔悴的索菲娅，此时正双手蒙住苍白的面庞，在黄昏里为你祈祷。不幸的女人，已经预感到等待她的将是什么了！

而你，你真的是迷途了吗？

不。眼前是漫漫的俄罗斯的风沙，你在固执地眺望着……

古老的白桦林和樱桃园在你的背后不声不响，痛苦和焦虑锁住了你每一道皱纹，也锁紧了亿万颗俄罗斯平民的痛苦的心。

你的苦闷，是整个俄罗斯大地的苦闷啊！

风沙在加剧着雅斯纳雅·波良纳的忧郁。

风沙在加剧着你的忧郁。

终于，你迈出了最沉重的一步——你走出了深深地禁锢了你一生的庄园，你认定，那是俄罗斯的一口腐烂的泥塘。

你在憧憬着未来的光明、自由、平等和善良。你像一个孩子在憧憬着他心中的微茫的希望。

年老的列夫·托尔斯泰！

天真的列夫·托尔斯泰！

但是不久，一个残酷的消息像西伯利亚凄厉的风，掠过了严寒里的俄罗斯大地——

年老的、可怜的列夫·尼古拉耶维奇，寂寞地病倒在偏远的阿斯塔波沃的小站上，仿佛他的安娜一样……这是1910年冬天的一日。

野地上的一个小小的长方形的土堆，成了这位伟人不朽的灵魂的屋宇。没有鲜花。也没有高大的碑铭和任何奢华的装饰。

但它却紧紧地贴着就要发生巨变的古老的俄罗斯大地。
不朽的列夫·托尔斯泰啊！
高贵而又朴素的列夫·托尔斯泰啊！

（选自《黄河诗报》1987 年第 12 期）

箫　风

箫风(1962—　),本名温永东,江苏沛县人,现居湖州。著有散文诗集《沉思的花瓣》《思念的花朵》,编选《叶笛诗韵——郭风与散文诗》(三卷)。

醉在阿瓦提

在阿瓦提,慕萨莱思是诗人们的液体火焰、液体导师。

——沈苇

秋天,阿瓦提的葡萄醉了。
一串串葡萄,醉成甘甜醇香的"慕萨莱思"。
这液体的琥珀,
是葡萄浴火重生的灵魂么?
是刀郎人源自内心的流动的火焰么?

(沈苇说:来吧!
来阿瓦提!这里有神奇的"慕萨莱思"。)

像命中注定,我来到"首届刀郎诗会"。
在秋天的阿瓦提,与"慕萨莱思"不期而遇。

诗与酒相遇，就像柴与火相拥。
燃烧，是存在的唯一理由。

（沈苇说：喝吧！
喝“慕萨莱思”！喝了才会不枉此行。）

没有喝酒的小杯？
没关系，大杯畅饮更添一分豪气。
没有下酒的小菜？
无所谓，尽情畅谈胜过山珍海鲜。
干杯啊朋友！这样的时刻，怎能没有“慕萨莱思”！

（沈苇说：再来一桶！
“有花须堪折，有酒当尽兴”，今晚一醉方休！）

酒醉了，杯还醒着；
人醉了，诗还醒着。
在踉踉跄跄的醉意里，诗比梦跑得更快！
谁说“美事来时”人不醉？
我醉了，真的醉了！我醉倒在阿瓦提温暖的秋夜里……

聆听刀郎木卡姆

听了刀郎木卡姆，我以前听过的音乐都变得轻飘飘的了。

——扶桑

在叶尔羌河畔朗朗月色里，

十几位刀郎老艺人席地而坐，神情沉静而安详。

猛然间，一声撕心裂肺的呐喊响起来——

“外，安拉！外，安拉！……”

紧接着，激越的达甫（手鼓）敲起来了，酣畅的热瓦甫和卡龙琴弹起来了，野性而高亢的刀郎木卡姆唱起来了。

热烈。粗犷。欢快。豪放。

声似天籁之妙音，势如大漠之狂飙。

这是欢乐与忧伤的旷世交响，这是生命与灵魂的纵情欢唱！

“外，安拉！外，安拉！……”

骤雨般的鼓点，使秋夜的空气立刻燥热起来了；虎啸般的歌唱，使困倦的大地立刻亢奋起来了。

哦，刀郎木卡姆！

被你撞击。被你震撼。被你沉醉。被你溶化。

你每一声忘我的喊唱，都这么惊心动魄。

你每一个翩然的舞姿，都这么神采飞扬。

你使我灵魂出窍，你使我热泪盈眶，你使我从没有如此鲜活地感受着生命深层的能量！

唱起来吧，弟兄们！

舞起来吧，姐妹们！

让手鼓与月亮一起飞旋，让歌声与篝火一起燃烧。

让痛苦与欢乐，让现实与梦幻，让生命与死亡，

都在这激昂而奇妙的欢歌和鼓点中，交织！旋转！涅槃！升华！

——好一个神奇的刀郎木卡姆！

（选自《西部》2013 年第 5 期，《2013 年中国散文诗精选》）

潇　琴

潇琴(1962—　),女,本名李孝琴,祖籍山东即墨,定居福建泉州。著有长篇小说《袈裟情缘》、散文集《女人情怀总是诗》、散文诗集《忧郁的美丽》等10余部。

石　佛

路,站起来,南天禅寺就到了!

故事已经遥远,但你离我很近。

高僧守净的慧眼,定格在峭壁上的三道亮光。因缘而来,三尊石佛雕在巨岩崖壁上。

千锤万凿出深山,“我不下地狱,谁下地狱?”,你以石头的质地迎接百炼的苦难,涅槃成佛。

流血默默,惊天地,痛已不入心。微笑了,心的质地就从石头的坚硬,变成如水的温柔。一切际遇,都能容忍,还有什么不可以走过?

倾听九百年的地气,上升为数百年鼎盛香火,石佛手持净瓶,与岱峰山融为一体,与南天、大地融为一体,普洒甘霖,流淌一条慈悲的晋江,而人人修成晋江里的一滴水,就是海。

石佛以倾听的姿势,穿越岁月的厚尘,禅心温暖如莲,开在从善的人心。不倦是因了大爱无疆。

慈悲如水百聚成海,给你波浪,给你暗礁,给你起伏跌宕。寻找彼岸，需大爱为舟，顿悟为桨，禅意为风，莲花为境界。

南天之下，悲海慈航。以沉默代替波浪、暴雨、海啸。

就这样，你寂静得如此庄严与辉煌！

行走的莲花

不走寻常路，岱峰山上，丛荫里，掩映着一片清凉世界。

我倾听着禅寺九百年的传奇。

这是一个菩提树植满的家园。这里开满行走的莲花。不必摇曳，自然风姿。而我未盛开！

盛开要有多少年的修炼？问佛，问心，我终于明白，我就是那一粒落地的尘埃。

自在佛殿，将禅意坐定，此时天地无疆。打开佛经，取暖，里面有一个太阳，一个月亮，意境高远。

眺望，有时不如闭目养神倾听大风刮不走的经声。

在远方，晋江流水无声，有声无声都在那里！在与不在，你还烦恼什么？

谁说流水无情人生如梦不值得一提？生，已是福。如莲开花，是绽放的禅意。

听，钟声响了，震颤于心底，感悟就此开始。

而我愿是一粒尘埃，融进塘，可以自在修成一朵莲，莲子是修成的舍利子，落进莲花世界，就是永生的禅意。

行走的莲花，是五彩盘调不出的颜色，默默地传送缕缕芳香。

菩提树下一棵小草，在风中轻轻摇曳，我读懂了生命的光华。

（选自《南天禅寺吟怀》，作家出版社，2017 年）

李智红

李智红(1963—　),彝族,云南永平人。著有散文诗集、散文集《布衣滇西》《西双版纳的美》《花开的声音》等9部。

怒江峡谷(节选)

一

一鞭怒水,挟裹着万钧雷霆,挟裹着旷世绝代的刚烈,横空抽下。

抽下,在开天辟地的刹那之间。

巨石崩摧,绝壁爆裂,大峡谷在创世纪的阵痛中,轰然衍生。

二

天空被疾驰而来的孤峰绝壁,挤压得嘎嘎作响,消瘦得只剩下一线窄窄的湛蓝。如一面凝固的蓝色绸带,于群山之巅。

深及大地骨髓和内脏的鞭痕,犹如一条狂草的龙蛇,历经亿万岁风雨的平复,时光的治疗,依旧敞筋露骨,永不弥合的伤口,展览成一道世界瞩目的自然奇观。

五

彼此望穿怒水的云朵或者山峰，怀抱着神的情愫，被一根坚韧的溜索，惊心动魄地贯穿。

只有敢于将生命置于这一根悬丝之上的民族，才配做大峡谷的子民，才配在大怒江两岸，野草一样，按照神的旨意，生息繁衍，永不疏离。

只有敢于在大怒江的惊涛骇浪之上，如履平地的汉子，才有资格怀抱着怒放的山花，醉生梦死，把猎刀一样刮骨的山歌，嘶吼得感天动地，像怒江水一样源远流长。

八

在怒江，我的那些民族兄弟，他们只要一弯腰，便能触摸到地球的心跳，间或扭住一叠浊浪，浆洗生活的苦涩，生命的创伤；他们只要一伸手，便能采摘到神祇的泪滴，间或捕捉住一颗流星，去照亮百转千回的栈道。

他们永远坚信，太阳每天都会由一柄直贯云霄的长剑，自峡谷之外的群山之中，血淋淋地擎起，洞穿石壁的月光，永远会照耀爱情回家的小路。

（选自《边疆文学》2012 年 7 月号）

西　川

西川(1963—　),江苏徐州人。著有诗集《大意如此》《西川的诗》,散文集《水渍》,随笔集《让蒙面人说话》,评著《外国文学名作导读本·诗歌卷》,译著《博尔赫斯八十忆旧》等。

鸟

鸟是我们凭肉眼所能望见的最高处的生物,有时歌唱,有时沮丧,有时沉默。对于鸟之上的天空,我们一无所知:那里是非理性的王国、巨大无边的虚无;因此鸟是我们理性的边界,是宇宙秩序的支点。据说鸟能望日,至少鹰,作为鸟之王,能够做到这一点;而假如我们斗胆窥日,一秒钟之后我们便会头晕目眩,六秒钟之后我们便会双目失明。传说宙斯化作一只天鹅与丽达成欢,上帝化作一只鸽子与玛利亚交配——自降为鸟是上帝占有世界的手段,有似人间帝王为微服私访,须扮作他的仆人。因此上帝习惯于屈尊。因此鸟是大地与天空的中介,是横隔在人神之间的桌子,是阶梯,是通道,是半神。鸭嘴兽模仿鸟的外观,蝙蝠模仿鸟的飞翔,而笨重的家禽则称作“堕落的天使”。我们所歌唱的鸟——它绚丽的羽毛,它轻盈的骨骼——仅仅是鸟的一半。鸟:神秘的生物,形而上的种子。

雨

雨，青草的福音。雨，大地的宾客。一枚雨滴是一条江河、一座大海的缩写。千万枚雨恍如千万颗魔力的水晶球。使我们看到我们意欲看到的过去与未来。时间在雨中弯曲。一些隐蔽的事物在雨中现身，被闪电照亮，被雷霆摇撼，并随雨的消失而消失。虽说雨水蒸发自大地，但它毕竟降落自天穹，因而被雨水淋湿的山岭适于隐者漫步，被雨水淋湿的游乐场仿佛夏娃离去后的乐园。与我们的灵感相通的雨，使我们欣喜，也使我们痛苦，使我们死去，又使我们复活。总之，雨使我们超凡入圣，使我们散漫的灵魂凝聚，注视，发动我们干枯的肉体去高歌，或低吟，或陶醉于无边的静默中。它默许我们在雨中的革命、复仇和情爱里，从里到外变成英雄。不过，雨中的世界又是冷清而空旷的。

（选自诗集《大意如此》，湖南文艺出版社，1997 年）

周庆荣

周庆荣(1963—),江苏响水人,现居北京。著有散文诗集《有理想的人》《我们》等多部。

晨 茶

一定是一壶绿茶。

在清晨,在一夜混沌的呼吸之后。

我想告诉你,我在我心爱的墨绿色紫砂壶里,放了一撮上好的云雾,沸水的激动后,我闻着那香。

就在这简单的清晨里,我独坐;太阳肯定正在升起,升起的还有园中几株新竹,它们有过黑暗里的奋斗。

我开始喝我心爱的绿茶了。

我一定不再守候那些个苦夜,晨茶是这样美好。我不会再在夜深的时候无眠,只为了一场青春的往事。

清晨,一壶绿茶。如果我想念谁,就从这壶晨茶开始。

黑暗中的问题

——给荷尔德林

天亮的时候,你知道自己站在光明里。

事物清晰，比如一朵雏菊，比如一株郁金香，以及它花瓣上的晨露。

露珠啊，人间最后的晶莹，剩下的全是泪水？

其实，黑暗中的问题，你已无法想起。一次未遂的爱情，最多只是一个女人从你身边走远；而漂泊，你是你自己的根。

神学和肥料，深深地埋在地下，你是特殊的植物，营养过剩，直至长疯。

二百年后，我读你的诗，平静超然。

那些黑暗中的问题，仿佛一次又一次的睡眠。土地深处，也不会是阴暗和卑鄙，许多高尚的思想也在静静地躺着。

长出地面的，是新的俗不可耐的事物。它们和庄稼一起，在阳光下。

栾承舟

栾承舟（1963— ），山东即墨人。著有小说、散文、散文诗集《跨越》《结合部》《为自己歌唱》《舔刀子的羊》等8部，其中2部合集。

白鹤泉

雾，像飓风一样铺天盖地地来了。

一片又一片美好的羽毛，负载着天籁之音。

鹤，一个神仙附体的天使，一直用歌声、舞蹈呈露春光烂漫，婉转古典。

它的质朴，清白，有意的蕴含和象的外延。

而峡谷里檐角斜伸，万木向雪。时光面前，秋之素女泪盈于睫。

鹤之姿，清雅出尘；它心中的祈愿啊，像火苗，风卷云舒。

洁净，执着，无可更改。

云看见了，

无数飞鸟，用时光、热血或智慧给泉水写出了羽毛，以及翅膀。

（选自《中国散文诗12家》，河南文艺出版社，2014年）

智藏寺

狮子峰前，你，一庵独立。
是藏智，韬光养晦？还是守拙，大智若愚？
须弥纳入芥子？

但钟声，还是剪碎了一万年山中岁月，一片片，柔而明亮，伏进树的眉间去了。

沉默的石头，坐不住了，它们，嚷嚷着要出山呢。

（选自《诗刊·上半月刊》2005 年第 2 期）

吊脚楼

踩高跷的女子，在河边，千年万年的畅想里，濯洗：
惊世的美，妙世的容光……

洗着，洗着，漫不经意。那水声，仿佛世俗的红尘，将你围困。
洗瘦了岁月。将自己的欢笑，也洗老了。
清流，真的瘦了，瘦成了一片月牙，一粒清癯的
虫鸣……

湘西，什么时候，有了这么一群，风情万种的女儿？让我们，看到她们的笑，和美，就心跳不已？

心头，凉凉的惊讶，无法说出？

（选自《星星·上半月刊》2005 年 6 月号）

曼　畅

曼畅（1963—　），本名侯满昌，河南西华人。著有散文诗集《心之树》《词语或者禅意》等5部。

迎风打开的夜晚

远远的，一个人在那里，只有思念是真实的。寻找一个解释，可能是寻找一种真实，握住光阴，天将被夕阳掏空。

我想说真的乏味，飞云加厚着巢穴，远远的一些话语在虚无的空间前赴后继，我四顾茫茫，暮风和云色，暖着自己。

她们学习飞翔。想象祥和，闲散的阳光中木槿花奋力开放，美丽的蝴蝶，一拨接着一拨；一缕风，一枝叶，一捧零碎的光，就足以安排生活。

我由此热爱清洁。你的孤傲埋于傍晚，衣角摩擦，发出嗞嗞的声音，当然我也写诗，就如现在我的想象从一张白纸的空寂里，牵出一匹匹马来，文字的孩子，孤独作为朋友。

如此美丽，让我迎风打开夜晚，真心实意的爱，比空旷更加辽阔，一个人，肯定不在四顾花香和红光。

而风，在风之上。

千年的星辰任其闪烁。

（选自《散文诗》2009年第4期）

一朵莲睡在另一朵莲的上面

一朵莲睡在另一朵莲的上面。水中的坠落是何其迅疾，光的虹霓在那一波崖的壁上转折，走向旷古。

风开始在荷丛里缓慢倒伏，接着满坡的地丁花忍耐不住，它们摇摆，果实内部的暗香沉重，每一滴都凝聚了流水年华的光艳。

这卑微的低语，也会在泥土之上发芽。那只水鸟找不到曾经栖息的枝头，飞落在陌生的城垒里，一波素水从不向外人道破，我溯流而上。

伊从诗经的源头走过盛唐，没有哪个生命配得上这样单纯的音色，说吧，什么样的幸福可以让我睡卧，就像一朵莲睡在另一朵莲上，月光到秋池跟前。

我的脚趾预先白了。

（选自《散文诗》2011 年第 12 期）

司 舜

司舜(1964—),安徽宿松人。著有散文诗集《对岸》等7部。

中秋那晚的月亮和风

我正在呼吸这一地月光。这皑皑白雪、这朵朵白银。

月亮,让所有的风都吹向她,把豆荚吹开,把石头吹软,把姑娘吹成花朵,把秘密吹成更神秘的猜不透的东西,

这是中秋,天空好像被轻轻划破,天空好像更加宽大。

大地之上,我饱含着幸福和孤单,像一片树叶,在风中微妙而又微小地轻轻颤动。

小小的夜色,正在一遍又一遍放大我的柔情。风,经过我,又爱上我。风和我一样幸福有用不尽的幸福。

而风,不能抵达的地方,我却能抵达。

我知道:我收藏了很久的那阵风,会被更浩瀚的秋风吹走。

满月之下,我最容易慌乱,仅仅几分钟的月光的沐浴,我就感觉到了身体内部流动的星光。

我愿意让它带走,成为别人喜欢的风。

(选自《遵义日报》2017年10月16日)

秋天，一地的阳光

秋天，我有人间最现实的幸福，一地阳光不是瞬间的闪烁，是一直在不停地闪耀。

我爱，一段一段被收割的明媚，一段一段像是泄露秘密一样的芳香。

我用诗句，一个词一个词地靠近，一个字一个字去模仿。

这肥沃的土地，那么多呼啦啦的叶子，先是相互搂紧，再是慢慢松开。果实，都是值得托付的肥硕，像懂事的姐姐，长得拥有足够饱满的乖巧。

多么需要秋天富有和繁复；多么需要一条牛的气喘和一辆车的吱呀；多么需要强烈的阳光倾巢而下，美妙又旺盛、连绵又起伏，一直抵达虚位以待的庭院。

一束光亮站在庭院等候多时，温柔且楚楚动人，入口即化。

一束光和母亲在灶台相遇，一束谁也惹不起眼球的光却被母亲越烧越旺。

阳光聚拢过来，不需要整理，就溢出火一样的红。

顺便把我要赞美的嘴唇映得通红。

（选自菲律宾《世界日报》2017 年 10 月 11 日）

亚　男

亚男(1964—　),本名王彦奎,四川达县人。著有散文诗集《呈现》等。

黄　河

1

一些词语就这样奔涌起来。云朵,山峦。堆积无限的瞭望。

青海。卡日曲。那扎陇查河。高原气候养育了词语的锋芒毕露。尖利的阳光划破水的柔软,以一泻千里之势,奔流而下,狂舞祖国大地。

那一年,我在青海贵德抱着黄河的涛声入睡。犹如少女般的黄河,我读到了她的妩媚与娇羞。每一滴水都包含她的柔情与善良。

梨花别墅就在黄河岸边,贯穿灵魂的诗句,在那一夜,我忘却了黄河还是少女时代,一枚石头轻轻地溅起心中涟漪。

酒杯敲击篝火的味道,一点点深入。不醉不算黄河的子孙。

慷慨。豪迈。

一词辽阔,放牧我的牛羊。

云朵下,我默默地注视。

清澈地流淌。怎么课本里的黄河掺杂了什么,让人读不到少女般的柔情。

也许真的是因灾荒的煎熬刻下时光的烙印。

2

转弯就来到了四川。

川西高原的硬朗超出了所有人的想象,灌溉我们的血液,默默地流淌了千年,以龙的图腾,长成祖先的肌肤。

压低所有的空间,与云朵相接,在雨水里跋涉。一万年,或者更久远。猿人,或者石器时代,以青铜的名义,锻造。

我的川西。放牧我的辽阔。

已经没有回旋的余地,莽莽苍苍的大草原,站在若尔盖之巅,逶迤。蜿蜒。

我的骏马在奔跑。

黄河岸边的人啊,滔滔不绝的水养育了祖先的文明,铸就民族的魂。

我是岸上一株草,那些绿过的日子,风声很紧。一块贫瘠的土地,种植了我的期待和梦想。就在9月,走失的鸟鸣,一起回到我的生命里。

那些不能承载的时光，漂浮在黄河的水里，我看见了祖先的肩挑臂磨。

我不能否认刀耕火种，我不能用我的热血浇灌越来越低的念想。

3

黄河之水天上来。我要打开云朵，在云的怀抱里，用一杯酒打捞一个民族的魂。

枯萎。干裂。

一早推开天门我就遇见了，一滴水的未来，在叶子上摇摇欲坠。

落下吧，我的草原。石头。猎物。山水。

庄稼照亮朗朗乾坤。谁在大漠上背负胡杨的迁徙。我是一只候鸟，在一亿年之后，我埋葬了我的祖先。

遗恨在风中。

大把，大把的阳光发霉。

我在期待风调雨顺。沿着黄河一路奔腾。

谁点燃了我的目光，洞穿的辽阔，愈来愈深厚。

最后一滴，从母亲的脉管爆裂。喷薄而出。

4

回转千年。

河床上行走。我一次次抵达。

或许，中原，带着母亲的体温，拨开了阴霾。一大堆雾，十万顷良田，铺下金黄，为河神摆上盛宴。

每一粒饱满的日子都呈现出龙的图腾。

回望大漠。

千回百转。

没有谁可以阻止一滴水穿过孤独，为盛夏的天空打造一片云。

我相信一粒种子在岸上所站立的时间就是我生命的过程。我体内的毒素，排解了母亲的望眼欲穿。

就让我在母亲的怀抱沉沉地睡一个世纪吧。

我骨骼里的燃烧，越过了灵魂的封锁。

锐不可当地，一泻千里。

（选自《伊犁晚报》2013 年 11 月 1 日）

阿　信

阿信（1964—　），甘肃临洮人。20世纪80年代中期开始写作。著有诗集《阿信的诗》《草地诗篇》《致友人书》《那些年，在桑多河边》等多部。

山间寺院

寂静的寺院，甚至比寂静本身还要寂静。阳光打在上面，沉浸在漫长回忆中的时光的大钟，仍旧没有醒来。对面山坡上一只鸟的啼叫，显得既遥远又空洞。一个从空地上缓缓移过的红衣喇嘛，拖曳在地的袍襟，并没有带来半点风声，只是带走了一块抹布大小的生锈的阴影。

简朴的僧舍，传达着原木和褐黑泥土本来的清香。四周花草的嘶叫，被空气一层层过滤后，又清晰地进入一只昏昏欲睡的甲壳虫的听觉。辉煌的金顶，就浮在这一片寂静之上。

我和一匹白马，歇在不远处的山坡。坡下是流水环绕的民居，和几顶白色耀眼的帐篷。一条油黑的公路，从那里向东通向阴晴不定的玛曲草原。我原本想把马留在坡地，徒步去寺里转转。但起身以后，忽然感到一阵莫名的心虚：寺院的寂静，使它显得那么遥远，仿佛另一个世界永远地排拒着我。我只好重新坐下，坐在自己的怅惘之中。但不久，那空空的寂静似乎也来到了我的心中，它让我听见了以前从未听见过的响动——是一个世界在寂静时发出的神秘而奇异的声音。

年图乎寺——这是玛曲欧拉乡下一座寺院的名字。但这个名字，对我来说并没有太大的意义，对我有意义的，只是它阳光下暴露的灿烂的寂静。

（选自《诗刊·上半月刊》2002 年第 11 期）

周蓬桦

周蓬桦(1964—　),山东聊城人。著有散文诗集《红罂粟》等3部,散文集《干草垛》等4部及长篇小说、中短篇小说若干。

大　风

听啊听啊,亲爱的,大风刮了整整一夜,像不像有人在黑暗中,拉响了呜咽的风琴?像不像那位老人在冬天,大声地咳嗽?

他正穿过池塘,步入一片荒野,头上积满,世纪的苍凉。天上的星光啊,亮得耀眼,美得动人。

(夜伸手不见五指,他究竟,要去哪儿呵。)

而我们,偎依着炉火,用语言和身体互相取暖。大风在屋外吹着,这抚摸了我们一夜的伟大音乐,来自贫穷的民间;这布满双颊的热泪,来自真正的感动。

那塘边树枝断裂的声音,代替了心灵的鼓掌。

哦,亲爱的!如果我们不能与他同行,我们就去紧紧尾随。

听啊听啊,大风刮了整整一夜。塘里的冰,悄悄唱起了儿歌。谁家的狗在黑暗中,突然不停地叫喊?

哦，亲爱的！我们的心，曾经多么迷乱。

而这个呼啸的夜晚，我们陷入深深的怀念，无力自拔。

不朽的老人啊，是不是怀念离你越近，人类就离你越来越远。

树　林

小妹，我们在冬天生活，朴素的食物源于泥土，白天的蔬菜和夜晚的露水。

我们把家安在荒郊野外，远离城市的各种噪音。小妹，你怎么能说，我们不是世上，最幸福的人？

这是因为啊，我们的腰，从来不弯，即便低一低头，

也是在收获自己的庄稼。

小妹在黄昏，烧火煮饭，我去散步，过河入林，突然遇到一只豹子，倒地而亡。这让我想起许多事情，比如去年的麦地，那被暴雨冲出的骨头，都曾是，

大地上的美丽生灵。

而我们活着，在树林旁边，多好。

我们已经生活很久，我们还能生活多久？

不信你瞧瞧这片树林，我们的邻居在秋天，黄叶飘飘。到了冬天啊，鸟儿在一夜间飞离了枝头；它们在风中互相仇视！还会嫉妒，吵架，树干摇动，流一地眼泪。

而我们相爱，在月光下，多好。

那一刻啊，雪覆盖了林中唯一的道路，小小的妹，你是我世上

唯一的疼痛。

往　事

那是二十年前的夏天，我曾经尾随过，一队蚂蚁的行踪。

它们隐入草丛，在浅水旁边消失。

那儿，是它们的家么。

俯下身来，我看见年老的外婆跷着黄腿，把出世不久的外孙抱在怀中啧啧亲吻。我甚至看到，它那一双衰老的乳房，在微弱的光线下，不停摇晃。

它喂养幼小生灵的动作，让黑暗的洞穴，

光芒四射。

后来，一块乌云，在天空集合，群鸟的影子掠过了原野。

我慌忙赤脚跑进瓜园，听到爷爷惊天动地的鼾声，自瓜棚传来。

哦，爷爷，你又喝了很多的酒吗？

你知道，我今天的食物，是一只

金色的昆虫。

晚上，我梦见我逃离一座宫殿，奔向了贫穷的洞穴。

（选自《时代文学》1996 年第 4 期）

钱　省

钱省(1964—　),现居武汉。作品散见《散文诗刊作品精选集 1086—1992》《诗歌报 10 年精华 1984—1994》《2009 年中国诗歌精选》《汉诗、湖北诗选 2001—2011》等。

雨

大雨不远,在夜的屋顶,在桌和灵魂之上。
爱的叶子,白瓷的碗。
凝在破碎深入。我坐,淅淅沥沥的飘逸使我向往。
银光的城市,忘记简单生活。忘记年,忘记时间亘古的胸怀。天空不远,自己的影子不远,雨落下,干净的灵物刷洗尘垢。
铁皮的树,哭泣的果,在下面身体开放,文字失去了颜色。
大雨不远,
笼罩一方端立的神坛,笼罩母亲和纯洁。

星　空

星空。人被覆盖,走在大路,携带大米和绳索。

数着闪烁，忘记孤独。那么多面孔，那么多眼睛，星空辽阔，在博大的静寂中，为生惋惜，为爱后悔。

走在大路，携带大米和绳索。哪里的黑夜有美好？哪里的心灵有花园？

星空。有花，遍撒大地，如时知季，如爱知恨，点缀诗歌和平原。

夜璀璨着。

（选自《青海湖》1991 年第 1 期）

崔国发

崔国发(1964—),祖籍安徽桐城,出生于安徽望江,现居安徽铜陵。著有散文诗集、理论著作《黎明的铜镜》《黑马或白蝶》《审美定性与精神镜像》《诗苑徜徉录》《水底的火焰》等。

吹螺者

波动与起伏:呜——呜——

散乱如雨。被螺声沐浴,是一种幸福。

在大海边,你掀起了一绺绺,

音乐的触须。最是那一声感人的倾吐。

叩响了金属。

站在海涛出没的地方,口吐大蜃之气,万种情愫凝聚,从你的螺孔溢出。

如飘忽的鸥鹭。和雄风,

紧紧相握。顷刻,你的喉管里抑扬顿挫:

呜——呜——

螺!那一种声音如火如荼。

开放了所有的海面所有的蓝色海域。有一只雪鸥，自峰谷间冲浪而起。捕捞心间散佚的音符，那一声声螺号，唤醒了海魂，

使所有的渔者相识相知，

使所有的智者大彻大悟。

（选自《星星》1994年第8期）

化蝶，或被草色淹没

化蝶而飞。

草：长长的睫毛上，跳动着一对蓝色的火苗，若萤由远及近。是梁祝之羽。

在草的头顶或天国的脚下，亲切地照耀。

匆匆而去的草！真实而又缥缈。

在草甸之外，与土地缔结血缘关系。

蝶！被爱情所淹没，楚楚动人，或引离离草色竞折腰。

我风行草上，宁静且追逐。

十八相送的路边，那对蓝色的火苗；草总在我的眼前，蔓延，缭绕或者燃烧。

蝶落下来！深入草的内心，经久不息。

就像回旋在我体内的小提琴独奏，

余音袅袅……

（选自《黎明的铜镜》，河南文艺出版社，2012年）

楚　楚

楚楚(1964—　),女,祖籍山东荣成,现居福建福州。著有作品集《行走的风景》《给梦一把梯子》《淡墨轻衫》《寂寞有一张脸》等8部。

给梦一把梯子

月亮的居处便是我的居处——

我以七尾月光砌一间屋,以屋子引火,把夜雾烹煮成一盏茶。不饮,却禅坐于云烟之中,无所思亦无所不思,然后不再感觉。

有雨不约而至,把小屋搬得更空。我即破窗而出,解去心头衫褂,赤裸如雪,飘飘然悬自己于虚空之间。又在身旁稍远,画些天籁禽音做伴,不即不离,无挂无碍。

及至归来,也无风雨也无晴。只有虹是湿了的小路,引你自尘世一路寻来。久候不遇,你独自饮干那盏冷茶,又翩翩然如鹤归去。我深深了解你的来意。只是梦醒时我已无头可回,无岸可望。

我本是三生石上的旧精魂,单薄的形骸早已脱胎为云,换骨为雨……

采菊东篱下

总想在山水都穷尽的地方结庐而居。

让我着一袭玄色唐衫，宽衣大袖，幻化作一身的仙风傲骨；让我了断尘缘，皈依山水禅境，松下读经，与鹤为友；让我钓山岚、雾濯足，直箫横笛，逍遥着甲骨文的步子。

何不在房前屋后栽遍黄菊？会晤陶渊明，悠然之间见到另一个世界的南山？何不以落英残露酿几坛花雕，邀夕阳对饮，大醉方休？何不拥有一张铺满菊花的眠床，而我竟是庄周梦中的蝴蝶，穿走了菊花的衣裳？

从魏晋时代的篱前，缓缓回过头来。却不识谁是哪一幅逸笔水墨里拈花扫云的闲人。

正是：落花无言，人淡如菊。

红唇海滩

说我是船。

你以灼热的胸口贴紧我面颊，我怎能不痛痛快快地哭出淋漓尽致，把你湿成大海，有多少水就有多少柔情。再用我仅有的一生，生出一万簇红唇，吻你成唇印斑驳的海滩，你的存在便是我的坦然。

纵使沧海之外更有沧海，我是一只倦游的鞋，我要——搁浅。

远处有涛声隐隐作痛，我不让你忧郁。为你瘦瘦地醒着，点一盏唐诗宋词的夕阳读你。在你浅浅深深的烟波里，我就失去年龄，将青春很久，然后猝然死去。

死得栩栩如生。

（选自《福建百年散文诗选》，海峡文艺出版社，2013年）

高　伟

高伟(1964—　),女,山东青岛人。著有诗集、散文集《玫瑰·蝴蝶》等14部。

今夜,我比死亡还黑比伤口还疼

我的爸爸,是谁把你变成了这个样子?

你躺在病床上,听不见我的呼唤。

我从来不曾像今天这样叫你。我想叫你一宿。我要让自己听见,自己发出的声音。

我为什么不在你好好的时候,握握你的手。

我要这样握着你的手,爸爸,我要握你一宿。

我的差三岁就一百岁的爸爸。

你为了把自己变成灰,先变成活着的人。

我也是。在玩这个游戏。为了有一天把自己变成灰,先在肉体里面经历万劫不复的生。

亲爱的爸爸,你看我正在吻你。我怎么现在才吻你呵,你快变成婴儿的时候我才想起来吻你。

我要爱人的亲吻要得那么饿。

吻是多好的东西呵，我却想不起来给你一个。

你是我亲爱的爸爸呀，你给了我命，我却总是忘了给你一个具体的吻。

爸爸，我在为你祈祷。我不知道祈祷你活？还是祈祷你安息？

你活着只剩下疼痛。我比你还疼。

你安息了就没了。我的生命一大部分也在没。

亲爱的爸爸，我在为你祈祷。祈祷你不疼。祈祷，疼痛不要再在你老旧的身体上寻欢作乐。

今夜我比死亡还黑，比伤口还疼。

爸爸，今晚你躺着一动不动

我们把你放在孤零的地方，爸爸。今晚你和那些一动不动的人在一起，要做的事情就是一动不动。

这是你在尘世上唯一能做的事情。一动不动，做一个晚上。

爸爸，几个小时前我一直在抚摸你，我要感觉到你的肉体，是怎么一点一点一点一点变凉的。

城市那么冷，风那么硬。而你那么孤伶。你已经这么冷了，我们还要让你待在这个比你更冷的地方，这难道不是天底下最不讲理的事情吗？

姐姐说，天这么冷，要是爸爸在晚上醒过来，看到自己待在一个他不知道的地方;若是爸爸坐起来,回忆这是个什么地方,他该多着急呵!

爸爸,我从来不知道你能死。你健康,健康成老头儿了我也不知道你能死。更坏的是,我不怀疑这种信任。

阳世是一个旅游胜地,你不是一个机灵的游客。你死心眼儿,你胆小,你连享受都不会。

你到死了都不懂得怎么抱怨。

我眼见着你在变小,像一块风干的肉在缩小。

一开始你是时光的食物。时光腌制你,让你变得好吃,让你好吃成死亡的食物。

时光一瓢一瓢地泼,三千弱水是多少瓢?

爸爸,你一声不吭。是不是因为你比我更知道,什么是你要的永恒和虚无要的虚无?

我情愿冬风一直凉。要凉,就凉进我的骨头。要凉,就和我爸爸今天的肉体一样凉。

爸爸,明天你的肉体就要被大火取走。大火明天就会像个魔法师,把你变没。

爸爸,明天你和大火这个词语,一起私奔吧,把自己私奔没,一直私奔到我为你一直祈祷着的天堂。

张稼文

张稼文(1965—),云南云龙人,现居云南昆明。著有散文诗集《我是我从未遇到的人》《江边记》等。

芦苇闪烁

芦苇是最后的月光,
很短的几节。

夏夜风来了。无根的芦苇是最后的月光,很短的几节,如白色试管。

脆弱的几节,几节白茎,
或一张张苍白的脸。

很短的几节,这残零的手指,
随这夏夜风摇荡吧。

荞麦花

不久前,我徒步经过村庄。那是一个雨夜,我看见电光,轻轻地掀开春天的短裙。

雪一样的，那是荞麦花，在湿柔地、顽强地开。

我没有停留。但莫名地，我觉着僵枯的体内，血液或什么的涌如风暴。

怀　念

1

舞后疲倦的村女，苔丝的姐妹，那些玉米叶子，长镰低垂。

2

月光停留在上面。那也是我的手指停留过的地方。而今，她们的秋穗酿就的酒，再也不会令我醉去。

但我怀念。

3

我只是念起那个躺在月光里的孩子，他冰冷的手，在那片乡风里已埋葬多年。

他爱着的邻居的姐姐已经出嫁到省城。

4

我只是念起那骨殖飘香的红土上那些轻扬的花粉。

噢，故乡的泥土，一定已变得更咸。因为汗，因为泪，因为夜风中那点点的游磷。

我只是怀念。

（选自《我是我从未遇到的人》，云南美术出版社，1996 年）

莫　独

莫独（1965—　），哈尼族，云南绿春人。著有《守望村庄》等 15 种。

幡

一茬茬的人，来过，又走。
一些酒杯、碗筷，没动过，就被换掉。

有人起身、离去。
有人下跪，磕头、敬烟，小心翼翼地，把香炷插进炉盆的香林里。

这次，是否真的累了。
时光的手，翻过了日历。
风，跟着；水，跟着，
搓摸，你没能跟上，你没能翻过自己。

守　灵

没风。长明灯的七条火苗，摇晃着寂静。

这隔世的语言，

搓摸，你可以离开，是否已经能够听懂。

有人下跪，点火，续上香炷。

夜色更深。

谁的呵欠，打破了沉寂。

搓摸，你是否听到，你的往事，有一句，没一句地，在你的耳际，被谈论。

家　谱

杯，是曾经碰过的杯，

酒，是一起喝剩的酒。

香炷林立，香烟袅袅。

每一炷，是否就是一份吉祥？是否就是一个祝愿，可以重新返回健康的门下？

丢失一些东西，真的如此轻易。

譬如爱、热情，和熟悉的声音。

譬如那些时断时续的消息。

譬如一个人……

搓摸，今夜，你父子连名的乳名，被家谱顺念三回，倒念三回。

（选自《民族文学》2016 年第 2 期）

龚学敏

龚学敏（1965—　），四川九寨沟人。著有诗集《幻影》《雪山之上的雪》《九寨蓝》。

在汉中古汉台观石门十三品

石门有品。遗在门外的雨是雨，让汉树发芽，
滋润褒河中用鱼唱歌的女人。

石门有格。落在门里的雨是字，筑台，
把汉中这个地名，从群山茂密的词典中读出来。
分成南北，
一句把身着长袍的石头雕成书中的敦厚，
一句把水衮成雪，从此英雄不曹操。

再随手，把线装的《史记》中那棵长势茁壮的庄稼，
称着栈道。

一粒叫作汉中的种子，可以让摩崖上种下的鸟鸣，
春暖花开。我是汉台上遗下的一抹汉香，
过了唐宋，浸在明清桂树的水里读些闲书，

像是石头上站着的字，久了，也会仰天，
也想带些笔画，像是仗剑，去救那些花朵的香。

汉中是一剂救命的中药。给我的诗句顺气，
调理，固体。
在古汉台，汉字们依旧茂盛，女人们的胃口，
和庄稼的长势一致。我在词语的空气中制造家具，
包括宽阔的椅子，和安置典故的桂荫。

雨淋在汉字身上，
我在江水的留白处，饮酒，吟诗，无所事事，
只是等着，
汉家的第十四品。

在济南柳絮泉边读李清照声声慢

坐多远的飞机才能抵达声声慢？居士的影子早已被泉水洗白。
在济南，我用涂了胭脂的机票哀悼过往的大雁。
我的句子近视，
分不清病危着的报纸的雌雄。

柳絮不在，可是我的头发白了。
失恋的泉水饮得我酩酊大醉。在宋时，奸佞也尚文笔，

并且，用上好的汉字写降书。
我一醉，柳枝就用宋词戳我的脊梁，
直到此时，我的诗句还冒着冷汗，像是电影里虚假的剧情。

在济南。唯一配得上线装的只剩李清照三个字了。
汉语被装载机分拣到一本本减价书粗糙的高速路口。

南飞的雁，在金属们焊接成的空隙的枝上，
和雾霾一起画着昨日饮酒的黄花。
一位在汉语中收拾时间的女子，在宋朝的屋檐下躲雨，
随长袖的手，用一根叫作词的木梁，
给我支撑着半壁宋朝的房子。

一位叫作宋朝的男子，弱不禁风。秋凉了，把词做的补丁打厚些，
可以给汉语驱寒，保暖。

在济南。那么多高楼说话的声音终是没有遮住那眼柳絮的泉。
我要把写出的字像涌出的泉水那么慢，要比李慢，比清慢，
比这个照还要慢。
飞机是悬浮的絮，姐姐，我把它填在哪首词里？
可以生动整个济南，还有比济南还要广阔的汉语。

（选自《2015 年中国散文诗精选》，长江文艺出版社，2016 年）

喻子涵

喻子涵(1965—),本名喻健,土家族,贵州沿河人。著有《孤独的太阳》《汉字意象》《独立苍茫》等诗文集6部、理论著作3部。

边墙:石头流动的长河

一堵高墙蜿蜒在浑红的夕照里,我伫立,

眼神伏着陡峻的腊尔山前行。

武陵深壑一条骄纵的巨蟒,盘踞它数百年不衰的神威。

一条人文的巨蟒,穿越时空,让我梦绕魂牵、紧追不舍。

无数晃动的鳞壳,像沾满火焰和硝烟的脸庞,像流布血污和汗水的脸庞,像祭旗时那五颜六色的跳神者的神秘面具。

这是夕照下一条流动的石头的长河;

历史的风景中,恢宏壮美的人文景观;

文明的过渡时期,缓解冲突与死亡的精致建筑。

血红的地平线啊!石头的坚硬创造了生命的坚韧,生气勃勃的生命创造了历史的不朽的灵魂。

旅行在石头的长廊里,我把每一个哨台寻找,把火光中的每一张青春的脸庞寻找。

每当浑红的夕照降落在每个黄昏的大青石上,那映满炮火的文字便将战争的遗嘱一一显现。

武陵山脉荣耀的伤疤，数百年的争战峰烟在这道边墙上点燃。

多少智者的构想与勇者的付出，为这威严的石墙注入千古不灭的人文。

胜利与失败合二为一，生存与死亡合二为一。

人类在这一层一层的青石板里，一次又一次地体验他们的劫难，完成他们的历史。

大地神奇的雕像，人类特异的杰作。

是因为有这堵别致的墙，夕照才更加瑰丽灿烂吗？

头裹黑帕的戍边人呢？投矛荷戟的戍边人呢？呐喊呼号的戍边人呢？……此时已被柔和的夕照销熔于天际。

一口洪钟似乎在天边回响，片片霞光唤起消逝的岁月。

一块块大青石的影子，嶙峋的筋骨拱起历史的沧桑，风雨不能剥蚀，向蓝天描摹烽燧起伏的图景。

尸骨与鲜花，坟墓与边墙，生命成了另外一种生命。

夕照似乎最公平，照亮那一壁又映红这一面。

我惊异这些高墙的力量，数百年突兀的原因。

每当我的脚步融入一幅幅大青石和它们浑红的光影，在肃敬里，

我便倍感一种无尽的苍茫横亘在天地之间。

（选自《民族文学》2001 年第 8 期）

幻想的黄昏

喀斯特，这里云雾浓密，是梦幻的源泉。我靠幻想度过每一

个黄昏。

喀斯特，幻想是一杯蜂蜜，一杯蜂蜜在回味里获得完美。

黄昏是宁静的，不需要激情。

黄昏的思维是一卷卷丝线，在织成缎子之前的有序排列。

黄昏是一片石林在烈日退去后的苏醒，是无数露珠在草叶间的欢笑。

黄昏时的白云很慈祥，舔舐和修复天空的每一块伤口。

喀斯特，天空的文字出现了，让我去解读吧！

这些文字多么深邃呵，越读越遥远，越读越复杂。

无数笔画纠葛，无数内涵交叉，无数读音重叠与交错。

天空变成一部密码之书。

每一个文字就是一扇窗口，洞开着，闪亮着，是启示也是召唤，是秘密也是答案。

每一个文字就是一座灯塔，就是一个世界。

喀斯特，给我爱的力量吧！

你要带领我遨游每一座星球，每一个世界！

我要摘取宇宙中的所有恒星，安装在每一个人的心脏。

我要摘取太空中的珠宝，为你编织一件最华贵的衣裳。

喀斯特，现在是你给我勇气的时候了。

我要随着梦，去飞行。

（选自《喻子涵的散文诗》，广西美术出版社，2009 年）

李茂鸣

李茂鸣（1966—　），四川简阳人。著有诗集《另一座村庄》《村庄以西》《辽阔地飞翔》《村庄的背影》。

杜甫草堂

这里的冬天已很少下雪了，一个叫暖冬的词语，
逼退了正在远道而来的雪。
西岭的千秋雪还在凝望，只是雾霾太深，看不见了。
东吴的万里船还在，只是永远地停靠在了歌声缤纷的码头。
一行白鹭，只剩浅浅的一线影子，
缓缓沉落到河堤的对岸。
一条诗歌的溪流总绕着草屋轻轻流过，
雷声连着的一场春的喜雨，洗亮草屋瓦檐上的一棵青草。
诗人门前伫望的影子，已长成草屋前的丛丛瘦竹，
节节上升的修竹，也总被一些沽名钓誉的所谓诗人，
伐去制作成精美的钓竿。
比起杜甫“安得广厦千万间，大庇天下寒士俱欢颜”的诗句，
不知要低多少档次。
被秋风吹破的茅屋，其实是一座无与伦比的诗屋，
黄金的稻草，其实是一行行诗的句子。

用稻草修筑的茅屋，其实是一座诗的灯塔，灯塔里居住着，
一颗明亮的诗心。
这个冬天不冷，我和杜甫在浣花溪喝茶，
千年杜甫和他的诗句，总在黄昏缓缓沉落到茶的杯底。

梨花是雪花的一次转身

刚刚写下梨花这个词，梨花就开了。
一树梨花，其实是去年冬天，
刚刚离去的雪花的一次洁白转身。

许多年前，我曾被一朵梨花的歌声打动，
当我抬起头来，梨花已翻山越岭远去。
一树干干净净的梨花，毫无邪念地站在村口，
好像春天一口洁白的牙齿没有哀愁的梨花，总是唱着民歌，
翻山越岭走向远方。

在远方的城市，我们看见的梨花，
只是梨花的影子，像雨夹雪，雪一触到，
指尖立刻融化，没有一片雪花，能在我的指尖上站立、停留。

梨花只是雪花的一次转身。

灵魂的颜色

灵魂接近黄昏的颜色，灵魂在夜里总是无枝可栖。
灵魂在白天就藏在墓穴里，灵魂最喜欢在黄昏的，
河岸上溜达。

一个人在河边散步，其实是想把自己的灵魂找回来，
或者说，把灵魂领回家中居住。

灵魂开出的花是白色的，像芦花没有痛苦。
灵魂走出一个人的身体，顺着河风越飘越远，
就成了云朵。

灵魂总是不死的，四处游荡，夜里的灵魂无枝可栖。
灵魂喜欢在暮色里，出来溜达。
灵魂离我们的身体越来越远。

（选自《星星·散文诗》2017 第 3 期）

张作梗

张作梗(1966—),本名张海清,偶用笔名庞贝。祖籍湖北京山。著有诗集2部。

暮 霭

1

暮霭多少有些低——因为落日之鸟不用振翅,仅凭其滑翔,就高高地掠过了它的头顶。

一地向晚的风物。

就着愈来愈昏暗的世界,我分不清人影幢幢的大地上,哪些是还乡的游子,哪些又是离家出走的人儿?

2

一天中,总是挨到这暮霭时分,我们才把心从
别处收回来,倾听自我的
存在与冥思;

并尝试着，触探物事以模糊裁定的边界——
仿佛叶片向阳的一面转向背光的灵魂。

3

待到落日归巢，大山的城门便訇然一声，关上奔腾不息的大地。

4

池塘还是河流，开始明明灭灭地在远方闪烁，像是谁缓缓拧亮的一盏灯。

一些被白昼遮蔽的小生灵，借助浓稠的暮霭，从胆怯的自我中跑出来，旋带起比暗更亮的光线——

旷野更破碎，因之也愈加完整。

5

我淹没在我中。
我对抗我，又终究被我瓦解——

暮霭，给了我消逝并
再次出现的机缘和理由。

（选自《大沽河》2016年第4期）

蝴　蝶

你询问我对蝴蝶的看法。语气轻柔像一封情书。

要是我是庄子就好了，或者，是一只蝴蝶也行。可惜我两者都不是。因此我与蝴蝶永远隔着一双翅膀的距离。也就是说，无论我有怎样的看法，并不能改变它的方向、颜色、出行时间和它所要驾驭的

风的多寡。

顶多，我依稀听见过它变成了一部悲情传说的主角——它一分为二，被压缩为爱情的标本。然而，多少年过去了，它依然在

人世飞翔——

与之交媾的死亡之梦，依然没有谁能解析。

有时，它变做一只尘土，飞舞在山野草径。——它飞进眼里，磨损着我的眼球；粘在我的手上，像一粒老年斑；尔后，它飞离我的头发，远了，更

远了，消逝在群山透明的呼吸中。

你询问我对蝴蝶的看法。在一只从书页掉落的蝴蝶标本上，我答非所问地写下如上文字——雨，在

窗外下了一夜。

（选自《散文诗》2016 年第 23 期）

大雨。驱车:沿途佳境空置

雨水在玻璃的连接处画出一条弹跳的虚线,仿佛雨水全是破碎的,全由破碎的云朵和原野构成。

你的到来不会比夜晚更迟。因为雨水是
一个巨大的伪装,
早已为你的出场做好了铺垫——

此时,你若赴约,我就是你要兑现的诺言。你如果写一首悲情诗,我就是你倾诉的对象。而倘若你魔术般把雨水撑开,变成一把油纸伞,我就是你身边空缺的那个人。

挡风玻璃上,雨水分岔,向上飞跑。——雨刷器来来回回也擦不尽它们蝌蚪般浮游的头颅。

你的出现不会比一场暴雨更突兀。因为
夜晚降临,万物模糊又温柔,
你的到来正好躬逢其盛,顺理成章。

此时,在雨中驰行,除了把玻璃连接处那条幻影般的虚线当成唯一的方向,我找不到更好的导航仪——

沿途佳境空置,雨影疏斜,夜色阑珊。

(选自《散文诗》2016 年第 23 期)

胡　弦

胡弦(1966—　),江苏徐州人,现居江苏南京。著有诗集《阵雨》《十年灯》,散文集《菜蔬小语》等。

大　街

有时候,我对熟悉的东西突然感到陌生,并由此产生惆怅和疑惧——比如大街。

站在街边,望着斑马线、护栏、红绿灯、车辆、行人……我忽然想:我们对大街到底知道多少呢? 这个生来就把自己完全展开的家伙,裸露的家伙,一直把什么抱得紧紧的?

没有一辆车真正进过大街,我们所谓的底部,所谓生活的深度,其实只是抵达了它最表面的灰尘。

我们只是——通过。

有一次,只有一次,当我喝多了啤酒在深夜里走过大街,平坦的大街变得坎坷,变得崎岖,我深一脚浅一脚地走着,我以为,我有一脚,肯定有一脚,进入了大街的内部。

不知我的错觉是否代表了全人类的错觉。

塑料袋

塑料袋被一阵风吹上了高空，它体内充满了强劲的气流。对于一只塑料袋来说，空气的确太强劲了。

这是一只被使用过又被丢弃的塑料袋。它在空中，但它看不清自己要去的地方，它身上印着地址，但那不是它的家；它身上印着电话号码，那也不是它的电话；它身上有很多赞美的词儿，但不是赞美它的——被赞美者已抽身离去。

它曾经承载过这个城市的一部分重量，可现在轻了，轻到一阵风就足以把它吹上天空。轻，就是那种容易被忽略的重吧。

它看不清要去的地方，它只是偶尔被吹上了天空。平时它在墙角滚动，离我们近，使我们能看见那些撕破的地方——作为一种命运，它为何总是破绽百出？

一滴雨

大雨落向家乡，我是其中微茫的一滴。

与众不同。

渴。

慌不择路。

面对加速靠近的家乡，我朝向其中的一滴灰尘，张开了微凉的嘴唇。

（选自《散文诗》2002 年第 5 期）

梅　卓

梅卓(1966—　)，女，藏族，青海化隆人，现居青海西宁。著有《梅卓散文诗选》及长篇小说、小说集多部。

落在寺顶的雪

闪亮着。

我走进红马靴，红马靴埋进了雪。雪雾升上天空，化作佛的迷惘。

化作金瓦寺下，此起彼伏的膝头。

血脉里流动的……

骨子里生根的……

不可言传。

佛在长明灯后摇曳，灵智的眼，充满痛苦。他终于伸出手，拒绝了盲人的礼教。

却无法拒绝雪。雪织就凡间的袈裟，披向肉身的肩头。

就这样，在寺群之中，我怀念起遥远的菩提树下，那佛陀的一生。

舞者哭泣的足

你站在窗前，而我却独自舞蹈。

月光穿过黑发，停留在不能停留的脚步。音乐是我的袖，拂过扶苎花黑色的顶梢，随着节奏，感觉纷纷坠落。

在衣袂飘起的时候，我仿佛豁然洞悉了暗夜的秘密。

舞着，在情绪的檐下翘首企望，某种戛然而止的解脱。

没有余音。流质的解脱从前年的冰封大地中，缓缓流进舞者的双足，流经身躯流向颅顶。于是，收起音符，解下黑飘带。

不要拒绝，夜啊，在天亮之前，请不要拒绝我的泪水。

（选自《梅卓散文诗选》）

爱斐儿

爱斐儿(1966—),女,本名王慧琴,河南许昌人。著有诗集《燃烧的冰》,散文诗集《非处方用药》《废墟上的抒情》《倒影》。

木兰围场的秋天(选章)

1

风一阵,雨一阵。

草原以阴晴不定指给我一处已进入秋天的风景。

无处不在的干涸,像沙砾一样在宽阔的河床上奔跑。

你身后的背景有一面彩旗猎猎飘扬,有一座单薄的桥梁横跨荒凉。

贫穷是一粒嵌进你眼里的盐。它明显区别于遗落在孩童眼睛里那些星辰的光泽。

你站在别人的风景里笑,牙齿洁白。没有什么能比粗糙的生活带给你更坚固的骨骼,更细腻的富饶。

3

漫山遍野的沙棘抱紧梦里春秋,风雨过后,酸甜各半。

—— 一种超越贫瘠的味道,如你怀抱的生活。

汗渍一再被风吹干。你的面颊涂满太阳色,看得出你拥有的幸福不比沙柳更高,比流水更低。

灌木丛一直保持着低矮的高度,像你无法背离的生活。一手紧握泥土,一手指向天空。

你扬起牧鞭,驱赶着比山峰略高的云朵,和羊群一起放牧,还有谁的梦境比你更接近天空的广阔与蔚蓝?

4

泥土已被你塑造成家园。生命简朴如土墙红瓦,升起炊烟,也熄灭灯火。

总有一棵沙果树高出低矮的院墙——那个太容易超越的高度,高举红色的果实。哪一枚都不次于一滴血携带的浓度与跋涉。

一个人在春天种下诗句,也种下一粒毒药。

一滴雨水携带一次诞生与终结,在某年春天找到了属于自己的那一粒泥土。

一些看见和看不见的事物正流经时光的河床。

如果你看到了永恒,请你唤回失去踪迹的河水,请你阻止一座岩石山脉被风化成沙砾。

6

蒿草已被霜露染黄,灌木依旧低矮。这个季节流行枯黄,也盛行比花朵更馥郁的果实咏叹成熟。

还有雏菊的如翼花瓣，解密季节内心的驿动。日趋平凡的日子仍有暗香浮动。仿佛你深爱的寂寞，安静却不绝望。

骏马已越过秋天的山峰与干涸的河床，安卧于栅栏，缓慢地反刍，吞咽。

天空没有苍鹰的翅膀，没有歌手发出神秘的胡迈。只有几个渺小的身影在远处试图搬动这简单的生活场景。

（选自《文艺报》2013 年 11 月 4 日）

刘海潮

刘海潮(1967—),河南通许人。著有诗集《黑里河》《黄河最后那道湾》等7部。

黑里河两岸(选章)

1

蚕在蠕动。

砖,沿着地边儿层层跟进,缓慢,而坚定。

压抑的楼房倾斜,俯瞰,细碎,斑驳。

人影倒挂在苦楝树上。

不值一提。

鞋独自行走在淤泥之中,一弛一滑,语言苍白无力。

口水对峙于灵柩之上,坟头渐渐矮小,消失。

微弱的光在夜的深处,掩埋岁月沧桑。

蚕消亡的过程,如火中取栗。

树倒,叶子不散。

根须双手托着叶脉,缓缓上升。

5

雨，残忍地，一遍又一遍锻打锋利的雪。

锋。利。的。雪。

穿透地面，与衰老对话，与死亡和谈。

草木一秋，和人生一世，相距是一匝的距离，还是一层木板的厚度。

不得而知。

火焰点亮村庄，荒草在坟头上燃烧。

黑里河，黑里河，鱼从没有封冻的河水里一跃而出，佛光溢满豫东平原。

7

坚硬，或者柔软。

一步一叩首。

星星点灯，一点，就是一转眼。

灯花拨动，村庄顿时鲜活起来。

昨夜闲潭，意象成群，黑里河，用灯花的光芒，撒豆成金。

村庄紧扣村庄，渴望深邃的在村庄上空蔓延。划破平原的小路愈发艰难。

晨曦微露，黑夜泛白。一顿饭工夫，苦楝树就高过炊烟。

头上三尺，神灵在天！

（选自《诗潮》2015 年第 4 期）

李俊功

李俊功(1967—),笔名空间,河南通许人。出版诗集《梦园》《长昼》《弹响大地风声》等。

灯光的搏斗

灯光的利钳,撬开夜晚。
刺穿黑夜的谎言、残片和声色。
终将被光认领,一路水火交融,莲花盛开。
你悄然地释放,清空错乱的生活。

血与汗水的滴落,虚假的纸张洇开的破洞,风掀去了覆盖。
光芒照射痛处。
一切,起始于艰难的言辞:说尽心之深处的恶,龌龊,甚至磨难。

九十九只羊回过头,寻找那只丢失者。
昂首,呼唤,天空一齐抬头,望见云彩的绸缎,在一只孤独的羊身上飘荡。

绝不是旧时花瓣陨落,而是未来之愿的深度怀念。

不会说永远的荣光，爱着痛楚和月光研磨的刀刃。

聆听光阴的铁锈，斑斑剥落，光亮闪耀，直至脚步幽境。

崭新模样，已非从前，不间断研磨的苦思，展开黑夜冷剑，琤瑽有韵。

临渊止步，握持夜晚灯盏，

一双不愿昏睡的眼睛，抗衡着试图侵袭的黑暗。

即景：金秋的豫东平原

九月肥硕，像壮汉的韧性。

杜绝火，立善言，果实间轮渡活着的活。

扳着指头数星星的光阴，停留于一滴飞翔的鸟啼。

送一坛子金秋的金，再送一席风声独好。

舍弃不疼不痒的空想和迷雾作乱：

执犁、修书、重义、养德、习武、练字……

不损一粒粮食的内质及肤色，不断一只蚯蚓的筋骨和安然。

堆积慈善的籽实，储藏欢乐的酒筵，宽阔的平原，每一粒黄土，建造见与不见均巍然存在的宫殿。时刻，时刻。

聚拢贫寒撞成的碎片，铆紧松动的日月：老茧、瓦舍、草药、紫砂、苦茶、褐袍、盐土，额上的沟渠，掌上的孝义，心的功夫……

即到秋，即已到达情感茂盛的帝国。

视黄金而不顾，只在虚拟的黄金意象中陶醉。

黄河的一条丝绸。领舞。

饱满大地以馨香姿态，于庄稼绿意的高度，将奔涌的河水矗立秋的功德碑。

捻碎愁云的手指之间，阳光再次倾泻。

捧着整个平原的无边恩慈，豫东，持续地斑斓。

（选自《散文诗》2016 年第 6 期）

陈惠琼

陈惠琼(1967—),女,广东广州人。著有散文诗集《花城的花》《西关写意》等。

去听水声

听水声,一种珠江母亲的声音,一种岭南的语言。

水文化、岭南文化,在水天一色的珠江成为自然的舞台,不夜的花城以璀璨为背景。

谁。淋漓尽致地演绎。谁。又在珠江舞台下倾听,一首“落雨大,水浸街”的广府童谣。听出,一滴水飞翔汪洋;一叶舟与巨船急进;一汪水转身巨浪的亘古。

一滴激情亚运的水,叮咛,极致……

一颗巨大的水珠,滴入广告牌的影子;滴入沿江古建筑的大使馆;滴入经典、微妙的沙面百年大榕树的长长根须中。

生命的亚运之火感动谁?

却在千万年的珠江水中诞生,永恒光芒的感动,不想擦去脸上的水痕,固守亚运的愿望和怀想。

一朵朵木棉不会自己藏匿,在珠江水面破水而出,叠加红红火火的歌。

叠加水珠一滴一滴。

一只只的手，一片片芭蕉，挑起浪花的圆满，猜想：珠水，闪出伟大母亲温柔之光，洁白地翔飞……

一滴水，吊在西关大屋花园的灯笼花上，一滴巨大的水珠呀……吊在亚运的舞台——水灵魂。

延伸到珠江、黄河、长江、底格里斯河。如此神奇地走向世界的眼光，一滴水的眼光，以世界眼光谋划。

我因珠江而生，广州因水而荣、因水而兴。感受一滴水的脉搏，一滴水浓缩了广州的精华。

晒不干，染不黑。

一滴水，鼓满，鼓满生命的密码、亚运的密码，依依吻着广州的天字码头。

如玉裸体的神圣，一滴，一滴……

我，贮藏着叮咚。

把恰似星斗的珠水，放进潮流的珠江流行……

一种绵延的愉悦知音，真切而生气。属于每个聆听的自己。

欣赏一滴水的鲜活，在伸手所及的地方，不要把它握紧，不要放在手心……

让它清而透明地敲打流程，全然感受记起珠水领潮。

（选自《人民日报》2010 年 11 月 24 日）

光明行

搬运大海的喁语与歌吟，同样搬运生命的喧闹。经历，潮起潮落。

足够冲刷背阴的寒意。

挣脱了夜色的虚掩，目光被染着走……向阳的出口，看见自身发出的每一道光芒。

阳光往哪里，便在哪里呼啸。

（选自《2008年中国散文诗精选》，长江文艺出版社，2009年）

柳成荫

柳成荫(1967—),本名林建隆,广东陆丰人。著有散文诗集《那一片海》《汕尾九歌》(合集),诗集《青花瓶的一瞬间》。

一只候鸟的沉思

1

或许我是一只鸟,一只候鸟,或许我什么都不是。

撩开阳光的羽毛,这只不知来自何处的恒常的火鸟,正卧在春天不再碧蓝的背囊。乌,一个活脱脱的象形字,弹出伏羲的九龙车,呼啦啦在大地上铺展开。

一只神奇的手,一块小木炭,一些神秘的符号,忽然就将文明的钥匙留在第四纪岩石上了。

日神我父,日神我父,刻在我骨头里永不沉落的图腾,连同文明的钥匙镌刻我躯体的血印,给我生命,给我痛觉与思考。

2

亮开翅膀,亮开罗布泊沙漠。

黄色与黄色交叠，唯一的唯一，华贵的色彩演变为眼球的疲乏和心灵的恐慌。沙以水的波浪方程式，将远古的苍凉无限拓展。

泊，字义上的湖泽，现在只剩下字典上的回味了。曾经的碧水蓝天，曾经的花香鸟语，湮灭如风沙里的古楼兰。沙的骸骨，水的灵魂。

最后一滴湖水，是候鸟最美丽的传说。血脉里的疼痛，是水的涅槃。

3

梦牵魂绕的河流，以母亲的姿态哺育八百里秦川，丰盈数千年的精神花园。

渭水，黄土地上一条神话般的河流。周时的青铜秦时的陶，汉时的辞赋唐时的诗，透明洁净的身子，缀满文明的璎珞。

青春的水，温柔的水，浸染得骊山美丽，濡润得翅影闪亮。

而眼前的河流，我的渭水啊，已苍老得迈不动脚步，清纯的容颜不再，清爽的气息不再。渭水啊，我飞翔的翅膀已载不动乐游原上浓密的云烟。

4

钢质丛林替代了绿色森林，机器噪音替代了百鸟啼唱。城市，现代文明的妖女，蛊惑的舞鞋撩拨着人类无尽的欲望。

舞影迷离，城郭膨胀，鞋下，河流断了，田野毁了，花草碎了。

楼群拔节，高空里的梦想丢失了明月河汉的瑰丽，日渐空虚的视觉，还有历史的过道里那古朴天然的风景吗？

那个最初拾取文明钥匙的人，走远了。仓颉面对绿色的词汇，表情错愕。

5

或许我是一只鸟，一只候鸟，或许我什么都不是。

如果天空重现澄碧，河道不再断流，花草自由呼吸，如果文明不再伤害自然，我就是一只鸟，一只候鸟，与太阳一起永久地翱翔。

如果那只手只紧攥贪欲，那块炭只点燃伤害，那些符号被认读为野蛮，那我，将什么都不是：

如一阵风，永久消失。

（选自《散文诗》2008年第1期）

黄恩鹏

黄恩鹏(1967—),辽宁沈阳人。笔名黄老緦。著有散文诗集《过故人庄》,长篇非虚构《到一朵云上找一座山》《一个山村的理想国》《黔地扶贫笔记》等,理论著述《中国古代军旅诗研究》《黄州东坡》等。

种菊南山

一脉浅水,足够一生饮了。

一位诗人荷锄南山。那些雨水张开了温存的臂膀,像拥抱一朵花那样拥抱着他。

那朵菊于九月开得最美。

鸟鸣。月光。一声唱腔。都不会孤独,它们照在山坡上,如风,如雨,一遍遍浴洗心灵。

种菊南山。什么人这般有福?月亮盈满的时光里,一杯酒安静,一朵花安静。涉世未深的水从石上流过,洗他:一钵米,一颗果,一盘蔬。

只是那些菊花,淡泊了一个人或一些世人,能否淡泊反复无常的人间尘埃和车马喧闹?

千年了!何时我也把自己变成一株菊,在南山上,悄然种下。

一粒盐里的海

我看见了海，在一粒盐里澎湃。

细小、精致、洁白。咸涩闪亮。闪着太阳的重、月亮的轻。它体内深埋一座大海，无数桨橹、无数晶莹的渔火和大蓝，深藏其中。

爆闪大质量的内核，推涌涛浪。浪尖上的舟楫，花一样盛开。

海啊，在一粒盐里汹涌、闪光，光芒横贯天际。

所有的征路和泪水凝结成了一粒。我甚至听见鸥鸟鸣叫：尖锐、凌厉，吐放闪电。似一位饱经沧桑的老水手，沧桑的脸被海风刻满了皱纹。

多少年了，老水手坚守海的意志和浪的信念，摆渡在一粒盐里。

一粒盐，它在大海深处要经历多少次淬炼、提纯，才会晶莹剔透？那是大海蓝色火焰析出的一枚精致的玉、一朵永不会迷失方向的火，准确地穿越了漫漫长夜。

大海。一粒盐。

一粒又一粒诞生，一座又一座大海，横空出世！

奔　跑

我赤裸双足奔跑。

山峦和大海从肩胛上飞驰而过，长发掠起大雨。

耳畔潮水汹涌，一浪高过一浪。心在击水。足底触及地面如甩响的脆鞭。

奔跑。血之根须在风中飘扬，汗之树叶在空气里盈盈吐绿，呼吸的花儿尽情绽放。脉搏振动着阳光，向着彼岸的虹彩和鸟鸣的方向。

山在涌动，海在漫涨，将我淹没。

闪电荡响血脉。雷霆拍击胸膛。日月在眼前交替。过去和未来在心中不朽。

那是风雨，率领我的灵魂，骑上世上最勇猛的马匹，纵横千里驰骋；那是长河，掀起大片大片的涛声，激情澎湃，推动大帆远行；那是黄沙，飙舞大袖、反弹琵琶的飞天女子，飞离了生命的荒原！

奔跑。一路青山转动佛珠。

甩脱现实与梦想的包围；甩脱瞬间与永恒的缠裹；甩脱原则与秩序的剿杀；甩脱方向与方式的趋引；甩脱沉沦与浮起的禁锢……

甩脱所有重负，连同思考，连同爱情，只剩下一个空壳在飘。

我看见：石块碎裂在空中划出弧线。我听见：苍鹰抓碎悬崖的鸣啸。我闻见：天堂的雪莲异香扑鼻。

我进入宗教的虚无。我融进想象的生动。我的梦被肢解了所有的结构。

我奔跑了千年。我在虔诚中凝聚或溃散。我在热烈中沉寂或平和。我在高蹈中外放或内敛。我在奇谲狂勃的抽象里,完成了一次思想的远游。

我在奔跑。

远离起点与终点。远离最初与结局。远离偶然与必然。远离形而上与形而下……

——有谁醉心于这样的奔跑?

(选自《过故人庄》,中国青年出版社,2011 年)

洪　烛

洪烛（1967—　），本名王军，江苏南京人。著有诗集《南方音乐》《我的西域》《仓央嘉措心史》等。

西湖边的自由女神

断桥相遇，我一眼就认出了你，你是我的爱神。水漫金山，我使劲地为你加油，你是我的战神。被压在雷峰塔下，你失去了自由，然而，你仍然是我的自由女神。为爱而战，以自由作为赌注。你输了，却赢得别人的尊敬：付出越多，越能证明是真正的爱。你瞧：那么多人跟我一样，绕着西湖走来走去，最终，还是站在失败者这边。你的右手没有高举着火炬，却把雷峰塔给托了起来。仿佛你不是它的牺牲品，而它，也变成了你的战利品。我们站在你面前，庆祝一场迟到的胜利。

在秋瑾墓，联想到白娘子

在白娘子被打倒的地方，你站了起来。明知道也会像她一样被打倒。你做好了准备：大不了让一座石头坟墓，作自己的雷峰塔。你手中的刀，从她那里借过来的吗？不，你只是向她借了点力量。不，不，这种力量是每个女人都有的，只不过别人没发现罢了。或者，没派上用场。她为神话而生，你为现实而死。你死在白娘子留下的战场。愁杀了你的秋风秋雨，也曾经愁杀过她吗？你真该亲眼看一看：挣扎了千百年，她终于把雷峰塔扳倒了。你比她累多了，你想扳倒的是江山。把颠倒的乾坤给扭转过来，需要多大的劲啊？许多人想都不敢想，你偏偏就这么干了。你是让男人惭愧的女人：女人心软，骨头却不软。

（选自《都市》2013 年第 2 期）

宋长玥

宋长玥(1968—),青海西宁人。出版诗集4部、散文集3部(其中一部合著)。

在西宁

铁匠向西走,马就在一粒火星下面生下女儿。银匠过河,把月亮挂在青唐的胸口。皮匠到了新疆,赶马车的寡妇拉着一马车春天过了天山。

我在前世没有碰到他们。唯一遇见的,是太阳旁边的白雪。现在,它一个人安静地走路,那么从容,那么简单,好像很多人找了许久的幸福。

花石峡:午夜归途遇风雪

夜一点点黑下去,远处更黑了。看不见的地方,我的马还站在风雪中;寺院的风铃寂寞地响;人在路途,正好经过花旁。这一点孤单的想象,呼啸的风吹不走。

唯一亮着的，不是天上的星星，而是我即将燃尽的烟蒂。这么空阔的旷野，没有孤独，只有惊悚。就一会儿工夫，风把花石峡塞满了。我躲在四处漏风的土坯房子里，眼望风雪茫茫，悄悄想了大半夜自己。

都兰小镇

上半夜的月亮照不清经过都兰的人。

到了下半夜，去敦煌的路上每一个沙丘都被伎乐天舞蹈成了寂寞的波涛。

男人说，每个人即是彼岸。

他不知道当金山垭口诵经的男人就是二十年前星光下走失的自己。

都兰继续沉睡。

空巷浮动所有人的梦想，一城夜色，满目荒凉。

亲爱的脸一晃而过。

（选自《山东文学·下半月刊》2017 年第 1 期）

宋晓杰

宋晓杰(1968—),女,辽宁盘锦人,笔名飒飒。著有长篇小说《在城市背面呼吸》,散文集《雪落无声》,诗集《纯净的落英》,散文诗集《以沉静,以叹息》等。

雷,是第一个叛逆

咒语还是福音?

抑或是斫斧、利剑、奔突的熔岩?

从天边,从世界的尽头潮涌而来,裹挟着神谕、意志和力量,在悬崖的崔巍处,坠入万丈深渊。

铠甲锛锛,战马萧萧,黄沙舞动着旗幡,叱咤的霹雳和呐喊!

需要怎样的狂飙平息愤怒?

需要怎样的雨水缓释悲哀?

站起来,是大地上的巨人。

倒下去,是天空的长虹。

蓝光闪过,一盏青冢拆裂,向荒野延续着触须——为铮铮的骨骼和誓言。

向第一个说出真相的孩子,致敬!

我们有着同样的翅膀。

我们是同一个种族!

我说:时间

我说:时间!

杂沓的马帮,一路绝尘而去。

箭镞。铠甲。马灯。客栈。城阙。战鼓。旗幡。呐喊。碣石。碑帖。屏风。远山。回廊。狼烟。

灰淡的生活,无声地展开。

断谷。危崖。裂罅。龟田。余晖。残阳。废井。墓园。木桥。竹楼。古树。苔藓。磨坊。石碾。

我说:时间!

是规矩稳重的繁体字,是泛黄的法典;

是昏昧的白昼,是清醒的睡眠;

是压住青草的甬道,一次次,磕磕绊绊地,通向荒原。

一些事情需要远远地看。

远远地看,什么都能看见……

(选自《中国散文诗十二家》,河南文艺出版社,2014 年)

姚园

姚园(1968—),女,重庆人,现居美国西雅图。著有散文诗集《穿越岁月的激流》等10余部。

在中秋,含着一滴水的宏恩

一个人的中秋,抑或滋生一束各种色彩的花蕾。

自由无疑可能给自己一味补药;

自在无疑可能给自己双肩松绑。

世间的一切蕴含自身的频率,而我的心跳只携一朵纯粹的红。

这尘世有着尘埃够不到的深渊,就有着一尘不染的茉莉绕着一个人盛开的午夜。

这是世间一种定律的登场?

我写过一首"知道是不知道",但反之,不知道是不是知道,依然是我破解不了的谜。

好像,我有些倦了。

而那丝倦意不是来自人静的深夜。

妈妈走了十一度中秋,爸爸走了七度中秋,中秋早于父母净身告别人世的繁花与枯叶的刹那,十五在我的眸子里是一轮破碎,乏了温度的圆。

所谓的月华如练，长的不过是一缕挽不回的身影。

真的，我有些倦了。

月饼的甜让鸿雁与秋色平分吧。

让我怀抱一阙想念，含着一滴水的宏恩入梦。

（选自《湖州晚报·散文诗月刊》2017 年第 7 期）

黑　陶

黑陶(1968—　),江苏宜兴人,现居无锡。著有散文集《夜晚灼烫》《泥与焰》《绿昼》《漆蓝书简——书写被遮蔽的江南》等。

竹和回忆

夏夜雨水的焚烧,是闪电的焚烧,也肯定是南方竹子的焚烧。

乡镇灼灼其红。

雨水里的父亲喘气,黑胶雨披上跳跃碎裂的片片星光。

忍着微小的恐惧,我只有等待。

焚烧的闪电将乡镇黑暗的内室持续照亮。竹椽。竹床。竹厨。竹椅。

编织的往昔岁月细致、冰凉。

闪电和竹子的轰响中,等待的编织的岁月细致、冰凉。

雨水倾斜,黑胶雨披上跳跃的父亲星光碎裂不止。

雨水倾斜,像南方国度里砍离土地的竹子,呼啸而下。

这种痛,颜色青碧,在经久不息的年代中无法阻挡。

(选自《21世纪散文诗排行榜》,百花洲文艺出版社,2010年)

东虹市场

告别孩子的农民被路上的黎明狠狠打湿。
碰碎的露珠发烫。
河田和草的上方存留昨晚新米的粥香。
热而不洁的呼吸。土话。拴住却叫嚷的幼猪。
交易。
一只接一只生茧的大手,将沉重的器物搬高,放下。
谁也没有注意又一个农民的到来。他坐下,撩起衣衫。
发白的乡镇黎明。
同样忽视了父亲黝黑的胸膛,以及
像绿苇上噼啪雨珠似的热烈汗滴。

漆蓝之夜

火焰的小父亲在砍伐身子。很响。砍伐。

群星碎花闪烁期间,漆蓝夜空这项无涯的树冠,此刻露水般清凉。

砍伐身子。血和痛的,父亲的身子在星空树冠下。

火焰又一批出窑。

蠡河之侧的货场上,堆垒似山的出窑陶器缓缓熄灭。

熄灭,像一个正在冷却的童年的梦……

(选自《散文诗评品录》,华艺出版社,2008 年)

天　涯

天涯(1969—　),本名沈珈如,原名沈淑波,浙江宁波人。著有《无题的恋歌》《恣意天涯》《陌上花》等20余部。

发潭州

夜醉长沙酒,晓行湘水春。
岸花飞送客,樯燕语留人。
贾傅才未有,褚公书绝伦。
名高前后事,回首一伤神。

——杜甫

发已白,人空悲,世事难料。

从潭州顺流而下,此去茫茫,何处是归程?

昨夜的那一杯浊酒,到今晨还留着残醉。船已升帆,从此,天涯孤旅,四处飘零。

一步一回头,谁读懂了你内心的凄楚?缤纷的落英在为诗人送行,绕着桅杆呢喃的春燕,在作最后的挽留。这滔滔的江水,让你明白再好的春光也不过是一场轻描淡写的云烟。

伫立船头,看历史舞台上那一幕幕几乎是重复的剧情,令人喟叹。总有一脉风骨在不知不觉中传承,总有一种气质在血液里流淌。往事历历,你在重阅自己的人生。悔抑或无悔,对你来说都无关紧要,你只是做了该做的事。

贾谊才高为群小所妒忌,贬谪到长沙,消失了青春的生命;褚遂良书法冠绝一世,由于反对册封武则天为后,贬为潭州都督。世道的不公,大概就是如此吧!

浪花,拍着船舷而来,一阵紧似一阵。莫非这是在暗示你黯淡的前程? 江水无语。

薄雾笼罩,夜色将临。

转过身,你走进了船舱,此刻,你只想再深深地醉一次。醉在梦里,醉在昙花一现的美景里,醉在坎坷的命运里。不要去追求什么功名富贵,何必去自寻烦恼——就这样醉去。

等,明天的朝阳,唤醒。

(选自《散文诗》2017 年第 5 期)

绝句漫兴(选一)

眼见客愁愁不醒,无赖春色到江亭。

即遣花开深造次,便教莺语太丁宁。

——杜甫

春日午后,阳光从窗棂外斜斜地洒了进来,散淡又柔和。空气里,流动着甜津津的气息。风,穿过树梢,它想表达某一种心情。

忧伤是无字的天书，诗人握笔的手举起又放下。昨夜写就的家书，还没来得及封口。远方，可有倚门而望的梦？

薄酒已冷。

比酒更冷的，是浓得化不开的愁绪。只一滴，就让这个春天失色。

潮湿的心绪，似成都的雨季，这般缠人。淅沥的虚无，让你恨不能变成水草植物，谁说，随波逐流也是一种人生的姿态？

树上的鸟，读不懂你脸上的表情，它们自顾着追逐、鸣叫，声音尖利。

花，开得烂漫。

真相，在斑斓的缤纷里，沉默。

其实，这些都不是你喜欢的。你明白，所有的盛景背后，必是无法回避的衰败。而所有的颠沛流离，只为了抵达理想的岸。

是春来得太早，还是心已迟暮？

折一枝柳条在手，诗在左边，现实在右。长长的一声叹息，从指尖滑过，那封书信是不是该封口了？

回首，灼灼桃红在想象中飘落。

（选自《散文诗》2017 年第 5 期）

陈旭明

陈旭明(1969—),湖南桃江人,笔名鸣铎、聂白。著有散文诗集《以诗说明》。

枯　河

把手插进波心,那轮月,鱼跃而出。

我接起最后的一滴蓝。

秋天深了。日子瘦了。河流浅了。

大地又多了一条皱纹。

只有一支歌,在生命的流程上不绝如缕。

左边是河。右边是夜。独坐城市边缘,西风过后,一段夜色洗净铅华。

打开河流的身体,谁听见了时间的沉默?谁看见了一汪潮湿的天空,还穿着去年的那件衣裳?

粼粼的身影仿佛风中芦苇弯向我的面前。

凝固的激情是水底的卵石。我只摸到一节嶙峋的骨头。

一阵冷,漫过指尖。一种坚硬,呈现粗糙的棱角。

真正的伤痕,有歌声流淌,就不疼。

大地无边,谁与美同在?

独抱幽静。水轻抚着水。风把一些风吹远。

晚泊之船上,酒在杯里咆哮。惊飞之鸟,纷纷逆水而去。

流水无声。流水梳洗白发。

三尾红鲤鱼,手提紫灯笼,在寻找家。

(选自《以诗说明》,湖南人民出版社,2012 年)

行走九寨沟(组章选二)

二

一匹飞瀑,生生地把我的目光撞了一个趔趄。

走过许多条路,其实我们一直没有找到一双合脚的鞋子。诗酒年华何等的欢实,我们不是梦想独骑青鸾俯瞰人间,就是试图拔着头发飞升地面,然而,豢养的是孤独,年复一年,只是把欲望培育出了无坚不摧的牙齿。

群峰岿然,像一枚枚钉子楔入我时常缺氧的生活,掐出说不清道不尽的疼痛。离开竞逐豪奢的陌陌红尘,我们的肉体不过是一些化学合成物,和后天肆意的人工修饰,哪比得上这一条旅途上的每一粒泥土,最细小,最卑微,也有模有样,有骨有骸。

神山,圣水,用险要的寂静,用阔远的沉默凝聚气场,迎接我们,征服我们。

这么多年来,我杯盘狼藉的血液里沸腾着的只是笙歌、酒渍,还有油腻腻的膏脂,我的肌肤上钉满无数被时光淘汰的黑夜。经幡,抖动灵魂里的洁白。侧身一隅,我羞于面对山的襟抱、水的胸怀、花的玲珑、鸟的高蹈……

在风景中寄生，任何人都将一无所得！

四

在一支藏歌里，我坐着。流水，把歌声一点点地折叠、弯曲，在一种失语的状态中，我仿佛看见了宿命的皱纹。回想曾经在多种灯光能够制造不同视觉效果的KTV包厢，模仿过容中尔甲，我是何等的浅薄！

九座寨寮。九颗星辰。美，闪烁在远眺的眸子深处。不要把她看作惊艳的新宠，这是神的恩赐、至净的救赎。

我只能在她面前，匍匐如土壤，或者傲立如古树。

像巨石一样把闪电栽在沉默里，像流水一样素面朝天，普天之下，真正能做到的有几人？

膜拜，不因肉体微小；

眺望，只因心灵庞大。

天堂，不是在人间，就是在心上。

（选自《淮风》诗刊，2013年第4期12月号）

庞　白

庞白（1969—　），本名庞华坚，广西合浦人，现居北海。著有散文集《慈航》，诗集《天边：世间的事》《水星街24号》等。

秦朝兵马

青石板上刻满马蹄。每天清晨，这些马蹄自动鸣响，整齐划一。

秦兵经过。只有秦兵经过，才能如此整齐。他们骑着白马。只有高大的白马，才会如此划一。

人马合一的秦朝兵马，走进月黑风高之夜。他们冲淡了来自传说的浓烈杀气。

每天清晨，马蹄声后，树林里的鸟儿开始从一棵树跳到另一棵树上去，它们在我们所有回忆都无法抵达的高度，用啾啾的凌乱叫声，阐述自如。

一盏灯在远处的青山上明灭闪烁

此刻云淡风轻，枯树古老，浆果倏然坠地；此刻藤蔓微醉，野菊呼应，春夜盛大开放。此刻有暗雷潜来，击伤雨水，有悲伤轻盈，跃上山坡。

山涧引路，小径寻觅，风吹得到处都是。风使寂静得以完成灯盏成为火焰的过程。

当我再一次拒绝转身、扑倒、滑动和告别，站在青山远处，眺望。我只能说，夜凉如水，现在不仅仅是天意。夜正保守着一个秘密，既清高，又庸俗，像那明灭闪烁的灯光，被一场飞翔覆盖。

（选自《天边，世间的事》，漓江出版社，2011 年）

支　禄

支禄（1970—　），新疆吐鲁番人。著有诗集《点灯，点灯》、散文诗集《风拍大西北》。

昌　吉

这么多好雨水啊！

一地一地的庄稼闭上眼睛，想左长就左长，右长就右长。

一棵棵树脚都不跺，一个蹦子就可以长到天上。

在昌吉，沙尘暴来时，葱绿葱绿的树鞭子样向着高高的天空一顿冷抽，沙尘暴就被抽得晕头转向。

在昌吉，沙尘暴很少来撒野。

在昌吉，天空蓝得像个天空的样子。

在昌吉，羊儿的咩叫声总是青草一样鲜嫩。

牛羊卧在丰茂的水草下边，眼睛一眨一眨宛若神话国里的小狐仙。风吹草低，牛羊弓起的脊梁一次次吹成天空的云。

午后，回族老汉蹲在门槛上。

一遍又一遍捋着胡子，像是在捋一点点落下来的雨星。

不久,微笑着转身。

顺手一闭门,雨在门外哗啦啦下欢了!

七克台

故事太多了,压着红柳翻不起身。

一棵草尖上,挑着神话国的狐狸精。

行走大漠,海市蜃楼来了。

等于一脚踏进秦汉的宫殿,坐在唐朝的阁楼上,听吹箫的女子,古典地一曲完了又吹一曲。

像是有水声哗哗地响着,让喊渴的沙子到死都不松手。

暴雨一样的阳光,压弯半个天空。

七克台,鹰的眼睛里住着一窝子传说。

七克台,一只羊让神话养着,翻年后就膘肥体壮。

七克台,一匹马奔跑成一朵火红的云朵才算奔跑,一堆篝火打一个响亮的呼哨,它们放慢脚步才收回肉体和骨头,像天空收回雷声和闪电。

在七克台,一天空的蔚蓝从眼眶倒进去。

一下子才能镇住辽阔的戈壁

(选自《风拍大西北》,中国文联出版社,2016 年)

牧　风

牧风（1970—　），藏族，原名赵凌宏，甘肃甘南人。作品见于《诗刊》《民族文学》《青年文学》《星星》《诗歌月刊》等。

博峪行吟

那是达玛花神精彩的演绎，令我迷茫的心扉訇然洞开。

端午的舟曲博峪，清爽的风揭开迷人的面纱。午后嘹亮的酒歌悄然苏醒，开麻古村旁湍急的河水，阻挡着采花姑娘急切的脚步。桑烟缭绕，聆听松涛中对歌悠悠。仁青措灿烂的脸庞和迷人的眼神，掩映在花丛中。

美丽的藏寨歌声环绕，朵迪阔的舞步有序旋动。兑巴人敞开虔诚的门楣和清洁的庭院，铜铃声声，摆开七位达玛花神护佑的传说。

面对青藏腹地达玛花神的轻轻呼唤，我的灵魂震颤着，一切的声音显得多余，而心灵的倾诉和情感的穿越让人着迷。

（选自《散文诗世界》2012年第9期）

羚城记忆

倏忽中我失去了梦的甜美。

那甘南草原腹地夏日的清爽和冬日的苍凉，让我久已沉闷的心情更显聒噪。格河已经干枯，如同我被世事熬红的干涩的双眸，在回忆中失去灵动和鲜活。更多的时候，我与友人席地而坐，狂饮这冷雪中酒的辛辣，感受人间古道热肠，品尝这羚城寂静中诱人的景象。

羚羊在奔跑，精灵在奔跑。

裸露的诗情在奔跑。

冬日的空气沸腾，因为有鸟语，因为有这白色精灵的呵护。鹰隼穿云而过，用双翅刺痛隆冬的记忆。

我在一片醉意中眯起双眼，扫视这寂寥覆盖的小城，一些想法被飓风撕裂成梦幻的碎片，在空旷的夜里随寒流游弋而逝。

（选自《散文诗世界》2008 年第 8 期）

梅里·雪

梅里·雪(1970—),女,藏族,本名梅生华,甘肃天祝人。作品见于《诗刊》《散文诗》《星星·散文诗》《绿风》《山东文学》等。

甘 南

经书喂养的僧人,云淡在体外,风清在体内。

佛殿外,红墙下,一颗心在朝圣的路上……

他说:体内的那盏灯熄灭了,还会以一滴水、一盏酥油灯的形式回来——依旧是佛前一粒干净的藏文字母。

依然爱着青藏的阳光,青藏的雪。依然爱着诗歌的经卷,爱着佛说。

一讲佛经故事,普提的叶子就开始摇晃。

桑烟是沟通天地人心的语言——纯净。淡薄。袅娜。轻盈得让人心往云上去。

寺院的某一处拐角,夕光下,影子投在红墙上,一路转经筒替众生扶住暗下来的光阴。

匍匐大地,低下去的心跳就是大地的心跳。

万物生长的土地上,心与野草昆虫一样,活得卑微而欢畅。

再远的路,佛在心中。

再高的佛也能听到大地的心跳。

晒　佛

巨幅唐卡一展开,佛就醒了。

喧嚣的众生一片安宁。

经幢,华盖,僧人,在蔚蓝深处禅修。

天空高远,云朵深处,除了佛永恒的微笑,我什么也看不见。

锦缎的莲花开在众生心间,一朵,就打开一扇新鲜的门。

雪山的阳光一闪,通道呈现,生命获得新的提示。

白龙江歌唱的地方,佛在,花开。

晒佛台下,跪满了寂静而贫穷的灵魂。

积雪中他们贴近土地,贴近山坡和枯草,身影多像近旁的植物,低矮,稠密,被风轻摇着。

经声俯在草木深处,一个人的内心就开始辽阔。

醒来的佛知道,我们遇见佛就遇见了心中所有的春天。

(选自《青岛文学》2015 年 3 期)

路过星星海

搭顺车的喇嘛说:运气好的话快到星星海就能遇到一场雨。

本来万里草原阳光晴好,不一会儿一片云被风吹过来,一阵雨真的落了下来。

他说，先洗一洗灵魂才能看见星星的蓝。

顿时，我重新定义了这个搭车人的身份，他是怀揣星星的人，是众生的上师。

星星一样多的海子散落在黄河源，风吹着蓝，荡开一圈一圈涟漪，那是一首诗的眼睛，也是大风拂动下黄河呈现的另一种静止。

无数的海子里映出无数天空，无数云朵，我觉得自己也变成了无数个我，一个我捞白云，一个我数星星，一个我用接片拍星星海，还有一个我在冥想：

星星其实和冰雹、雪、水、云雾、眼泪是同一事物，它们都有大彻大悟的眼睛，都闪着纯净的光芒。

那个从尘世来的另一个我，也学喇嘛上师的样子，掬起清凉的冰川水拍一拍额头，想要洗一洗沾满尘垢的内心。

（选自《青岛文学》2016 年 8 期）

崔国斌

崔国斌(1970—),祖籍安徽桐城,出生于安徽望江,现居安徽合肥。作品散见于国内外报刊,收入《中外散文诗六十家》《难忘的100篇散文诗》等多家选本。

路过知府饭庄

很多次去机场的途中,我都能看见它的名字和外表的装扮。

我没有光顾过。一个过时的词语:它并非不真实。

它低于烟云,低过种种幻想。

——这也是它本身。我路过这归于历史的词语,它拖着长长的阴影,与生活的曲线重叠。

种种围绕着的知识,在不停地堆砌,凝固在一起。

也许我能够知道,在这个地方,什么也不曾发生,什么也没有发生。

工具制造者,拿着毛笔,画自己的想法,画他理解的和睦。

唯独画不出高高在上的自己。

这词,莫非是可供想象的遗产?它仿佛一个不知名的水果,挂在路边,独自摇曳。

仿佛悬挂在饭庄大院门口的红灯笼,成为旧风俗的代言者。

它自己远去的时尚，不是通过声音，而是在观念中自言自语。

为什么？我总是听见有人把惊堂木啪啪地拍个不停。

回想一个地方：安庆

过去，这座城肯定是另一个样子。

某个历史剧，以这个地方为背景，却不是在这儿拍下的。

——它需要另一个安庆？抑或类似于背景这种永恒的东西？

抑或它如今不在的地方，正是故事的发生地？

现在是五月，要是到了七八月，就有许多事情需要回忆。

我是谁？一个曾经的居住者，一个现在的回想者。

一个有别于长江边上游泳的人、放风筝的人、吹拉弹唱的人。

我们并不缺少话题，只要你愿意倾听，只要你像黄梅戏爱好者。

安庆，过去就在现在这里。

如果你要了解它的过去，可以漫不经心地去一点一滴地积攒；但你要把它说出来，就要利用想象的权利，而且得记住一点：要说得非常快。

（选自《大沽河》2012年第3期）

卜寸丹

卜寸丹(1971—),女,湖南益阳人。著有散文诗集《物事》。

那些密布的河流

那是神制造的幻象。

黄昏降临。庄严的星辰升起。

水的马匹驮着时光。虚幻的世景。顺流而下。

黑暗、执念都无法阻止一条河的流淌。

它一去不返,像受难的族群,我幼小的母亲,保守着神谕的暗示,历经狭窄、广阔,历经平缓、岩石的落差,泊,或倾泻。

她终其一生地流逝,也无法知晓命运的皮毛。

水边是多么神秘的岸呵!

兽潜藏在丛林,余生已定。

谁能藏住一缕清风?它抱着正待枯萎的荷梗。

“爱吧,爱这绚烂与凉薄。”

“该映照的都映照过了。”

星光下,娘说。

一株稗草，它是多么寂静

呼喊，咆哮！这尘世只有禾稻生生不息。

幼小的母亲用水绿润泽她明月的眼睛，她柔韧、微弱。如灵魂。

先祖临水而居。世间万物共享浩瀚的星空。

幼小的母亲站在水边，一次的临照，是多么绝望呀。就如一次的生长。

天地之大，大不过命。

永逝，即是人与一条河流共生的命理。

幼小的母亲站在源头，向着无限的盛大，向着虚空的未来。她裹挟万物之始的生气。

“呵，你看一株稗草，它是多么寂静。”

娘轻叹道。

被围困的岛

青铜的虎符。箭镞疾奔。

辽阔的河岸，勇士的头颅，高于命运。

“他们为谁征战？”

“如簧毒舌。控制之术。我的孩子将死于非命。”

幼小的母亲用水制造幻景。她不断受孕，繁衍子嗣。她在水中，产下鱼子。

大河奔涌，浇灌悲悯的大地，良田万顷，栽种慈悲的食粮。

皇天后土，幼小的母亲主宰万物，诗歌中的火焰，人世中的悲怆。

一天一天，她用月光涂抹成凝脂，在水边唱起远古的歌谣。

“那水中之岛已被围困；那爱，在泛滥。”

（选自《星星·散文诗》2016 年第 10 期）

干海兵

干海兵（1971— ），四川荥经人。著有诗集、散文诗集《夜比梦更远》《远足：短歌或74个瞬间》等。

清灯记（节选）

一

老外婆用清油点灯，在黎明或黄昏为全家人祈福。迷离的灯苗里，一万粒油菜籽重新找回了青青的身体，那些流动的花影，在佛经中徘徊。

每一粒油菜籽都相信过春天。在川康边地，油菜花总在向阳的坡地张望，它灿烂而单薄，像每一个青春期的农家的女子。清明雨落，油菜出嫁，送到山谷河湾中的榨房，饱满或瘦弱的心事化为沉重的水。

四

清油灯也会开放的，清清白白的花朵偶尔也会呻吟。

残夜漏星。通往黑暗的是一条路，通往高处的是一条路，回家的人，在山地中深一脚浅一脚，内心荡漾着春天许下的一万朵花语。

抱残守缺的老外婆啊，一万朵花开在你少女必经的路上。

六

故乡的油菜花中开得最美的那朵是清油灯，仔细聆听，它会说话。

说柴门竹扉、说鸡鸣犬吠、说山道上赶路的夜雨、说茅屋上唱歌的月亮。

——月亮，月亮，你可看见了那散落在梯田中的黄金。

我有一块水的黄金，带着它游走四方，我有一苗小小的故乡，
开在清油灯的中央。

察布查尔的弓箭

锡伯族有大弓，箭袋上有飞腾的龙和马。

信奉万物有灵的老人一定见过它们。以云和露水为生的两种祥物，出现在夜里，出现在野外，在伊犁河的上空。

锡伯族的箭是飞翔的胡杨，长着血红的年轮，在经过的每一条时间之河中啜饮，硬骨头的夜晚常常被擦出火花。

以箭为马的草原，察布查尔的每个人心中都有神兽在指路，击鼓的汉子，把天地系在箭杆的腰上。

也有在火塘旁睡熟的弓，梦见了大雪，连绵到天山。

仿佛东北来的，白头的大雁。

（选自《星星·散文诗》2017年10期）

陈计会

陈计会(1971—),广东阳江人。著有诗和散文诗集《叩问远方》《世界之上的海》《岩层灯盏》等。

水 稻

贴近土地的苍茫一种青葱的声音隐隐而流:水稻水稻水稻……

泪流满面的呼唤在日之光月之光里荡漾。

水稻。朴素的植物。

在粮食古老的概念里葳蕤地生长。

汗之河泪之河里你苍绿的影子缀满阳光铜质的果子。纯亮纯亮的光芒呵。

照耀历史的肌肤我们的肌肤,

我们饮着你洁白的血浆洁白的微笑,

击鼓而歌而舞,

在你情感青密的丛林。

间或以某种劳作方式亲近你触摸你聆听你温暖的拔节声响彻,

我们躯体的上空。

在你的根系伸展的水域,我们的汗水我们的血液抒情地溶解，溶解进你青青的光芒里呵。

我们是这样与你相亲相爱。

千年之前抑或千年之后，

你都永远青苍永远灿烂永远闪烁在我们血液流过的地方。

你的微笑你的光芒你的拔节声养育着千年之前抑或千年之后的

我们。

在水之域土之域你荡漾着青葱的气息。

穿过重重的苦难和幸福，你与我们并肩而行，以你体内迸射出的光芒照耀我们，

前进。

然而你却是那样的朴素那样的缄默，

我们泪流满面，

寂坐在你月色迷蒙的氛围种植一种青葱的呼唤：

水稻水稻水稻……

（选自《叩问远方》）

煤

乌黑、冷峻、炽热，透过它深色的脸孔，我看见熔熔的烈火照亮城市的进程和麻木的内心。

这是我所忽略的，包括大街上远去的曾与我擦肩而过满身汗味的拉煤人，在今夜一起迎面而来，逼视我的灵魂。这一切，都是源于我手中抖落的那张晚报。轻轻地飘落，却在内心溅起轰然的

雷鸣,仿佛听到报上所载的几十条生命瞬间被坍塌的煤窑所覆盖的巨响。呐喊、呻吟、哭泣……静寂,死一般的静寂。

所有的血,变得如煤一样冰冷、缄默;而愤慨,却燃起弥天大火。火光中,依然有管理者在觥筹交错;依然有包工头在夜夜笙歌;依然瞥见制度在墙上安然昏睡。火光之外,晃动着无数双无助的手、乞求的手、抗争的手……我不忍再睹,泪水落到报纸上,口中默念着:煤—— 一朵火,从我的内心突然窜出。

今夜,我看到漆黑的城市被它照亮,麻木的内心因之变得冷峻和炽热。

(选自《岩层灯盏》)

香　奴

香奴（1971—　），女，内蒙古兴安人，现居广东珠海。著有《佛香》《不如怀念》《伶仃岛上》。

发　生

南方的桂树春天也在开花，开得繁多，热风让她的香气过于馥郁，这让幽静的清晨被路人猜忌，这些盲目的芬芳里到底发生了什么。

蝴蝶，飞过去。

蜻蜓也飞过去。

蜜蜂却流连忘返，像与老情人重相见，而分别已经数年。

米粒那么细小的花朵也容得下蜂针，这相见多么疼痛，这春天的毒素多么汹涌。

桂花，却面不改色，桂树的肢体向上伸展，叶片增多，她想遮蔽自己雌性的水分，露水的绿色。

枯萎，多么迅速的事啊。

当然，新鲜的花苞也长得飞快。

蜜蜂把新鲜的唾液带走了，他一定另有隐身之处，那甜美的海市蜃楼。

蜜蜂，很快就会返回。桂树用不知疲倦的爱情喷薄出崭新的花蕾，腋窝，肋骨，脊背……

这香，是满天的繁星。

蝴蝶是个谜

蝴蝶是个谜。

周公是唯一能解谜的人，却一梦不醒。

北方的蝴蝶，单纯地白着，永远是青春年少的样子，永远成双成对地出现，白桦林，白碱地，白苇丛……她在缤纷的日子里借助白的镜像，时隐时现。

蝴蝶需要变换自己，南飞。

浓妆淡抹才能相宜繁花。岭南的绿，深如渊谷，这丁点的白怎么能够抵御这潮热的诱惑！

蝴蝶从自己的身体里释放了自己。

翅膀生出斑斓，生出梦幻蓝，生出魅惑紫，生出暮霭里隐约的胭脂色……对于我们苍白的今生，蝴蝶好像提前掀开了来世。

蝴蝶，变得妖娆，顾盼生姿，与你对视的眼神，藏着诡秘。

蝴蝶是玉，蝴蝶是蓝松石，蝴蝶是沉香木，蝴蝶是一切可以贴敷在心口的装饰，蝴蝶是一切可以死而复生的回忆。

这五千年的陈旧光阴呵，春草一遍遍绿过江南的岸呵，这凄凄切切的小提琴的弦呵，都不能唤醒，那个沉睡。

蝴蝶在这场冗长的梦里，进进出出。

蝴蝶，始终是个谜。

（选自《山东文学·下半月刊》2017年第6期）

唐朝晖

唐朝晖(1971—),笔名九月、方达,湖南湘乡人。著有散文诗集《心灵物语》《勾引与抗拒》《梦语者》等。

中国瓷(选三)

24

藤蔓会议者梦的颜色,寻找,墙壁的灰尘,雨水淹没大地,十步之外的城市,请求补救——崩塌。

红色呼着谎言的阴云,黄色吸着善良的精气。阳光消失在白天的窗台。路灯,照亮了骤然而黑的城市!

不行了,我心已暗,像梦一样。努力站在楼梯高处,克服滑倒的危险,擦亮头顶那块天。

微微有光,绝望的水淹到了心脏。

33

恍惚间,我站在你面前,靠着河边的一棵树,看着风把两边高山上的树叶吹向一个方向。

你的年轻靠在早晨的朝霞里。

是热的。

那是八十年代，我刚学会在张望的时候里看那个昨天的自己是如何在风中狂奔，是如何与四个朋友一起，骑着自行车，冲出小城的路灯，在乡村的夜里撒野；一条柏油马路暗暗地切开广袤的田野，曾经是机器的鸣响，数百把锄头铲除植物，深挖，用高温把沥青煮成油，淋在这条道上。现在，那些嘈杂的声音和脚步销匿于田野。

我还在奔跑，永远也跑不出那条夜里的柏油路。

我的肤浅超出想象：几百本，上千本书的一知半解！十个、百个地方的走马观花！

问题背后的结、病症的根长在哪里？繁殖的土地辽阔程度？何种药物最有效？

对于这些，我无从下手。

渔船被扣押？

战舰呢？

死在南京土地上那些没有刀枪的老百姓呢？

死在饥饿之神手中的亡灵呢？

65

咬牙切齿地想起

那两个白天两个夜晚：

五十年的大树，几百棵，站在城市里，列成五行，最终被集体处决——

砍头、斩腰、断脚。最后只留一地树桩，血往根部里流，一点点依恋地离开根须，孤魂游进无边的土地深处，那里有无边的黑和明亮。

树桩呼出最后一口气，张望着更高的天空，和来来往往的人和车。整夜整夜，它们用五十年积攒的气力，呼出最后一口气，已经不可能有吸气的可能了。

（选自《通灵者》）

徐俊国

徐俊国(1971—　),山东平度人,现居上海。著有诗集《鹅塘村纪事》等多部。

养着,关着,供奉着

我养着一尾月亮。
瘦了,撒点愁绪喂喂它;病了,弹弹吉他陪陪它。

我关着一只悲剧。
它咆哮的时候,赏它盐、石灰、玻璃,灯与钟,
外加一些涂了口红的砒霜。撑死它。

我供奉着一尊菩萨。
一粒七星瓢虫在琥珀的监狱中凝望着外面的大好河山。
菩萨哭了。

(选自散文诗集《自然碑》)

孤　单

雨打风吹,落英满地。世间所有的美,都屈服于流年。

雄马立于雷神的长鞭下，鬃毛沾满樱花的灰烬。

它以隐喻的方式打着响鼻。

有多嘹亮，就有多孤单。

（选自《中外散文诗60家》，河南文艺出版社，2016年）

消　逝

桥下，秋水如琴，花瓣流向远方。

蟋蟀端坐于草叶的演播厅里。

小白兔的耳朵里，车轮在响，红尘滚滚带着针芒与暗伤。

有罪的人很多，知道哭泣者只有一个。

蝼蚁有蝼蚁的道路。虫卵的漆黑里，深藏着卑微的救赎。

蟋蟀，你带着我消逝吧。

（选自《时间的年轮》）

扎西才让

扎西才让（1972— ），藏族，甘肃甘南人。著有《扎西才让诗歌精选》《七扇门——扎西才让散文诗选》3部。

桑多河：四季

桑多镇的南边，是桑多河……

在春天，桑多河安静地舔食着河岸，我们安静地舔舐着自己的嘴唇，是群试图求偶的豹子。

在秋天，桑多河摧枯拉朽，暴怒地卷走一切，我们在愤怒中捶打自己的老婆和儿女，像极了历代的暴君。

冬天到了，桑多河冷冰冰的，停止了思考，我们也冷冰冰的，面对身边的世界，充满敌意。

只有在夏天，我们跟桑多河一样喧哗，热情，浑身充满力量。

也只有在夏天，我们才不愿离开热气腾腾的桑多镇，在这里逗留，喟叹，男欢女爱，埋葬易逝的青春。

高原月

高原之月从山上下来，跟着插箭的男子和沐浴的女人，来到小镇北边寺院的金顶。

高原之月映照着黄锦内的经书，抚摸着绘有吉祥八宝的镀金的门楣，在深夜的街头，迎来了晚归的沮丧的书记官。

就这样过去了多少年。多少年来，春花灿然绽放，秋果熟了自枝头落下。

就这样过去了多少年。多少年来，尘埃悄然落定，混沌寂然有序，那个晚课后得道的黑脸高僧，在天幕下顿悟了人世间的生死。

桑多镇上的死者

美人玛丽莲·梦露出生前，她的父亲买了辆摩托车，骑上它朝旧金山而去。他再也没回来。

僧人阿克丹巴出生前，他的父亲和别人打了一架，昏死在冰冷的砂石路上。他再也没有醒来。

去年腊月十二那天，父亲把长刀交给屠夫，那只刚刚出生的小羊羔的父亲，就去了另一个世界。

现在，生者继续在我们陌生的天幕下生活着，死者，在我们耳边大声地叫喊，但我们都听不见他们。

死者只好回到他们早已熟悉的那个世界。

也许还会回来，成为树木、鱼类或走兽，但我们还是无法看见或听到他们。

（选自《山东文学·下半月刊》2017 年第 6 期）

霜扣儿

霜扣儿(1972—　),女,黑龙江海伦人。著有诗集《你看那落日》《我们都将重逢在遗忘的路上》,散文诗集《虐心时在天堂》。

大　雪

1

落日苍茫。
我爱的鸟类组成落日的边缘,扇动时光。

你在来的路上。
我怎么收回眺望?

我看自己的梦倾泄而去,形成你的轮廓。
你只是一个。
但你漫山遍野。

我得怎样把内心的孤寂,付于更白的线条,牵出遗世的风声——在东北的冬,我的等待缠绕出单薄羽翼,一路低飞,成就唯你懂的呓语。

漫无边际。

怎么抖开身体，探出一脉心思，汇进滔滔向往，撷取心声中最暖的那句。

扔下人间的边角，带仅有的憧憬，把生途扭过来——

向你。

2

日夜兼程。

大道由浅入深，引我以宛转做情迷，认小炉火的微温，做风雪夜归人。

是一粒一粒，还是一朵一朵，是一步一步，还是一句一句。

大雪从银杏叶落下的地方来。

大雪不让我等得太久，不让我千万里相侯的额头，出现残山剩水。

这令人紧张又憧憬的漫天纯洁。

到达，融合。和鸣至巅峰——我久已干涸的吟唱，与寄存在神明那里的渴求与羞涩，开始萌动。

当我仰头，风雷会悄悄推进，余音环绕我的唇齿。

而我不说迷醉，我只需你张开肺腑，把我的头发埋下，为天下黎明安家。

当我俯首，扑面而来的纯粹融化我的热流为泉水，汩汩，奔回生命的源头。

热烈的快马成全我旷野的闪电，大雪在那。

温厚的胸口覆盖我忧郁的荒原，大雪在那。

我透过多少层尘埃，红尘才献出窗明几净。

才看到你。

一眼一伶仃。

因为怕辜负，不敢太幸福。

3

就此陷落。

笃信案上不少茶的余温，臂弯不少脸庞的微红，只要我看，眼前就是你眼中的湛蓝天空。

如何不倒提岁月，漏出角笛声声——

不放过你的大野，我的小河。

不能停靠的记忆滴落在你的手上。

你一直在来。

你不相信人生有不尽的悬崖,你说待鹤的眼眸亮在我生存之处。

此岸,彼岸。

中间这一片经年闪过平仄的山河,绵延至深的情意,要为你打开焰火。

怎么揭开这场大雪。

厚如轮回。

厚如此生之最。

怎么按住热烈,不分沟壑与明月。

怎么拉回万马奔腾,来听一听烟花易冷。

怎么与万千滋味的对峙,拢住胸怀,不化尘土。

我们脚踩的这一块,碎屑如乱辞,又夜宿盲道,认彼此为故乡。

你爱与我携手,梳理红尘,落尽俗世阴影。

白茫茫一片,多干净。

在文字中浪迹的人,绕过宝马轻裘,落在窗明几净的怀抱中。

4

铺天盖地。

怎么撤下千机变数，不教关山渡飞鸿。

怎么把蝴蝶别在我的扣上，把烟雨收回我的耳朵。

怎么原地踏步，夯实人生的秘密，及这秘密延伸出来的甜蜜与悲怆。

你把数度守候，叫作不出声的祷祝。

天下离别都栽进我的心田，我也不再是素人。

——溢于唇角的春天潜伏下来。

送不回你的奔赴，我只能一慢再慢，软成你心上的那片海。

红尘在握，边城与心灵都没有绊人的离声。

绊人的是念念不能忘记的相识，是千声呼唤，却不敢轻易约定的相逢。

5

大雪无声。

不顾有人抚头，有人在栏外已等了三生。

怎么提笔，在影墙上重重叠叠，写一个名字。

怎么设海角天涯，倒一杯酒似洪峰，为到来的推波助澜。

言外的千枝万枝，随清凉的意象活在执念里。

许相拥的圆满，许沧海桑田只说到一半。

多少未央造就红尘绝唱。

红尘窗明几净。

有人看到我手执梅花，削骨以适——把余生简化，以暗香之音，送回你的眼睛。

一直到有人提起三千华发，这一程绮丽之约，方飘飘落下。

如慢弹琵琶。

有人伏在我的肩膀，留下一生的回望。

（选自《散文诗博览》2016年第13期）

章闻哲

章闻哲(1973—)，女，本名章文哲，曾用笔名章少卿等，浙江诸暨人。已发表文字约百万余字。著有散文诗集《在大陆上》和文论《散文诗社会》《梦、艺术、人本主义》《中国社会主义美学探微——贺敬之卷》等多部。

漫游者导言(节选)

十二

信者不溺于水。信者闻听水中有珍珠，入水即得珍珠。

列子如是说。

漫游者是信者吗?

我是。否则我将寸步难行。

喜鹊用它素朴的歌声装点了柏树，嗨！你看到那上面铺满了雪花?

仙乐国最杰出的乐神黄鹂飞入仲夏之地，穿过深绿的夜空，成为人间最华美的背景。

“离开这些，还真有点乏味。”漫游者说。“尽管有时它们很烦。”

“我知道我在屏蔽些什么。爱或者爱情。”

“我所说的远不是我所说的。这一点连神也不知道。”

“要我说,那些神还真没用。”

“但神是谁? 这一点连神也不知道。”

——“不知道”是漫游者的特权,是信者最基本的信仰。

“我不能说,如同我说出一切。”

十三

若人无能为力,则神也无能为力。

不应该倒过来说吗?

若人死亡,则神也不能在死亡上增加什么。

不应该倒过来说吗?

倒过来说吧。漫游者气如游丝地想要倒过来说。

倒过来说吧。让下沉的春色再次上升吧,让紧闭的花朵狂浪地开放吧。

玫瑰地的香气无处不在地东嗅西嗅。不仅你们的鼻子,你们的耳朵、头发、额头、人中、下颌都充满了亲吻的念头。手臂上结满苹果。脚趾上长出桂叶——不应该茂盛吗?

我需要茂盛。漫游者说。

茂盛的阳光与雨水，茂盛的爱情？

但誓言如果不用人语而用精灵之语，那可太茂盛了。
谁能搞得清他在讲什么呢。

倒过来说吧。不然死亡又怎么复活呢？

十四

漫游者把耳朵贴在了时钟上。
它在说些什么？
绿想我。啊，是绿想绿。

时间不能倒转，倒过来也一样。——漫游者的眼镜从鼻梁上滑下来，搁在了嘴唇上。
但不是惊讶，而是日常。日常是又必须，又沉闷。

一匹小狼的魂魄推开门走进了漫游者的草原。漫游者朝它嚷嚷：不知道什么是隐私吗？我在！没什么事会发生。我会发生什么呢？你可真是的！

小狼嘻嘻地笑着又出去了。

如果小狼倒过来是绿……
——漫游者的脑袋炸开了一片绚丽的紫藤——但不是眩晕，

而是……以我看，那会是什么呢？无可避免的博杂的声色，不可遏制的人性与神性，智慧以及毫无智慧。啊，自夸与谦逊，节制与奢侈。

谁能给我换一部脑袋？漫游者问。谁能把我从这分离出去，开一次纯粹的人生之会？

（选自《九月诗刊》2015年第12期）

堆　雪

堆雪(1974—　),本名王国民,甘肃榆中人,现居新疆。著有诗集《灵魂北上》、散文诗集《风向北吹》《梦中跑过一匹马》。

大雪深处的红

雪,一片一片,落在心上。冰的心,悄然柔软起来。

此时北方,有点像手执蜡梅的男人。呼吸和心跳,不再石头般坚硬。

冰河,在一夜间解冻。晨曦的列缺里,传来亲人相互惦念的喷嚏。

北风,开始有了曲线。风筝或云朵抚摸过的地方,已然有了水的腥味。

铁打的远山,卸下历史沉重的铠甲,试图走进萌动喧哗的现实。

回首间,万物的背景,已展开天空的蔚蓝。

高处的积雪,低处的泥土,开始松动。潮湿的心底,似有古老的犁铧翻动。

阳光如旗,季节把少女怀里的洁白,一寸寸逼向内心。

炉火更旺,昭示庄稼和楼群拔节的年景。雪打灯笼,给日渐浓重的节日点题。

红，随着爆竹与烟花升空。聚首故土的亲人，用微笑和泪水拼合出农历旧年，最大的窗花。

当岁月的狼毫饱蘸风云，把黄河与长江这幅壮阔的春联写好，驰骋雪线的马队，就是春之门楣上，最巍峨的横批。

（选自《山东文学》下半月刊 2016 年第 2 期）

酒　泉

李白走了，只留下白纸和青灯。

只留下，风中一张一张的沙漠，和一沓一沓的戈壁。

浪漫豪放的诗人，带走了笔墨，只留下泉边醉酒的倒影，以及风霜中，明月千里的梦境。

李白之后，我来到酒泉。

我跪在泉边，想象当年，诗仙怎样伸出双手，掬起一泓灵感，痛饮西北，无意中吐出千古绝句。

李白之后，再无诗篇。飘香的泉边，遍地乱石般的醉汉。

我从三千里之外，来到酒泉。我胸有墨迹，但不敢落笔。

在酒泉，我只能闻一闻好酒。用夜光杯量量，我的才华和乡愁。

大醉一回，感受喝醉后被诗意耽搁的一生。

（选自《散文诗世界》2007 年第 4 期）

陈　亮

陈亮(1975—　),山东胶州人,现居北京。著有诗集《乡间书》《陈亮诗选》(2008—2017)等。

隐　身

忘记了是哪一年哪一个夏天哪一个傍晚,太阳埋进土里,小狗对着香案作揖,院子里呈现出一种草灰的颜色,我听见有人在小声喊我,可环顾四周也找不到什么。

这时,猪窝上的倭瓜花一下子全开了,花很大,一只风流的蛾子深陷其中,不能自拔,翅膀急切而清晰地拍打着花朵的内壁,院子里的香气骤然浓郁起来,榆木桌,槐木凳,粗瓷的海碗,红漆的筷子自己主动地在院子里摆好,早年当过货郎的祖父眯着眼睛听收音机,小脚的祖母从黑屋里端出一脸盆疙瘩汤——

和往常一样,我们开始晚饭了,我埋着头专注地喝着吸着,等我抬起头,突然发现祖父祖母不见了,但半空中他们的碗还在晃,筷子也在动,也能听见他们呼噜的喝汤声,我有些急了,满头大汗地哭了,出悲声的一刻,他们又猛地出现,慈祥地望着我,让我瞬间疑惑着害羞起来——

多年后,当祖父祖母真正离世时,我并没感觉有多悲伤,我始终认为他们还会和那个傍晚一样,不过是隐身了,很快我们还会再见……

在乡村

有一天傍晚，我来到了村后的土岗，天很快就要黑了，怪物吐出阴凉，天使挤着星泪。

这时候，河水开始缓缓流向过往，果园的香气压低了穿过篱笆或铁丝网，我们的父亲或者母亲终于从庄稼地里出来，身体散了架子，越发潦草、含混。他们扛着铁锨、镢头，来不及叹息，就牵着牛鼻或赶着羊头，晃荡在崭新的柏油路上。

这时候的风彻底躺下了，月亮用眼角扫着几只挤眉弄眼、猴精作怪的小兽。这时候我会看到村后的那条柏油路上，有人在烧纸、祭奠、拖着长长的哭腔，或迎来一队打着灵幡的浩荡队伍，仿佛从电影鬼片里飘出来幻影，每每让我蹲下，抱头哀恸不已。

就是这条路，从修好到现在死过不少人，前年是一个拾荒的老人，一个建筑的汉子，去年是一个哑巴，两个孩子，今年，是一个卖豆腐的小贩——他们都是在这条路上被卡车撞飞了，场面很惨，至今只要我使劲吸气，还是能清晰地闻到那些顽固的血腥——

在乡村，还有多少亡灵不肯离开，还在用什么使劲抓着尘世的泥土。

一盏灯

我想写的那一盏灯，是在北平原，霜气把月亮发烫的匕首弄得青白了。已经是后半夜，一个低矮的羊圈里，我家的那一头母羊要临产了，铁丝上，挂着父亲用旧了的那一盏马灯。

看得出，母羊开始有些焦躁，却很顺从地让父亲跪着，抚摸和安慰它的皮毛，用温水洗净它鼓胀、拖拉的乳房——慢慢地，羊水就流出来了。

随母羊阵阵难声，羔羊的前肢先探出，紧接着，它的头附趴在前肢之间，顺利地，落在了松软的麦草上——最后，胎衣缓缓地脱了出来。

父亲小心地将羔羊的口、鼻和耳骨的黏液淘净，又将羊羔放在母羊的嘴边，让她将羊羔的皮毛舔干、捋顺。整个过程，显得有条不紊，看得出，母羊和父亲都是有经验的。

可父亲毕竟是老了，手上的脏污还没洗，就和着麦草的腥膻和生育的气息蜷缩着睡去了。只有那盏马灯，还一直暖暖地亮着，晃着。

怜悯灯影里，母羊在舔着它的羔——羊羔们跪爬着，颤巍巍地发出咩咩的声音，声音很虚弱，但没有不安和恐惧。

（选自《核桃源》2017 年第 4 期）

雨倾城

雨倾城(1976—),女,本名袁秀杰,河北丰润人。文字散见于《青年文学》《诗刊》《诗潮》《诗选刊》《诗歌月刊》等。

河水流啊,流

我在堤上走。
眼神微漾。

诗经的源头,“一河的山水,模拟昨日”。
我小小的梦,我的孤独敏感的一生,都在这里,清清倒映。

吻一吻你的脸。波浪把一切送远,送远。
不见了,
我的甜。不见了,
旧的云彩。

沿着旧路,不断回头。在你看不见的路上走,从前世走到今生。脚步一沉再沉。每一步,都是我纠缠的山水。

每一步,都和着金山寺缥缈的佛音。

河水流啊，流。

这前浪后浪的苍凉，这不动声色的泛滥。

用情深处，不断地说再见再见。

把手伸进水里，一个正在白头的人，抱着故乡的影——

轰然倒塌。

我得停一停

一切都隐去了。

月亮，天空，石头，两岸，被河水与岁月反复清洗的影子。

我得停一停。

忙碌的人，漂泊的人，心里住着爱的人，都该睡了吧。

河水摇荡。不可见。

小风吹——

浪花喧响在心中。

小小的渔船上小小灯火，跳跃，沉浮，童话一样填满我黑黑的夜晚、孤单的夜晚。

它找到我，并取走我的心。

忘掉世事。

一些静落下去,散作满河,点点星光。

一点,两点,三四点……

我一点一点地数,满身水气,却浑然不觉。

(选自《延河诗歌诗刊》2017 第 1 期)

陈劲松

陈劲松(1977—),安徽砀山人,现居青海格尔木。著有散文诗集《五种颜色的春天》(合著)《白纸上的风景》《藏地短札》《风总吹向远方》,诗集《纸上涟漪》等。

青海湖

这巨大的杯盏!

它盛满4583平方公里的蔚蓝!

它还盛满飞翔的鱼群、时光里的盐,以及十万场前来敲门的暴风雪、百万朵野花绽放的香……

蜂群飞翔,这些黄金的骑士,它们把湖畔燃烧的油菜花,正驮向微凉的天空。

远处的雪山——

那么多已亮了千万年的灯盏,它们寂寞的光芒,

正由那个红衣喇嘛一遍遍念诵。

牛羊们神态安详,它们的体内,都被神安放了一小片

安静下来的涛声。

一滴雨落下。

那只停下来很久的白马又开始走动。

我猜测：它的体内，一定有一座，开始融化的雪山。

（选自《山东文学·下半月刊》2014 年第 10 期）

荒原上空的月亮

被无边的苍茫一遍遍锻打过的银币，它的光芒被斟入十万雪山的灯盏。

草木褴褛，安于宿命。

一条波光粼粼的河流是打开的月光宝盒？这些银质的、冰凉的月光正从雪山的杯盏中流出。

如果没有人看到，这逝水般的月光就将白白流淌。

星辰寂寥，是疲惫的霜粒，又冰冷，又温暖。

风吹月光，是一种轻抚摸了另一种轻。

是一种苍茫，抚摸了另一种苍茫。

星河低垂，荒原静默，万物颔首低眉。

天空中那枚密纹唱片，

正兀自空转……

太　阳

永恒的孤独者！

背对众神，独自燃烧头颅。

此火为大，焚烧黑色的沙尘，四万五千平方公里，金色的箭矢密植于大地。

绿萝花举起冷的火，细小而瘦弱。高车远去，唯诗篇里留下它喑哑的声音。

正午。兽迹难寻。

而此时，额顶宽阔而洁净的阿波罗，
众神仰望的阿波罗，
驾火焰战车的阿波罗，
于此打马经过，逡巡于富足的荒凉。

一袭紫红的袈裟，正匍匐而行，背负着天空，那灼热的蔚蓝色羊皮经卷。

（选自《星星·散文诗》2014 年第 11 期）

语　伞

语伞(1977—　),女,本名巫春玉,四川成都人,现居上海。著有散文诗集《假如庄子重返人间》《外滩手记》等。

扉　页

静默,取代了所有的修辞。

这样的夜晚,我在空旷的黑里,点灯。

我所追寻的万里晴空,一口吞下通往远方的路。来不及收好茂密的脸谱,一天的二十四小时就已破裂。

抬头望,银白色的骨头弯下脑袋。我脖子一晃,它就掉进了凄怆的深渊。

故乡,越来越像一个谜语。

时间不断更改谜面,我不知道,我一眼还能认出多少乡亲?

唯有田埂上的马兰头,像偷懒的媳妇溜进了城,偶尔在菜场朝着我羞涩地笑。好熟悉啊。她们让我时常怀抱乡愁,带我回到蛙声与蝉鸣中间,重读我浪费过的那条小溪。

这么多年,天上掉下来的碎步阳光和正步雨水,我统统都接住了。

唯有一些萍水相逢的人,渐渐被迁徙的脚步挤走。

永远挤不走的，是故乡的身影。

任我怎样挥霍距离的自由，把一行诗句藏得有多么偏僻，她都能将早已陌生的一切，像风筝一样拉回来。

她安住于我的时间扉页，不是由我来定，而是由半块月亮主宰。

注　解

彩云不是谁想摘就可以摘到自己胸前，尽管它们仿佛无家可归。

有人利用喧嚣谈论艺术，不懂装懂的人就都围了过来。云层里若隐若现的事物太多，惹得大街上奔跑的身影乱成一团。

想找一个视力正常的人，帮我看清楚谁是谁。

雾，总是在不该弥漫的时候弥漫。

我试着冒充解送鬼魂的神。地狱含冤。时光隧道里站满了准备发言的人。

我的脚后跟，很快就被浮肿的理由踩疼了。

除了忍耐，我还能抱怨什么？

用文字来解释文字，这是祖先的果实。

但总有一些声音，暴雨似的捕风捉影，忙着用七嘴八舌为他人作注。

细读自己的人太少了。

躺在一面镜子上读自己的人更不多。

唉，连自己都没有读懂的人……

这些都是梦话——

醒来后，一个断臂的乞丐在地铁口向我诉求。

他肯定不知道，更多可怜的人对自己的可怜处境却毫不知情。

（选自《十月》2012 年第 6 期）

插　图

我伸出右手，桃花落。

我躬身，春天就把自己删除。

一张纸空出全部的白。人们已习惯将忙挂在嘴边，吐出五颜六色的泡沫。

我一再解释，那些因为拙劣而被揉皱的简笔风景都是闪点勾勒出的。燕子突然收起翅膀嘲笑我。一个秋天，就在它的嘴里销声匿迹。

我握住燕子栖息过的枯树，尝试找到一幅好插图的起笔。

一年一年，黄叶作为向导，带着我起飞，落地，我还是没有抵达那个古老的目的地。

废墟在掌心里打转，我一不小心，又滑进另一个生锈的漩涡。

黄昏，永远是宋朝的宫墙。

比如现在，落日把忧愁晕染，像黑衣服上掸不尽的毛尘。我就不得不向风认输，因为它画空气，无痕而大美。

（选自《外滩手记》，北京燕山出版社，2014 年）

郑小琼

郑小琼(1980—),女,四川南充人,现居广东广州。著有诗集《郑小琼诗选》《黄麻岭》《纯种植物》《女工记》等,散文诗集《疼与痛》,有作品被译成英、德、法、日、韩、西班牙语等语种。

疼

她站在一个词语上活着:疼。

黎明正从海边出来,她断残的拇指从光线移到墙上,断掉的拇指的疼,坚硬的疼。

沿着大海那边升起……

灼热,喷涌的疼,断在肉体与机器的拇指。内部的疼,从她的手臂,机器的齿轮,模板,图纸,开关之间升起。交缠,纠结,重叠的疼……

疼压着她的干渴的喉咙,疼压着她白色的纱布,疼压着她的断指,疼压着她的眼神,疼压着她的眺望,疼压着她低声的哭泣,疼压着她……

没有谁会帮她卸下肉体的、内心的、现实的、未来的疼。

机器不会,老板不会,报纸不会,那本《劳动法》也不会……

(选自《散文诗》)

人　间

沉浮的黄昏漂来一天的尸骨，它已不在人间，远远的，
一线青山，数声鸟语隐匿。
它们，从史书间浮出一朵嫩黄的雏菊。

浮出……
人间辛酸的哭泣。乌云正被雨水证实
世界在伤痕中生长，那些历史的埙音
吹奏。铆进千年之中的钉，成为此时
注脚。它把耻与辱，钉住，谎言与爱。
仇与恨。剩下幽远的汉字，在龟壳问
凶吉。生死……

我拎着汉字进入历史的深渊，它早已荒芜，那一具具的骷髅曾是我们的祖先。他们已被大地记忆深藏。距离我们十个世纪的远。

所谓史，自古都是对充满杀戮者而言。

天下还有一种物化的记忆不会消失，沿着人类的记忆而来。那是良心。

人类在进化中成长。竞技的自然中，我们猜自己来源何处，

浩渺的星座间，我们孤独了多久，还将在这球体上孤独多久。

我们来源何处？又将回何处？

在茫然中，我们把祖先的音讯消逝了。

在傩神们的兽角间，在技术的标本间，我们猜，不断地猜。

结果猜出了一个叫科学的怪兽，它让我们离祖先越来越远。

我们渐渐成为怪兽的奴隶。

永远丧失了对祖先的回忆。

（选自《中国散文诗十二家》，河南文艺出版社，2014 年）

马东旭

马东旭(1985—),河南宁陵人。作品散见《诗刊》《诗潮》《星星》《山东文学》《散文诗》《文学报》等百余种文学期刊,出版诗歌草本《申家沟》。

第七次写到干旱

当万物不再葱茏,土地皴裂。石臼以浑浊的喉咙,对着天穹空洞的脸颊。

我品味申家沟死亡的骨头。煞白的草木,弥散的悲伤比一个省还大。再也不能独善其身了,我会像雁阵一样,在乌云里发出哀鸣。

布阵,插上旌旗。七十二营里没有伟大的颂歌。

七十二营里坟冢遍野,杂草茂盛。我以西域奇术,让白骨复活过来,俯身挖井、舀水,把斧头绑在天穹上,砍伐巨大的落日,以落日的血,来喂养痛苦的麦田、哑默的豫东平原。而我必先打通任督二脉,并仰脖吞下九九八十一朵天山雪莲。

(选自《散文诗》上半月刊 2014 年第 4 期)

清　贫

我在申家沟挺好的。

有一泓清泉，环绕着灵魂的马棚——曾那么虚空。

静静的欢娱，丰饶之爱。

开始召唤我、我们。我最钟爱的床衾是青草。素面仰天，双脚插进天空的汤盆。我有，从未有过的知足感。我可饮那纯净的露水。也可嗅那新生的麦穗。聆听马嘶、牛哞、鸡鸣、犬吠。

这黎明来临。

这晌午来临。

这黄昏来临。依次搭在我们升降、沉浮的肩上。飞絮如雪，如清洁之词，卷成团，扑向古老的土地和房舍。

四月之光，长出手臂，抱紧每一个口吐莲花的牧羊人。

自　白

孤独构成一个圆，大的圆。

我甘心囿于此。与干净的石头、屋檐、瓦松，成为兄弟。并抱着取暖。

如果邪恶的风，吹向这净土。

不放过最后一道栅栏，以及它里面温软的羔羊。我会放空自己，移走多余的骨头和杂质，填充上帝的恩光，涂抹这座没落的城池，并涂抹它涟漪般细小的裂纹。

我暂且默不作声。

令所有的寂静，都是白花花的细软。

都是宇宙雷霆之力。

（选自《诗潮》2014 年第 9 期）

玉　珍

玉珍（1990—　），本名罗玉珍，湖南炎陵人。著有诗集《数星星的人》《喧嚣与孤独》等。

枫之焰

一下子就钳住了我的目光。

凝视，与之对视出盛年的光芒，那一片红，刺伤了我的视觉。

只会在眼眶内着火的，温柔又凌厉的焰，枫之焰。

黄金的红，超脱的红，浓墨重彩的红。

最美的火焰，最诗意的燃烧，最无畏的灿烂，甚于血，甚于火，甚于所有的红，甚于某些平淡或庸凡的辉煌，超过了我对溢美的限度。难以想象的，一片叶，竟孕育出如此大气的色彩，惊艳的目光，变成火一样的臣服和激动。

赞叹是不够的，找不出语言来贴切地赞叹。

好似一种成熟到炉火纯青的境界，是智慧女人最优雅的气质，这气质，吞咽了所有秋的枯色。

是枫叶燃烧了秋天，还是秋天燃烧了枫叶。

那一团火焰，是秋的热情，是山的红晕，是原野的最磅礴的风姿。

野姜花的香气

特别喜欢那种香气。

甜甜又瑟瑟的，轻轻又烈烈的，溢满你的胸怀，喜悦又带点忧伤。让人难忘。

沙砾一般大小的花瓣，簇拥在一起，细小的花枝，小个子，在草丛中、广袤的原野上，吃力地探出头来，用力开出娇艳的花。

那么多的花，千千万万，只给了我一场盛大的忧伤，野姜花，你的叶，撕开后，心酸的辣，扑鼻而来。让我的心，五味杂陈，催生出眼泪。

小小的花朵竟有如此磅礴的香气，如一场暮雪自天边袭来。

是香气在哭喊，是花朵呐喊的语言，是生来艰辛的心的表达，甜而酸涩，淡而清冽，柔而有力，迷离却不媚俗张扬，伴着叶的苦辣，一枝小小的花，布满了整个人类生命的滋味。

我坐在河堤上五个小时，下笔的诗行纯白而干净。

这忧伤清澈见底。

芦苇海

芦苇海里，有什么在跳动，有某种生命的迹象和美的风度在生长，阳光下，极不安分。

芦苇海之上，是一片绿的波涛，起风时，缓慢而有韵律地摇荡。

芦苇海是一个王国，注满大小的精灵和怪物，绿色的芦苇叶遮挡了天光和暴雨，芦苇杆成了万千生灵的栋梁。

芦苇终于开花了，像小精灵，一个个呀呀地在芦苇地里爬。簇拥在一起，白色的，很轻，经不住风吹的芦苇花，很快就如昙花般，消失了踪影。

嫩的芦苇，童年的“小甘蔗”，苦孩子喜欢吃的糖果。

芦苇海里，我和我的小伙伴们钻进钻出，蹑手蹑脚，追赶着野鸡和山鸟，看它们拖着长尾巴，落荒而逃；我们笑着，芦苇地上打滚，或者，匍匐着，屏住呼吸，等某种更可爱的小动物出现。

芦苇海，童话的世界，我常常梦见去那片海里，捡拾童年的回忆。

（选自《大沽河》2013 年第 3 期）

葛小明

葛小明(1990—),山东日照人。作品发表于《奔流》《飞天》《山东文学》《四川文学》《时代文学》《湖南文学》《星星》等报刊。

道法自然

一场雨均匀地落满人间,所有寺庙开始撞钟。一声,两声,三声,万物声。

沉默了两千七百年的大钟有点不知所措,披在身上的字跟着雨水抖落,黑的,白的,黑的发白,都掉进土里,没了回声。一些没烧完的香从炉里冲了出来,跟着雨水入土为安,人间烟火就这么散去吧。守了几生几世的静笃,在一场雨里才能找到归处。

雨没停,所以钟声没停,一粒灰烬里的种子却忍不住了,它要提前破土。它还要等到钟上的文字脱落干净,省得砸伤自己。有四个字是不用等的:道法自然。

道可道

函谷关早被风沙覆盖,归于无。

那青牛后来被一个漆匠骑走，下地耕田，抟扶摇于青天。

五千言不用改朝换代就能写完，你却一简再简，简化为沙子。一转眼沙子又长成了石头，坐满天空。春风化雨这些年，木头做的山门都发了芽，推也推不开。

到了，别再问我什么是道了。道不可道。

金木水火土

一口大鼎在世俗中破土而出，吐故纳新，福泽众生。

香火过于旺盛，首山铜被烧落，重阳节那天庙里着了火，没有水救。

大火烧了 4700 年，烧得破庙无影无踪，稽首，然后灰飞烟灭。人间化为道场，男人，女人，相生相克一辈子，也该收场了。

一场迟来的大雨把人拉出旧梦，这一觉，所有人忘记了怎么说话，火跟着哑住。

那粒种子终于决定发芽，从鼎的底部长到人群中间。再过几年，它就会忘掉那些生自己养自己的尘埃，落定。

（选自《山东文学·下半月刊》2017 年第 10 期）

金小杰

金小杰(1992—),女,山东平度人。作品常见于《星星》《山东文学》《扬子江》等。

青海印象

青海,当我喊出你的名字,白色的羊群已经变成大朵的云彩。

我行走在城市中央,邂逅我美丽的情郎。我端坐在海子近旁,便是那统管雪山的国王。我在青海,等风,数着每一朵云彩的过往。

在今天,我甘心做牧羊人的妻子。青海,请用十二个月的星辰将我打亮。

玉 石

早些年,喜欢石头,喜欢藏进石头里的那些水。

翡翠、玛瑙、孔雀石……十六岁的豆蔻过早地知晓了石头的秘密。脖子上悬着的那尊玉佛,通透温润,那是同一位男子缔结的契约。草木俱寂的夜晚,佛眼深处锁住的那场大雨,倾盆而下。一条声势浩大的河流,由佛到我,由我及佛,贯穿了女孩的整个春天。

后来，红绳断落，玉佛蒙尘，那个女孩变成了命里含水的石头。每逢落雨，体内都会回响起水声。

村庄隐痛

这北方的村庄，乳汁丰盈。

深秋，父亲用背过我的脊梁，背大豆、背小麦、背玉米，背这段逐渐佝偻的日子。

近些年，父亲不断地掏空自己，交出这四时的种子。它们长成花生、苞谷、柿子，甚至长成另一个素未谋面日渐衰老的自己。

九月，胸膛上的十万亩高粱，熟了。它们都是我骨肉相连嗷嗷待哺的兄弟。

（选自《山东文学·下半月刊》2017 年第 10 期）

跋

多说几句话

抖起胆子决定组织一个民间团队，来选编《中国散文诗一百年大系》，是因为五十几年的笔耕墨耘，深感一百年来中国的白话文写作，因为民族所遭受的苦难、国内外战争、极“左”思潮的影响等，其有关文学艺术的各种题材与体裁，都很难梳理出一个比较正确的，能表现出这一百年道路的文本来。小说、诗歌、散文、杂文就不去说了，即便影视、戏剧、曲艺、歌曲，要用一种历史的眼光做一裁定，也相当难。

散文诗却不同，这个与白话文运动几乎同时兴起的文体，一百年来，从鲁迅的《野草》，到当代的许多名家、大匠的散文诗集，一直在中国文坛的边缘上，有些寂寞且蹒蹒颠颠地顽强生长着，繁衍着，变革着，前进着……它虽受到世纪风云大的影响，却仍然保持着一代又一代人的执着探索，翻新，求真，求善，求美。这大不容易，大不容易却走了过来，值得研究探索。

于是，便联系了同道，决定做这件不大不小的事。

感谢年逾九十二岁的耿林莽先生。

耿先生在改革开放之始，便致力于散文诗的创作与研究，并利用《青岛文学》《散文诗》等杂志的平台，提携、引领了一大批年青才俊一起前行，为当下中国散文诗的繁荣、发展，立下了不可小觑的功绩。正因此，青岛的散文诗创作队伍，不仅一直壮大着，且涌现了一批在国内外都有影响的大匠名家。放眼望去，青岛的这个散文诗平台，是有相当高度、相当规模的。

于是，我们基本以青岛的散文诗优秀作者为骨干，兼也聘请了我们认为在散文诗的探求创新方面，有想法、有成就、有影响的外地优秀作者，组成了这支队伍。虽然，好多高手名家，我们没请到，但散文诗的园子很大，或一枝独秀，或百花盛开，都是当今的春色。

我们的想法很简单：做一次“梳理”，使这套《一百年大系》既可做观赏卷，也可做研究卷，甚至可以当作一种工具书。

想法有点儿大？

然也。没有大的想法，哪有小的成绩？

鉴于这是对散文诗一百年的回望，我们的“选编原则”是前粗后精，即尽量把早期的作家与作品都收录进来，亮给今天的散文诗爱好者把玩、赏读、学习、借鉴；而近三十多年，由于散文诗作者队伍的蓬勃壮大，散文诗作品呈现出百花齐放，花色纷呈的特点，我们在选录作者与作品时，就必须多下一些功夫，争取把当代的散文诗名家、才俊和他们的代表作尽量选出来。这就必须精挑细选。当然，不可能“挂一漏万”，但也绝对不可能不“挂万漏一”。

敬请散文诗作家和读者诸友理解，宥谅为盼。

“百花齐放,百家争鸣”,早在两千多年前我们老祖宗就提出来了。

但除了春秋战国那一个不短也不长的时代,这种哲思理念因为各路诸侯与“王”们的争打不闲,曾经普盖了众生。其他时间里,它几乎真的只成了一种哲思理念,甚至只是一个口号。

有心的读者可能注意到了,在《一百年大系》的总序中,耿林莽先生认真地对散文诗的诞生、成长、发展、繁荣,做了精准概括的表述、分析、总结。同时,各分集主编撰写的《序》则尽量地体现、实践着老祖宗的这一哲思理念。

当然,我们做得并不好,良莠不齐。但我们试着在做,努力在做。任何事情,总得有人在做,才知道它好,或是不好。

我们也等待着各路的批评与指教。“活到老,学到老”,也是老祖宗留给我们的一种永远不死的哲思理念。

在我们这个民间团队——十人中已有六人正式退休——决定一起合作编辑《中国散文诗一百年大系》的时候,青岛市文联党组书记魏胜吉先生,青岛荣德文化传媒集团董事长郭胜森先生,中国散文诗终身艺术成就奖获得者耿林莽老先生,在精神上、方向上、资金上,都给予我们强有力的支持。在此,一并真诚感谢。

尊敬的朋友们,没有你们,也就没有这一部《中国散文诗一百年大系》。泽群代表所有同道鞠躬。

泽群识

2018年1月22日凌晨于看云斋

图书在版编目(CIP)数据

中国散文诗一百年大系. 1，风雨花路 / 栾纪曾编. —青岛：青岛出版社，2019.10

ISBN 978-7-5552-8416-1

Ⅰ. ①中… Ⅱ. ①栾… Ⅲ. ①散文诗-诗集-中国-现代②散文诗-诗集-中国-当代 Ⅳ. ①I226.6

中国版本图书馆 CIP 数据核字(2019)第 167157 号

书　　名　**中国散文诗一百年大系**
本册书名　**风雨花路**
名誉主编　耿林莽
主　　编　王泽群
副 主 编　韩嘉川　栾承舟
本册主编　栾纪曾
出版发行　青岛出版社(青岛市海尔路 182 号,266061)
本社网址　http://www.qdpub.com
责任编辑　刘　迅
照　　排　青岛新华出版照排有限公司
印　　刷　青岛国彩印刷股份有限公司
出版日期　2019 年 10 月第 1 版　2019 年 10 月第 1 次印刷
开　　本　16 开(710mm×960mm)
印　　张　34.75
字　　数　380 千
书　　号　ISBN 978-7-5552-8416-1
定　　价　599.00 元(全八册)

编校印装质量、盗版监督服务电话　4006532017　0532-68068638